融融

著

茉莉花
酒吧

【推薦序】
什麼是真正的小說做法？
──以融融的《茉莉花酒吧》為例

（本序有劇情洩漏，閱讀前請先斟酌）

作為一個文學愛好與從業者，每天須大量地閱讀作品。

因為「生活比小說更精彩」，近期集中閱讀傳記、回憶錄等。但大量「非虛構」作品平鋪直敘的線性敘事令我提不起精神，因此我常常回到小說領地，以虛構的，用每一個作家所言的他們的「嘔心瀝血之作」來提精神、洗眼睛、沖腦子。

但同樣令我失望的是，小說，這種需要「謀篇布局」、提煉出「典型性」，至少故事要「出彩兒」的體裁竟也讓某些「作家」寫得一樣平鋪直敘、味同嚼蠟。

因此，在閱讀融融的《茉莉花酒吧》時我麻痺的神經猛地被灼痛，眼前一亮，一鼓作氣讀完，驚呼「這才是真正的小說筆法！」

被「灼痛」，是因為小說揭露了「重大社會問題」；「眼前一亮」是被其人物的立體化、多面性所懾服；「一鼓作氣」是因為其結構情節一氣呵成；「多線敘事」是因為它既是「我」的職場故事，也是「鐵老闆」未雨綢繆的守業訴求；是老闆女兒「鐵姑娘」的情感歷程，也是「異鄉女孩」的復仇之路，層巒疊嶂、山重水複，有鋪墊，有埋藏，設謎與解謎簡潔流利，彷彿一部「經典電影」。得出這種結論的背景有二：一

是許多華文作家把小說寫成了平白拖沓的電視劇，不但毫無懸念，而且人物類型化、扁平化；二是我從作者融融的小說中看到了她一貫的新聞從業者的敏銳、簡短與「小說家」的睿智，還有深刻。

一、繁與簡

在交代情節，刻畫人物時，作者可能會聯想較多，下筆千里，收不住手。但現代節奏下小說要寫得精彩，必須下狠手，忍痛割愛。融融多年的記者生涯讓她入筆簡練，進入情節很快，絕不拖遝，迅速轉換場景。《茉莉花酒吧》就是這樣一部多聲部交響曲，首尾圓合的多幕戲劇。

小說第一自然段，「我」第一次見老闆，他的形象突出，為後文設好埋伏；第二自然段馬上演進到「我在他手下工作了兩年」。但小說畢竟不是「簡訊」，「記者融融」向「小說家融融」演進，充分利用了「長篇小說」「長袖善舞」的表述空間。

先說「繁」。

職場「知遇之恩」，不像「愛情」，或「情愛」，用幾片風花雪月，甚至幾個「口口口」就能引起讀者聯想；不似親情，畫一幅「父親」厚重的「背影」，就能讓讀者共鳴。但融融成功地寫活了「我」與「鐵老闆」的「知遇」發生的過程。她運用密集如子彈般的字句描述著兩個人的相知：「我被他的威嚴震攝住」，也「被他刺激出所有的靈感」；「靈感就像香檳酒，一旦蓋子被打開，『嗙』地一聲。老闆和我之間出現了一個無法抗拒的磁場。他那興奮的目光在渾濁的空氣中像流星一樣上下流竄，我的腦海變成了宇宙天際。我們互相撞擊，光

芒四射。思維與語言，語音與節奏，掛上了目光的五線譜，彷彿一曲交響樂。面談結束時，我們倆都像喝醉了一樣，肆無忌憚地放聲大笑」。

這段文字盪氣迴腸，意在塑造「我」是一個「頭腦發熱」、「意氣用事」、「知恩圖報」的放浪文人：「這個場面一直激勵著我，他是伯樂，又是知音，我是充足了電源的馬達，加足了汽油的越野車。」這種心態與狀態下的雇員，能不為老闆賣命嗎？其實，這段「伯牙、叔齊之情」是對病老敏感的老闆「托孤」的交代：他把自己創辦的報紙作為孩子，同時在為自己的女兒招女婿。

下面就是「簡」。

我先被「鐵老闆」留在總部，時時衝到第一線搶新聞寫事故，殺人放火、盜竊偷渡什麼都現場採訪；當地的三教九流、政界要員、文人墨客以及妓女、浪人都巴結「我」或威脅「我」，讓「我」住嘴或筆下留情。小說沒寫了幾頁，「知恩圖報」的「我」已經在職場上成功、過勞、離婚、生病、告假甚至琢磨著離職了。這種結果順應而出，自然而生，小說前幾頁，故事就已經翻篇兒了。

這應該就是好的小說筆法。因為我們看到大量小說，大量的文字出版如翻拍了又翻拍的肥皂劇，情節總是不翻篇兒——總是在第一頁就說到離婚，幾近結尾婚不但沒離成，少年遠行的戀人、大學時暗戀的前任又冒了出來，形成「狗血」的三角或多角關係。雖然喋喋不休，但情節卻缺乏實質的鋪展，人物的性格也沒有展開，沒有成長，心靈沒有被開掘，人格的矛盾、撕裂更談不上，關係都沒理性、沒根基，關起門來大恨大愛，滿螢幕的扇耳光揪頭髮，要麼歸諸於性格悲劇，無關社

會，要麼一切都歸諸於社會。文學作品要忠實於現實的話，應該承認，現實生活中，故事與命運大多不可逆轉：離婚書一旦簽字，「哥哥」一旦「走西口」，絕大多數是回不了頭的。前夫或「哥哥」、前女友或「表妹」紛紛「五里一徘徊」，又來「吃回頭草」，應該是不符合生活邏輯的。

《茉莉花酒吧》真實地揭示了人生場景轉換後自然的人物命運：小說二三頁就到了兩年後，人物都具雙面性，但人格、命運不可逆轉。融融的結尾與開頭往往有所圓合，至少是交合，但結尾的變化卻往往出乎意外又歸於必然。不是因為她技術好，而是因為她態度立場嚴肅認真，尊重生活。許多作家寫的是「旅美小說」，卻以大陸生活為主，人物性格從頭到尾沒有變化，或者有了變化竟然又回到源頭，事業上升與命運失敗一點都不「螺旋式上升」。融融的旅美小說，比如她的《夫妻筆記》，寫美國文化對新移民的衝擊勢不可擋，應該更合理一些。

《茉莉花酒吧》寫的是真正的美國生活。讀者彷彿逼近了那個叼著古銅菸嘴，嘴裡冒著辛辣氣兒的「鐵老闆」。「我」，這個開著汗味兒、飽嗝味兒、汽油味兒、啤酒味兒混合的破車走馬上任的「老油子」記者，也在讀者心中扎下了根。這小說風格蒼勁老辣，有「西部片」的宏闊慓悍、偵探片的一波三折，也不乏流浪漢小說的縱橫落拓，還有社會諷刺小說的皮裡春秋。

二、動與靜

融融的小說往往把情節描述得活色生香，因為她善於把文字化為音樂、故事描述出繪畫意象。她用詞活潑，比喻女人的

丹唇靜止時如鮮豔欲滴的紅果，動起來卻成了兩片「重金屬樂器」。整部小說中作家像音樂會的指揮，或鋼琴演奏家，嫻熟地運用著複調、和弦；也如馬車夫、飛行師掌馭著小說的內容節奏。

《茉莉花酒吧》第二部分，作家幾句話把《摩登時代》中「現代人」牽線木偶式的生活交代清楚：幾年來，作為記者的「我」，「靠著汽油和發動機，把身體送到東南西北，思緒像子彈一樣，到處亂竄。一手握著方向盤，一手打電話，腦子裡旋轉不停，心裡只有目的地」。

根據情節（我需要借職業轉換喘一口氣）的需要，小說進入了舒緩的描寫：一路南行的「我」欣賞著美國的大好河山，進入旅館酒肆采風，瞭解風情民俗。這一段似宕出了情節，挑剔的讀者會跳過去。之所以沒有跳過去，是因為作者對風景的描述逼真如畫，是動態的，既有蕭紅《火燒雲》的妙趣橫生，也有風景電影的詩意盎然。此部分雲淡風輕，看似閒筆，實則一石三鳥：既在節奏上做到了鬆緊相宜，讓讀者喘口氣，也是為了呼應前文「老闆」為什麼對我「知人善用」，更是為後文「老闆女兒」的神祕性與「小城故事」的詭異性埋下伏筆，做一個有理有據的背景交代。

三、舒與張

讀者看到的小說會有文字表面的意思、情節發展的意趣以及人文哲理的深蘊等。不成熟寫者的小說中，往往明顯地看出「這一段交代情節背景」、「這一段人物性格溯源」，也就是說作為一個寫作的「工匠」，其「斧鑿」的痕跡太過明顯；有些小說則缺乏基本的構思，以傳記手法縱向時序按部就班，不

敢跳宕迂迴，可能源於作者缺乏把握結構的能力。所以，寫作中，那些意蘊既鮮明與繁複，枝蔓較少又花開幾朵，能夠「一石三鳥」、「一箭雙鵰」者才算小說「高手」，結構鋪排跳宕又能巧妙地迂迴過來的才算是文章「大家」。

《茉莉花酒吧》在用詞上並不太過深奧，結構上也並不龐雜，那是因為作者善於把顯與豐、舒與張嫻熟運用。比如小說一開始就「一箭雙鵰」，揭示了人性的複雜，「鐵老闆」等的雙面性格同時是推動情節發展的重要動因。

這段的「關鍵字」為「老闆」。雪茄，煙霧繚繞中凹深的眼睛、高顴骨，「靈活的腦袋架在厚實的肩膀上」，一支接一支的雪茄，一個接一個的問題像一支支飛投過來的箭，「我」竟然都接住了。這個面試的環節既有很強的鏡頭感，又交代了我得以入職的原因：精明的老闆需要一個精幹的雇員。

但接下來，文筆一轉：煙霧散盡，「老闆」銀頭髮、厚嘴唇、發福的臉、目光平庸，像一個「外國和尚」，又像個隨和的老人。

這樣，就成功揭出了人物的「兩面性」。前文他的運籌帷幄、深不可測實則是為後面情節中他的強弩之末、力不從心所做的心理預設。冷靜，甚至冷酷掩蓋下的「鐵老闆」既有遠慮，也有近憂，對事業青黃不接的哀愁摻雜著對家門不幸預感的絕望。這裡，肖像描寫與職場心理智鬥當然都不是閒筆，順理成章地鋪墊在這裡，是為了在後文延伸開來。

意蘊「鮮明」與「繁複」如何同時做到呢？除了一石多鳥，還可以把描寫減縮為敘述。其實，最不容易做到的是簡化後的文字如何保持生動逼真，也就是達到「白描」的效果。小說第二部分有兩段「白描」：我到了新單位辦公室，與兩位同

事打招呼說車在停車場，一小時五美元車費還沒付，「說時遲那時快，一個東西從背後越過我的肩膀飛過來。原來是一張藍色停車牌，上面寫著白字14號。我順著車牌的方向倒回去，看見有個女人的背影，一身黑衣服，眨眼就消失在玻璃門後面」。「我」「大聲說：艾瑪，謝謝你」。第二段情節：我下樓在停車場找到14號金屬盒，發現透明膠帶貼著兩把鑰匙，一把應該是辦公室鑰匙，另一把應該是我的公寓鑰匙，上面寫著204。

　　「等我回到辦公室，兩分鐘之內，兩個男人都不見了。」

　　這裡既有中國古典小說的栩栩如生，又有西方偵探片的步步驚心。此段白描是不是作者在顯擺技巧呢？顯然不是。因為她要塑造一個外剛內柔的「鐵姑娘」形象。這個老姑娘是細心的，但也是不耐煩的，因此員工怕她，情人怕她，父親也怕她。有「鐵老闆」就必然有「鐵姑娘」。「艾瑪」正是「鐵老闆」，那個老葛朗臺的女兒，不把員工的精力才華榨乾不肯甘休。恰恰因為民風淳樸、生活平淡如水，這個「天高皇帝遠」的小城少有「新」的「聞」，「我」入職好幾天沒寫出什麼來。新老闆，這老女人的臉像她又硬又直的身板，拉得老長。

四、藏與露

　　小城平淡如水、報界艱難為業其實只是個表象，後面的幕布一幅幅打開，波瀾不驚到驚心動魄僅僅在一閃念間。但作為一個成熟的寫者，作家對情節的揭示是漸進的，也就是說，每一部好看的小說都必有其戲劇性演進，從序幕、發端、展開到高潮、結局或尾聲有一而再、再而三、三而竭的性格衝突與情節張力，有小夜曲的舒緩、進行曲的激越、大河向東流的豪

放，也有長河落日，或者百川歸海般的宏闊。《茉莉花酒吧》是把這多重境域體現出來的少有的小說。

記者要搶新聞，或造新聞，單身記者，單身者要找感情，於是，一場場尋獵遊戲即將開演。

表象上，新的報館裡三個男人圍繞一個單身女人轉，「老闆」設計「駙馬」與「繼承人」的遊戲似乎是故事俗套。「直到幾年以後，艾瑪走了，我接替當了社長。她殘留在報社的氣息，那些噪音，彷彿仍舊黏在天花板上。那些憤恨的肢體語言，仍舊殘留在空氣中，時隱時現。一提起她的名字，我仍舊感到嗓子冒煙，仍舊感到焦躁不安。」浪漫的故事開始了沒有，這真的是艾瑪的全部嗎？不，這只是作者鋪設的懸念。

事實上，小說並沒有落入《招駙馬》的窠臼，只是設了個局，扭了個扣兒，之後再一次把筆墨宕開來。酒吧裡，「女人多得像蚊子」；但，某個女人在「我」的懷裡流轉，眼睛卻盯著「凱文」。

有故事的人肯定不只是「凱文」。辦公室另一個同仁「約翰」三十多歲，留著山羊鬍，臉從側面看像中國的「月爺爺」；正面看時，牙齒潔白，笑容純淨，藍眼睛一無遮攔，是典型的「美國好先生」。但就是他，說雜貨店老闆新娶了個香港太太，新開了花店，她出生在中國大陸，經香港轉日本，和「我」的年齡差不多。

「西施」老闆娘「余丹卉」果然不同流俗，迷上她的「我們三人」把她的報導登上了報紙，照片風靡全城。她水波樣溫柔細長的眼神勾得我恨不能天天去花店，我找了個寫長篇通訊的理由。她的小身材欲拒還迎，月牙兒眼在長睫毛下面黑白分明。

一直到這裡，還是只談風月，或職場。但作者欲言又止

的主題是：這裡是移民的「天堂」，也是欲望的深壑，甚至如舊上海、香港、印度的孟買一樣是「冒險家樂園」，這裡容留的是每個家族或民族的「黑羊」。致此，小說進入對「美國社會」的深入開掘，層層剝筍。

果然，「丹卉」的「茉莉花酒吧」是一個「亞裔女性避難所」。「丹卉說，我收留這些沒有身分的女孩子，這裡就是她們的家」。一個美國男人口中的「單身男子漢俱樂部」怎麼能成為「亞裔女性的避難所」，或者「家」呢？這本身就是個巨大的諷刺。作者想揭示的是：女人們寧肯在這裡「避難」，那就是另有一番「苦難」，是跟這裡相比，有過之而無不及的。「狡猾的白兔與色狼共舞」，斑駁陸離的燈光裡，孰是孰非呢？

五、題材「重大」與人格「多重」

這樣，在朝「重大社會題材」的過渡中，小說超越了單純的道德評價、小兒女的風花雪月、千篇一律的職場模式，開始向性別、文化、種族、法律與道德的對撞衝突中的高潮迭進。

終於有一天，「凱文」失蹤了，「鐵女人」一反常態，長長瘦瘦小身板搖搖晃晃像被風吹進來，艾艾怨怨低聲向「約翰」求救：「你得幫我把他找回來。你當過私人偵探，我付錢。」私人偵探？一個謎底揭穿，另一重祕密凝結。

《茉莉花酒吧》裡人人都有多重人格，但人人自然天成。「鐵老闆」表面坦誠，但「老人」面目只是他的偽裝，他對「心腹」似乎永遠是「傾情相訴」，但吐露的永遠只是他出於目的想讓人知道的那一半。「我」是一個「老練」的記者，卻是個幼稚的情人，比起辦公室裡兩個西方男人在情場中的千錘百鍊，情感上的冷酷無情、刀槍不入，「我」只是更多地暴露

了東方民族的重情義，知識份子的非理性。

西方法律嚴密，西方人鑽空子深藏不露；東方人義氣為重，將道德倫理與法制公義混為一談。「余丹卉」姐妹，這些與「色狼」共舞的「白兔」，其自覺的「自我東方主義」與美國男人的「東方主義」合謀，我的「民族主義」卻是無能為力，無功而返的。具體說，就是「約翰」與「丹卉」有意為之，「我」則是因中國人的「正義感」本能地模糊了法制觀念：「丹卉」開「酒吧」容留非法移民出賣色相顯然是違法的，「約翰」支持「丹卉」姐妹報復大陸來的商人，雪國恨家仇，此種以暴制暴是對的嗎？「我」，在「民族主義」的立場，一個弱勢的「中國」人藐視「強勢的美國」的立場上混淆了這些基本的事實。

作家不忙著揭開「愛滋病」等的祕密，卻又一次宕開去寫節日期間華人社區的繁盛昌盛。一片鶯歌燕舞、繁榮昌盛：團拜會、慈善會，募捐會，「華人」的財富滾滾而來，造福社區，中文學校、華人教會集結了做電腦的臺商、金融巨頭港商與大陸新移民房地產商，人們粉墨登場，一派「愛國」、「懷鄉」情懷，「茉莉花酒吧」好不熱鬧，「旗袍姑娘」們忙個不停。

但筆鋒一轉，揭示出全是「Money Talks」。華商們為利益奔忙，比「旗袍姑娘」們「乾淨」不了多少。移民局插手，沒有身分的「姑娘」們立刻被「丹卉」及時換成了美國本土少女。艾瑪病了，她「臆想」中的「凱文」被陷害是否事實？「約翰」的國際主義、「我」的「民族主義」、「丹卉」的「自我東方主義」主使下的「復仇」行動幾近成功：凱文染上愛滋病，那個大陸新移民房地產商也未能倖免。孰是孰非？「距離和隔閡，像黴菌一樣在那扇玻璃門後面的房間裡繁殖衍

生」。

在美國這樣的「資本主義」社會裡，容留無身分的少女賣身可以被稱為「挽救那些女孩子」？以「復仇」的名義誘騙色鬼，非法錄影可說是一種「正義」？作家無意做道德評判，只是意圖揭示藏在「民族」情結、「國家」名義或者「文明」表象下社會深層的光怪陸離，讓讀者自己深思評判。

世人的悲劇往往是記者的喜劇，或者說「記者」就是「追腥逐臭」的一族。通過炒新聞，「我」很快出名，漲了兩次工資，每天二十四個小時，隨時等待新聞的召喚。按行規，記者跑現場必須比警察還要快。這是我有生以來「最光輝的歲月」。但，幾年下來，這工作幾乎把我「掏空耗盡」。折磨我的是失眠，根根神經都是繃緊的弦，「老闆不知道我的極限在哪裡，把我當作運動員一樣，以為跑到快休克的那點，正是突破紀錄的開始。」競爭制度下的哪一行的雇員不是如此？現代人的生存危機彰顯。

少女被逼良為娼，是社會危機；記者為新聞「茹毛飲血」，是行業危機；移民者在他族的土地上躋身邊緣，是種族或全球化危機；「鐵老闆」以心機血汗建功立業，卻挽救不了女兒的命運、人心的渙散、事業的大廈將傾，這又是怎樣的悲劇？《茉莉花酒吧》中作家把家族、民族、種族多重的愛恨情仇融為一體，超越了職場小說、婚戀情節、移民悲歡的單一模式。雖然沒有給出答案，但其以敏銳的問題意識、深重人文憂患、跨區域跨文化跨族裔的視角，揭出了現代社會的重重危機。其情節撲朔迷離，文筆深入淺出，是一部真正的好小說！

2016年8月4日　宋曉英寫於山東濟南大學文學院

【推薦序】
愛，在燈火闌珊的拐點

海夫

（本序有劇情洩漏，閱讀前請先斟酌）

「眾裡尋他千百度，驀然回首，那人卻在，燈火闌珊處。」

為之生生死死，為之癲狂瘋魔的愛者啊，上天入地求之遍，你已透心涼地不在！那身影宛然的是什麼呢？蒼涼中炭火的安慰，鳥翼掠過的傳奇……

淚光在艾瑪、湯姆的生命藤上凱旋──各自因愛的諸般折磨而相繼住進精神病院的哀慟之人，絕望如雪如縷，尾隨纏繞──驀然回首，曾經的「冤家」，竟發現一個更新的愛人，不再是情欲與自我之愛的，而是被救贖和潔淨的新愛，茉莉花一樣的溫柔馨香。

並非每一片落葉都有絢爛歸處和來春的新生。對於中國，他們是漂泊海外的樹葉；對於美國，他們是難以生根的渡客。甘苦自知卻難以言說的酸楚，愛恨祕密的黑洞故事迤邐在茉莉花酒吧。酒杯蕩漾一如男男女女聚在此處的情欲，泡沫破滅如罪中無盡的沉淪。

隨著酒吧女主人丹卉和她的雙胞胎姐妹小卉的失聯，小城報社記者湯姆和約翰的接手，酒吧逐漸改為茶道，一杯杯熱水中茶葉的盛開，似乎隱喻生命的華麗轉身，酒與身體的復仇，

罪與罰的角力，終歸於飲茶的平常人生。

　　這歸回路上大雪紛杳，掩蓋幾多陰謀、罪惡與不息的掙扎，血汨汨流著：從中國農民蒼白的血管、愛滋病肆虐下的孤兒，運動中的無辜慘死。流得越來越快：形形色色的偷渡，虛虛實實的情愫，萬里追蹤的報復……

　　作者融融以記者的敏銳挖掘，小說者的抽絲剝繭，將船開到水深處，網出酒吧裡層層的隱祕，移民生態的繁複，更刺透人心與人性糾結在時代網羅中的諸般困惑、扭曲與閃電如疾鷹一樣雪亮的銘心的痛。

　　這是怎樣的時代？最好的還是最壞的，變幻莫測的還是彎曲悖謬的，各唱大戲的還是惶然無奈的？巨大的漩渦間，可憐之人必有可恨之處，可惡之人必有可憐之處。融融沒有將書中任何一個人物臉譜化，而在深沉的悲憫中既淋漓地刻畫，又訴盡生之顛沛啊，心之流離。

　　心歸何處，燈火已闌珊，難道就此湮沒絕望的海底？在人的盡頭，神奇的拐點在如星閃爍，那信而仰望的人有福了。凱文因信得著人生最高的寧靜，艾瑪因信而活出女性的美麗，湯姆因信而有了新的人生

　　這才是真正的彼岸，「苟日新，又日新」的源泉，主啊，「那人卻在」，乃因你在。

海夫：本名康曉蓉，作家、詩人。出版有《詩三百與字一個》、《風隨著福音吹》等。

目次 ▬▬
CONTENTS

第一章

　　我去這家報社工作純粹屬於修身養性。人口不到一萬，山青水秀，地處很多小城鎮的中央，擁有太陽與行星般的地理優勢，有一份有模有樣的地方報紙。報紙屬於南方報系，每週出一期。報系老闆是個喜歡抽雪茄的老頭，矮個子，高顴骨，眼睛深深凹進去，嘴唇肥大，鼻樑上有個節，非常靈活的腦袋架在厚實的肩膀上。老頭因為發福臉頰蓬鬆發酵了似的，要不是嘴上整天叼著那支盛氣凌人的雪茄，老頭根本沒有引人注目之處。雪茄矯正著他的身分與性格，他的眼睛在吸菸時變得深不可測，好像一個身經百戰的常勝將軍正在運籌帷幄。吐氣時，洋洋得意之情深藏於團團白煙之中，讓他的神態越發神祕。然而，一旦他把雪茄夾在手中，煙霧退盡便原形畢露，像個外國和尚似的，目光平和，滿頭銀髮，一個非常普通的白種老年人。

　　我在他手下工作了兩年，當初面談時，我剛剛拿了學位。前面幾輪他都不在，最後一道關是與他單獨見面。只見他一支接一支地抽雪茄，一個接一個地提問題，我被繚繞的煙霧和香氣迷惑了，也被他的威嚴震撼住。人的潛力是無法預測的。我生性脆弱易受感染，竟然被他刺激出所有的靈感，話語像瀑布一樣，滔滔不絕。有些話說得狂妄傲慢目中無人，有些話天馬行空不切實際，事後想起虛汗淋淋，卻得到了老闆的讚賞和喝彩。文人的靈感就像香檳酒，一旦蓋子被打開，「嘭」地一聲，氣吞山河。老闆和我之間出現了一個無法抗拒的磁場。他那興奮的目光在渾濁的空氣中像流星一樣上下流竄，我的腦海

變成了宇宙天際。我們互相撞擊，光芒四射。思維與語言，語音與節奏，掛上了目光的樂譜，彷彿一曲交響樂。面談結束時，我們倆都像喝醉了一樣，肆無忌憚地放聲大笑。

這個場面一直激勵著我，他是伯樂，又是知音，我是充足了電源的馬達，加足了汽油的越野車，永遠精神充沛。我被留在總部，從一開始就派到第一線，搶新聞寫事故，殺人放火盜竊，可謂五毒俱全，都輪到我去現場採訪。當地的三教九流、政界要員、文人墨客以及妓女、嫖客都想巴結我，似乎認識了我便可以筆下留情，逃之夭夭。我很快地出名，並且漲了兩次工資。每天的工作，二十四個小時，隨時待命，都在等待新聞的召喚，一天也別想睡安穩覺。這是我有生以來最光輝的歲月。

但是，我完全沒有想到，兩年下來，這份工作幾乎把我掏空耗盡。看上去依舊英俊年輕，臉上不添皺紋，一頭青絲。折磨我的是失眠，根根神經都是繃緊的弦，繃得毫無彈性，即刻斷裂。我本來極其敏感，各種觸覺，聽力、嗅覺、視力、味蕾都超過常人。記得小時候，我能從母親的手指裡聞出她隔天吃過的巧克力氣味，還能在三樓之上聽見母親回家的腳步聲。這個城市裡發生的事情，我甚至靠冥想而有預感，有時候到現場的速度比警察還要快。失眠以後，耳朵隆隆作響，舌苔通紅，皮膚繃緊，一碰即痛，眼前經常出現幻覺……

老頭請我去辦公室談話，是在接到我提出告假的要求之後。我惴惴不安，再也沒有當年的豪邁氣概。我知道他不會放過我。說得體面一點，人的一生，難得有爆發生命火花的舞臺，機不可失時不再來，怎麼能打退堂鼓？但是，老闆不知道我的極限在哪裡，把我當作運動員一樣，以為跑到快休克的那

點，正是突破紀錄的開始。其實我的極限已經過了，必須停下來。我得和他周旋，不能把性命拱手送給他。

辦公室裡濃重的雪茄煙霧，從白色的天花板徐徐下降，香得刺鼻，神祕兮兮。這個辦公室我進進出出好多次，以前總是被他閃電一般的目光所吸引，沒來得及仔細觀察裡面的布置。他的神采覆蓋一切，與擺設渾然一體，房間裡除了他，別的都讓人視而不見。以前他總是站著迎接我，先是握手，然後拍打我的肩膀。他的眼光銳利深沉，時而跳躍，時而專注，讓人捉摸不定。我們只談工作，老闆談得頭頭是道，神采奕奕，可謂眉頭一皺，計上心來。今天，我們要談點別的，兩人都不知道如何啟齒。

迎面而來的是一堵牆的茶色玻璃，過濾掉外面變化無窮的色彩，永遠是一個顏色。左牆全是書架，老闆興趣廣泛，什麼都看。特別是科幻小說，前擁後擠，一排又一排，精裝的封面，銅版紙上豔麗的色塊折射出彩虹般的光芒。右牆掛著大幅照片，記錄著他一生中的重大事件，多是與政客明星的合影，只有一張他和女兒的照片。還有一堵牆什麼都沒有。整個布置好像野外燒烤大魚大肉那樣簡單明瞭，毫無故弄玄虛，精雕細刻的痕跡。他的寫字檯很大很高，放在白色的牆壁前面。

我的朋友，他這樣稱呼我。身體顯得格外瘦小，縮成一團藏在煙霧後面。煙霧通過氣管進入我的喉嚨，辣辣的，黏在音帶上，好像很多小蟲，清除不掉。我回答時，聲音沙啞，自己都沒有聽清楚。我雖然不抽菸，卻喜歡欣賞雪茄的香味，還從來沒有對雪茄煙霧有過不適，這是第一次。

黯淡的目光，遲鈍的眼神，軟軟地隨著菸霧一起瀰漫在空氣中，讓我心生憐憫不敢直面看他。這個老頭除了辦報，

好像什麼都不會。難怪他的老婆跟別人走了，把獨生女兒留給了他。

他從寫字檯後面站起來，先是沿著牆壁走了一圈，然後在房間的中央來來回回。他走路時身體前傾，低著頭急匆匆趕路的樣子。他沒有方向，盲目地擺動肢體，越走越快。袖管擦著身體，皮鞋擦著地毯，兩條肥大的褲管，叭嗒叭嗒前後晃動。彷彿兩把扇子，幫他把內心的焦慮排洩出來，傳遞給我。

突然，他停在我的面前。我趕緊從沙發上站立起來。他的背像弓一樣彎著，好像被抽掉了脊樑骨，矮我一大截。他握住我的一個手，手心對手心握得很緊，好像他的心思都在手裡。另一個手覆蓋我的手背。然後緩緩地抬起頭來，什麼都不說。他的眼睛裡閃著淚光，透明的厚厚的，覆蓋著棕色的眼珠，眼神越加迷茫軟弱。彷彿在乞求我。不是乞求我留下，而是乞求我去幫助他的女兒，到小城週報去工作。

他說，這個夜不閉戶，車不鎖門的地方，看上去幾乎沒有什麼新聞。其實不然。這些話到了我的耳朵裡變成──所謂報紙如同一份地方活動通告，毫無精神壓力，天天晚上可以呼呼大睡。

他要我把眼光看得遠一點，那是一個很有潛力的地區，尤其是新建的華人城鎮，多為投資移民，應該有許多好故事。

我的理解是──這種報紙我一個人就能穩穩當當地承包下來，他竟用了三個記者！我是第四個！好一個養尊處優的鐵飯碗。

老頭讓女兒守著那個地區，多半是放長線釣大魚，看上了新興華人社區的廣告收入。他不知道我已經生厭於名氣和風光，我需要的是休息。

　　他給我一個星期時間做準備，說穿了，就是放棄原來的計畫，聽從他的分配。

　　我假裝勉強接受，假裝受了他的感動，假裝感謝他的栽培，心裡卻是興高采烈，非常樂意地接受了這次調動。誰讓我是報系內唯一的華人記者呢？沒有競爭對手，得天獨厚的優勢不用白不用。

　　我們各懷鬼胎，殊途同歸。可是，都沒有料到，自從我去了以後，老闆和他的女兒、我和其他記者的命運都發生了驚天動地的變化。

第二章

十天的假期，我只用了三天整理東西，該賣的，該送的，該捐的，都處理完畢，第四天便啟程了。小城並不遠，車往北開，穿越山脈，飛機只要一個多小時，開車卻要花費兩天。多少年來，我習慣了匆匆忙忙，靠著汽油和發動機，把身體送到東南西北，思緒像子彈一樣，到處亂竄。一手握著方向盤，一手打電話，腦子裡旋轉不停，心裡只有目的地。現在，如何花費七天的時間去走兩天的車程，反而變得不知所措，毫無頭緒。

山崖陡峭，怪石猙獰，山道彎曲狹窄，頭頂一線藍天。飽滿的雲朵沿途陪伴，好像趕集似的，有的像羊頭，有的像白兔。山腰上躺著肥肥胖胖的白雲娃娃。登山者貼在笨頭笨腦的岩石上，五彩繽紛的服裝好似紅藍綠紫的花朵凌空而開。我停車仰望，越往上看，色彩越淡，淡得幾乎融入石壁。胖娃娃已經離開山嵐，坐上山頂。登山人蠕蠕而動，猶如指甲一樣的甲殼蟲。有幾次，看著他們往下墜，被岩石彈開，掛在蔚藍的空中，手裡捏著一把汗。遠遠的一幅圖畫吸引我的心和我的腦子，好像也被牽入畫中，癢癢的，想做點什麼。文字從嘴裡出來，不寫不行。身不由己地回到車裡，打開手提電腦。電腦螢幕閃了閃，出現天水合一的藍色照片。選擇這個畫面，是為了提醒自己無求無為，放鬆緊張的神經，恢復睡眠能力。滑鼠一眨一眨對我說，怎麼開頭呢，寫登山還是寫風景？或者升騰上天，換個角度看人間？我沮喪地趴在方向盤上，好像受刑一樣，內心亂作一團。想讓自己從圖畫中走出來，拉到消遣的距

離，卻是如此不易。

關上電腦，腳踩引擎，開車就走。可是，那些彩色的花朵一直在眼前晃動。開了兩個小時，轉進了山坡上的一個加油站。加完油覺得無聊，買了飲料和墨西哥捲餅，走向露天餐桌去吃午餐。一坐下，就覺得汽油味太重，嗆得鼻子流水。東張西望，想找旅館躺下來，睡上十幾個小時。服務員說，還得往前開，下了山就有旅館，相當不錯的。

走完了山路，就是平原，一望無際，公路兩邊都未開發。齊腰的雜草，開著金黃色的太陽花，簇簇相依，長在路邊的鉛絲網兩邊。仙人掌的肥厚葉瓣在乾枯的灌木林中昂然挺立，如貴族一般，綠得油光閃閃。小鳥跳躍，老鷹俯衝，好像在天空玩著捉迷藏的遊戲。自然界的秩序，陽光雨露，種子根鬚，自生自滅，看得我手腳癢癢，感慨萬千，又想動筆。

車很少，塵土飛揚。不論什麼車，迎面開來，一身塵埃，黯淡無光。司機很熱情，揚手招呼，比較城市裡陌生人相遇時的微微一笑，多了些許粗獷與豪情。我也揚手，張開左手的五指，在前窗玻璃後面擺一下，以示禮貌。人煙稀少的地方，給人安寧也令人驚悚。美國讓民眾合法擁有槍支，如果我是當地居民，一定把槍帶在身邊。不過，我怎麼會生活在與世隔離的荒原裡？我沒有帶槍，也不會用槍。看到有人煙的地方，車頭一轉，馬上開進去了。

南方的小城鎮，還沒有被現代化的購物中心和立架橋染指。主街兩旁都是小商店，餐館、旅店、理髮、服裝、食品等，依舊保留著個體戶的規模，櫥窗裡琳瑯滿目，牆上掛著歷史照片。我走進一家食品商店，正巧沒有顧客，老闆以為我是日本人，說道：「二戰時，這裡當兵去日本的有四個，都活著

呢！另兩個去菲律賓打日本兵的死了。」他說話時，帶著驕傲的口氣，進了我的耳朵，不由得心驚肉跳。他還告訴我，日本戰敗之後，這些老兵帶回不少日本的軍刀，現在價值連城，變成古董呢！我說：「我從中國來。」他笑了，笑得很客氣，露出一口不大整齊卻刷得很乾淨的牙齒。老闆臉上有風吹雨淋的滄桑，但是頭髮濃密，目光炯炯，大約五十來歲左右。店裡沒有中國貨，一個也沒有。蜂蜜、果醬、乾果，都是村裡人自己做的。鐵製的湯鍋和扁平的炒菜鍋拿在手裡沉甸甸，做得土裡土氣。我說：「你有沒有睡覺的土方子，我睡眠不好，不喜歡吃西藥。」老闆說：「小伙子，幹點力氣活，喝點酒，躺下就能睡，哪裡需要土方子？」我點點頭，便在門旁的椅子上坐下。椅子也是老式的，扶手連著靠背，有手工雕琢的痕跡。老闆看我不急著離開，便打開話匣子，一聊就是幾個小時。從家人說到總統，從歷史說到現狀。他們的孩子不上政府學校，太太自己教。我的腦子裡出現中國古時的私塾，老先生帶著瓜皮帽，一副眼鏡掛在鼻尖上，搖頭擺尾地吟誦詩詞。我說：「你太太是讀教育學的嗎？」他笑得眼睛像條線，擺手說：「沒有沒有，高中畢業。她和孩子一起學。」

「你放心嗎？」

他說：「送到公立學校去讀書，我才不放心呢！」

聽得我一頭霧水。他繼續說，家裡有農田，奶牛和果樹，一家人就是一個農場，一代一代傳下勤快的美德。週末全家去教堂做禮拜。

我的思維跟不上他的話語，太多的疑問，像綁帶一樣繞在頭上，越勒越緊，眼珠子快要蹦出來了。他的嘴唇在白色的牙齒上不停翻動，喜悅之情從牙縫裡流出來，好像自編自唱，動

聽的曲子一樣，可是，我一點不懂。

　　他問我讀不讀《聖經》，這話我聽懂了。《聖經》一書在每個旅館的抽屜裡都有。我翻過，也是看不懂的。他說：「我的孩子們都喜歡讀《聖經》。」我不敢看他的眼睛，心裡想。小孩子難道比我還聰明？

　　「你應該去教堂，對你有好處。」

　　我一笑了之，鞠躬向他告別。這個美國佬活在神話世界中，說得振振有詞。這樣的思路怎麼做生意？怎麼去賺錢？不見得把商店當作慈善機構吧！他一定在吹牛。晚上躺在旅館的床上，想著他的農場，維持生計的的主要來源。中國人只需要一畝三分地，就能養活自己。老婆孩子熱炕頭，就是理想生活，一代一代往下傳。但是，到了現代社會，家庭頂得過政府嗎？個體頂得住資本嗎？人靠大地供養的關係，所剩無幾。南方的小城真讓我開了眼界，好似滾滾紅塵之外的一塊寶地。這晚睡得平安。

　　早上開出去看日出，起伏的山丘黑黝黝的，好似熟睡的巨人。第一縷晨光托起天幕，漸漸往上升，橘色的、紅色的、金色的，萬丈光芒從山後噴射而出，給群山披上綠色的外衣。我盡情地開車，一邊聽著收音機裡的鄉村歌曲，看天看地，美不勝收。

　　開半天，找個汽車旅館住下來，然後去附近的酒吧填飽肚子。南方男人憨厚豪爽，一律穿格子布襯衫和牛仔褲，頭帶一頂寬邊帽。小鎮的女人很少化妝，個子大而結實，也穿格子布襯衫，下著寬鬆的西式休閒短褲。

　　男人聚集在酒吧裡看球賽，一邊喝著美國啤酒。我也要了一瓶啤酒和一個火腿三明治，大口大口吃起來。我是唯一的

亞洲人，夾在中間，有點拘謹。他們見面脫帽，握手報尊姓大名。我敷衍著微笑，重複相同的客氣話。準備吃完就走人。坐一會兒，氣氛在議論球賽中漸漸鬆弛。他們記住了我的英文名字，喚聲此起彼落。我卻一個也記不住。他們不顧體面地高聲大喊大叫，如入無人之境。這些人，就像西部電影裡幾個著名演員，嗓門衝天，我也跟著叫起來。

第三章

　　到小城是第五天上午，辦公室設在市中心最高的一棟樓裡。門口有個露天停車場，進口處豎著大木牌，寫著停車規則，旁邊的牆上有個金屬盒子，上面編著號碼，這些號碼就是停車位，每個小時一美金。

　　初春的陽光把空車位上的水泥地照得亮晃晃耀眼刺目，路邊的樹叢圍在停車場外，微風吹來了清新的草香和泥土芬芳，新芽點點，探頭探腦，生氣盎然。我把車停了，做了幾次深呼吸。空氣是陌生的，流動在水泥建築和移動的行人車流中。

　　推開旋轉式的玻璃大門，迎面見到的是管理人員。棕色的皮膚，油光閃亮，穿一身黑制服，儼然像警察的樣子。他熱情地和我打招呼，問我需要什麼幫助。我搖搖手，謝了他。左面牆上有個長條的玻璃鏡框，上面貼著每層樓的註冊公司名字以及人員所在的房間號碼，上面有律師事務所、會計事務所、貸款公司等等，字碼都是金色的，可謂字字閃金光。名單下面是地圖，標上了警衛的位置和第一層樓的各家名稱。

　　報社在底層，按照號碼，左轉就是。站在報社門前，牌子上寫著三個人的名字。門沒有鎖，輕輕一推就進去了。裡面是個廳，像小接待室，深綠的地毯黑線格子，黑色的皮沙發，玻璃面的茶几桌，上面放著一些過期的雜誌和報紙。牆壁上，掛著法國印象派的仿製油畫。

　　「哈囉──」我喊了兩聲，沒人答應。推開左面第一個門進去，裡面坐著兩個男人，三張寫字檯，中間那張空著。週報的同仁對我從天而降，突然出現在他們眼前好像沒有準備。兩

人像受了驚嚇似地從椅子上挺身站起，臉上看得出是故意掩飾的淡漠表情。我走過去把背包放在中間的寫字檯上，笑著說：「這是我的辦公桌嗎？」我跟他們一一握手，一邊自報姓名：「我是湯姆，姓林。不好意思，直接闖進來了，很抱歉。」他們把我的話當作風一樣吹過，毫無反應。我來不及考慮自己的處境，只見裡面那扇玻璃門動了動，又了彈回去。這時，男人們臉上露出了笑容，一看便知道這笑容是故意貼上去的。他們各自報名，凱文、約翰。其實我早就知道了。不僅老闆說了，門口的牌子上也貼著各人的尊姓大名。他們也是知道我的，我的名字和業務水準。

我說，我的車停在外面，沒有付錢。沒有反應。我想說點活躍氣氛的話，竟然一時無從開口。說時遲那時快，一個東西從背後越過我的肩膀飛過來。原來是一張藍色停車牌，上面寫著白字14號。我的目光順著車牌的方向倒回去，看見一個女人的背影，一身黑衣服，眨眼就消失在玻璃門後面。我當然知道這個女人是誰，大聲說：「艾瑪，謝謝你！」

拿著車牌走到停車場，腦子空空，只有那個黑色的影子在眼前晃動。找到14號金屬盒子裡，塞進去，發現牌子背面用透明的膠帶貼著兩把鑰匙。鑰匙大小相似，齒痕不同，一把應該是辦公室鑰匙，另一把應該是我的公寓鑰匙，上面有204的號碼。等我回到辦公室，兩分鐘之內，兩個男人都不見了。

我坐下，打開電腦，開始了新的工作。

如今當記者，資訊交流太方便了，打開互聯網，隨手編排一下就發出去了。艾瑪熱衷於趕鴨子，很像她的父親。我出去了。逛商店，沒有發現順手牽羊的小偷。去醫院，沒有因犯罪而受傷的病人。吃在飯店，口味尋常，沒有什麼特色菜。警察

局裡甚至沒有交通事故的紀錄。心裡依舊懷念小鎮的感受，厭倦於城市的嘈雜。空手而歸，艾瑪的臉拉得老長。那兩位原記者呢？人無影蹤，報紙上也不見什麼聳人聽聞的消息。

我住的公寓離辦公室不遠，在城市的公園旁邊，出發前，老闆的祕書都有交代。樓下有花園草坪，還有一個小涼亭，上面爬滿了青藤。大門進去就是車庫，裡面很暗，轉彎角有個電梯，我住在二樓。

開始我並不知道其他同仁住在哪裡。後來得知凱文與我只有一牆之隔，我從來沒有在公寓裡與他照過面，是約翰無意中說漏了嘴，稱凱文為我的鄰居。

兩個男記者，凱文引人注目，義大利後裔，長得很帥，大而黑的眼睛裡藏著淡淡的憂愁，談吐舉止彬彬有禮，說話聲音圓潤動聽，很像電影明星。這麼溫文儒雅的男人，應該能成為很好的朋友。我主動找話，無論談天氣還是聊足球，他總是閃爍其詞，似乎存有莫名其妙的戒心。

下班以後，無所事事，最近的酒吧座落在山坡頂上，開車上去只要五分鐘。酒吧裡，晚上有很多女人，多是單身貴族。有家的女人晚上一般不出門。酒吧是男人的天下。很久沒有喝酒了，很久沒有女人在枕邊。找個女伴幾杯酒下肚，談得投機了，就有一夜情。我喜歡東方女人，嬌小的身材，皮膚光滑，沒有洋人的氣味。有時候，我中午也去那裡吃飯。希望在冷靜的時候與半夜裡瘋狂過的朋友約會，測試一下到底能夠相處多久。

第一次吃午餐，就碰到了凱文。我走上去和他打招呼，他好像不認識我一樣，先一步走了。我明明看見他坐在靠窗的一個座位旁邊，怎麼轉眼不見了呢？下午我在辦公室裡問他，被

他一口否認。我毫不懷疑自己的眼睛，認為「否認」背後一定有精彩的故事。於是，我越加注意凱文的行蹤和舉動。那天，和我對飲的女人是亞裔小個子，有一對機靈的眼睛。我去她公寓享受一夜，是我喜歡的那種含情脈脈半推半就的女人。男人天生愛當征服者，自古英雄有多少為爭奪女人而流芳千古，載入史冊？而今女人要平等，在床上比男人還要兇，這樣的女人只配去搞同性戀。我們第二天晚上再見面，她的眼睛盯著我，我卻到處找凱文。她見我心不在焉的樣子，吃到一半，拂袖而去。我連她的名字都不知道。後來，我找她等她，不知道她藏在哪裡。

白天的酒吧就是一個速食店。窗口看出去，山下的景色亂七八糟，東一堆西一堆，參差不齊的屋頂好像一個個放大了的蝙蝠翅膀。但是到了晚上，所有的醜陋都被掩蓋，只有繁星與燈光交相輝映，山上看下去，夜景很美。酒吧裡男人並不多，除了未成熟的青年就是我們這些「老光棍」了。女人多得像蚊子，嗡嗡嗡，圍著男人轉。有時候，我什麼也不喝，只看別人的感情表演。有時候，我捧著一杯威士卡，假裝舌頭打結，走路搖搖擺擺，去吸引眾人目光。這個方式百發百中，總有女人乘虛而入，懷著不同的目的。這是我釣美人魚的方式。我很羨慕凱文，身後總是有一群蝴蝶。這個男人白天像隻懶貓，吃了午餐才去上班，辦公室裡相互打個招呼，老死不相往來。晚上，搖身一變成了好漢。他的眼睛像獵人一樣明亮，在人群中掃來掃去。他的女人像走馬燈一樣不停地變換。雖然都是逢場作戲，但是，他從來不空手而歸。在競爭女人方面，我根本不是他的對手。

有一次，凱文下午沒有來上班。太陽落山了，天色漸漸暗

下來。我關了窗準備回去。不料，艾瑪神不知鬼不覺地站在身後，真像從地獄裡出來的一樣，嚇得我跳著往後退。

「凱文這幾天晚上哪裡去了？」她漫不經心地問道，眼睛朝天，露出一對白眼珠。

「你是問我嗎？」我說。

「當然。」

「我們不住一個套間，我怎麼知道？」我隨口答道。

她即刻色變，轉身而去，那股狠勁像狂風一樣，好像多停一秒鐘都是多餘的。

晚上，我想著白天發生的那些事情，覺得非常奇怪。這裡的人際關係非同一般，天高皇帝遠，也沒有人來管。就在那天，就在我百思不解，陷入困境的時候。眼皮底下發生了另外一件事。我的臥室裡有個陽臺，對面是綠色的小涼亭。我把落地窗打開，突然看見涼亭裡閃過一個人影。仔細一看，是艾瑪。難道她也住在這裡？怎麼沒人告訴我？她躲在涼亭裡幹什麼？監視我還是凱文？

我把冰箱裡的啤酒都喝了，喝到肚子咕咕叫。半夜裡，去上廁所，聽見一牆之隔的凱文在洗澡，水聲嘩啦啦地響。我看了看牆上的電子鐘，過了三點十分。兩根指針差不多要碰在一起，好像一雙筷子就要夾住什麼東西。我突然獲得靈感，原來，報社把我安排在凱文的隔壁，就是凱文躲避我的原因。後來我聽說，凱文曾經在芝加哥報界名聲赫赫，離了婚，沒有孩子的牽掛，搬到這裡來逃避煩惱。但是，到了這裡，他還有更多的故事，我被蒙在鼓裡。

第四章

　　凱文和約翰，和我的年紀不相上下，都是單身漢。三個男人圍繞一個單身女人轉，絕不是偶然的安排。說得難聽一點，好像是一場競爭「駙馬」的遊戲。按照這個邏輯，派我去，似乎他們兩個都沒有達到老闆的要求。這種感覺不是憑空而來，也不是我自作多情。這種感覺來自老闆女兒的神出鬼沒。艾瑪顯然對我的出現非常反感，彷彿我是被派來強姦她的一樣。

　　見面之前，我看了艾瑪的照片。照片裡的艾瑪和父親不像。也許是因為先入為主的關係，知道艾瑪就是老闆的女兒，見了艾瑪以後，我更加失望。

　　當初聽到「艾瑪」這個名字，帶給我的並不是愉快，好像心中隱約升起一種不祥的預感，但是說不出錯在哪裡。新聞界有很多女記者，以其獨特的優勢與男人競爭，我一直對她們敬而遠之，生怕一不小心踏入「男女平等」的陷阱。

　　生活在美國，時常在中英兩種語境裡周旋。撇開工作上的聯繫不談，艾瑪，是個外國女性的名字，正常的反應應該是她的形象、性格、能力，再深入一點，便是她的私人生活，是否性感，床上功夫如何？對於我這樣尚無候選人的離婚男人，至少不應該對艾瑪很感冒，更何況她是老闆的女兒？可是，當老闆從牆上把鏡框取下來送到我的手裡，這兩個字似乎從語境中游離出來，變得毫無意義。艾瑪，僅僅是一種聲音，不，不是單調的聲音，而是一種雜音，一種令人討厭的聲音，好像貓爪子在撕裂我的聲帶。我不喜歡美國女人。我曾經和美國男人討論過美國女人的問題。現代社會就是男爭女奪的社會。但是，

卻高舉著男女平等的旗幟。男人已經節節潰敗，守不住他們的陣地；女人卻步步為營，想把男人打得一敗塗地。

艾瑪就是這樣一個令人害怕的女人。直到幾年以後，艾瑪走了，我接替當了社長。她殘留在報社的氣息，那些噪音，彷彿仍舊黏在天花板上。那些憤恨的肢體語言，仍舊殘留在空氣中，時隱時現。一提起她的名字，我仍舊感到嗓子冒煙，仍舊感到焦躁不安，可見艾瑪多麼不簡單，可見她的能量有多大！

我當然知道名字只不過是一個符號，尤其外國名字，不像中國名字學問很大。再說，艾瑪是一個很普通的洋名，我不是第一次聽到，以艾瑪命名的人成千上萬，都聽過算數，像耳邊風一般。人與名黏在一起，符號變成了一個口袋，空洞抽象中填進內容，這個內容就是生命。生命變化無窮不可捉摸，有時候幾乎令人畏懼。每一次面對艾瑪，都是一場惡夢。

照片裡的艾瑪並不難看。這是一個又高又瘦的女人，濃眉大眼，短髮，長脖子，如果做成蠟像，可與模特比美。但是，一旦動起來，就像一陣旋風，好像腳下踩著輪子。這種速度如果用在冰上芭蕾，讓寬鬆柔軟的衣服充盈空氣，長了翅膀般地翩翩起舞，倒也好看。她不是，登登登每一步都像榔頭落地，身體一彈一顛，四肢張牙舞爪。這還不算，艾瑪的嗓門令人顫慄，兩片外翻的厚唇，靜止時，棱角分明，好像熟透的番茄鮮紅欲滴，一旦動起來，卻像兩件重金屬樂器，乒乒乓乓，驚天動地。她的肢體語言給人火山爆發的感覺，好像末日即將來臨。說得嚴重一點，就是精神暴力，我對她沒有一點抵抗力，只能舉起雙手喊投降。

艾瑪負責版面設計，文章編完了都要送到她那裡。辦報的都知道，文章越短，短文章越多，版面越好看。短文章的標

題必須做大，做得醒目，打開一個版面，如果沒有時間，看看標題就夠了。做標題是版面編輯的事，幸虧我喜歡寫詩，經常把標題做好了附在文章一起，送到艾瑪那裡。凱文也自己做標題，只有商業版的標題艾瑪自己做。即便如此，她還是沒事找事，雞蛋裡挑骨頭，好端端的消息，被她一處理，就走了味，常常讓人哭笑不得。

辦公室那扇彈性玻璃門，離我的座位不遠，我在文思枯竭時常常看著它發呆。這扇門和我一樣不知道忍受了多少委屈，動不動被艾瑪的高音節敲打。那聲音就像石頭那樣一塊一塊扔過來，嚇得我毛骨悚然。音速比人快，總是趕在艾瑪到來之前，幽靈般地鑽過細細的門縫，在天花板上膨脹盤旋，撞上去，跌下來，碎片紛紛，好像要把我壓扁。總之，只要艾瑪活著動著，我就不得安寧。

一個偶然的機會，我在鍵盤上輸入了「艾瑪」的中文拼音，我已經不記得為什麼要輸入這個名字，我平時都寫英文，除了瀏覽中文網站。也許在下意識裡，這個名字成為一個懸案，促使我去尋找真相？當我按下拼音AI、MA時，白色的螢幕上跳出兩個莫名其妙的字：挨罵。我頓時驚慌失措，手指僵硬地搭在鍵盤上，彷彿艾瑪就在螢幕上，我得低頭認罪。以後，「挨罵」在螢幕上不斷出現，一不小心就敲出這兩個字。「挨罵」就像一根棍棒，打在我的腦門上，嚇得我一見到就趕快把電腦關掉。

我常常望著她毒辣辣的眼睛和輕飄飄的背影，懷疑是因為自己的中國血統，黃皮膚黑頭髮，讓她看著不舒服？還是我在總部的鵲起名聲，刺激了她的嫉妒心？我在心裡說：「姑奶奶，你高看我啦，我不是來奮鬥的，我是來享受的。時間久

了，你就會明白。」我總是猜不透，為何老闆要將我置身於如此險惡的環境？為什麼當初他給了我一個風平浪靜無所事事的印象？為什麼他的女兒是這個德性？

要說艾瑪對我無理，似乎並不公平。總讓艾瑪發脾氣的是凱文，脾氣發得莫名其妙近乎故意找碴，看得我時不時地產生為他打抱不平的衝動。凱文和艾瑪是老鼠和貓的關係，凱文去了哪裡，採訪什麼人物，下一步的計畫等等都得向艾瑪彙報，彷彿脖子上套了一根無形的繩索。艾瑪喜歡讓凱文去她的辦公室，每次都是不愉快的結局。好多次，凱文已經退出來了，艾瑪還在破口大罵。隔著幾堵牆，她以為別人聽不到，卻瞞不過我的聽力。凱文好像是上輩子欠了她一屁股的債一樣，永遠還不清。令人不解的是，天底下竟然有這種男人，凱文對艾瑪言聽計從，毫無怨言。這不能不讓我歸結為女勝男敗，如果儀表堂堂的凱文那麼沒有出息，其他男人還有什麼出路？

有一天我正在網上看中文消息，突然艾瑪進來了。她總是穿寬大而且質地柔軟的服裝。那身土黃色的套裝，就像沙漠裡的旋風不停地呼呼咆哮。我一聽到她的腳步聲便把中文網頁關了，免得她來找我的麻煩。凱文不在，寫字檯在我的背後。我的背後不長眼睛，卻聽到抽屜被拉進拉出，好像冷颼颼的風鑽進我的衣服。乒乒乓乓的撞擊聲此起彼伏，蜂螫針刺一樣叮上我的皮膚，令人坐立不安。

事後我忍不住對約翰說：「艾瑪愚蠢極了，現在是電子時代，重要的東西哪能藏在抽屜裡？更別談侵犯隱私權利。艾瑪明目張膽地當著我們的面這樣做，到底是什麼意思？」

約翰有一張長臉，可能和下巴留著山羊鬍子有關係。他笑了笑，眼睛瞇成一條線，潔白的牙齒，亮得像一道白光。他

說：「沒什麼其他意思。她把凱文當孩子。」

　　「孩子？三十多歲的大男人……？」我還沒說完，心裡已經明白了一半。我說：「你不如說，她在凱文面前是個撒嬌的孩子。」約翰無奈地搖頭，彷彿對他們失望至極，不想再說下去。幾個來回以後，我確實悟出他們之間不同尋常的關係，不是上下級關係，也不是合作關係，他們有感情上的糾葛，凱文似乎有欠於艾瑪。我把這個想法告訴約翰。約翰不置可否地揚了揚眉毛，額頭上三條深深的皺紋一起抬了起來。從側面看過去，他的臉就像一鉤彎月，像我們小時候在圖片上看到的月爺爺。他的經歷寫在臉上，看上去比真實年紀蒼老得多。

第五章

　　約翰比我早報到幾個月。他不是新聞專業出身，主要寫有償新聞，屬於廣告性質。報紙靠廣告養著，約翰工作最忙。沒有約翰，我們都得去喝西北風。約翰帶回來不少傳聞。這些傳聞不一定上得了報紙，卻新奇有趣，我很愛聽。有時候，我順藤摸瓜，也能挖掘出一些比較像樣的故事。奇怪的是，他從來不告訴艾瑪。只對我和凱文說。我猜不透約翰打的是什麼算盤。

　　那天，辦公室裡只有我和約翰二人。辦公室的擺設非常簡單，三張寫字檯都在靠窗口那邊，就像學校教師裡的書桌，整齊劃一。另一面是各種設備和機器，還有多餘的報紙，堆在擱板上，好像一個小倉庫。一個落地窗簾像牆壁一樣，把房間一隔為二。約翰從小倉庫出來，複印一張女人的照片，遞給我看。那是一個張藝術照，女人穿和服，五官端正，臉上塗得雪白，沒有質感。約翰很少談女人，也不去酒吧宵夜。我揚眉問他，什麼意思？

　　他說：「有家雜貨店的老闆新娶了個香港太太，這個女人美得像天使一般。」

　　「就是照片上的女人？」

　　「是她，出生在中國大陸，先到香港再轉日本，和你年齡差不多。」

　　大陸女人？和我年齡差不多？我雙眉緊鎖，盯著女人的眼睛瞥一眼，再瞥一眼，心裡湧出難以言狀的驚慌。大陸女人比美國女人更男性化。男人能幹的女人也要幹，其實根本幹不

了。我想起了我的姐姐，上山下鄉時與男人一起去炸山，被石塊壓死了，血肉模糊，慘不忍睹。

「約翰，你喜歡香港女人？」

「美國很少看到這樣的女人。」

「美國女人是被男人寵壞的。」

他說：「美國女人什麼都要，但是不願付出。女權主義已經把男人逼到角落裡。」

我大笑說道：「原來你反對女權，你想讓女人都回到廚房去，是不是？」

「那也不一定。男人也可以回到廚房去，讓女人養著，女人幹不幹？」

「你要女人養丈夫嗎，哈哈！」我差點兒笑岔了氣。

約翰說：「出色的女人，剛柔一體，剛就是柔，柔就是剛。做事有擔當。」

「說得好，有擔當。」我說：「有擔當的女人很厲害啊。」

他說：「柔和軟不同，柔是指韌性，富有極強的生命力，軟是脆弱，一碰就破。」

「你對女人真有研究。」

「這個女人剛柔一體。」他說得非常爽快，聽口氣好像是他的情人一樣，不僅瞭若指掌，而且帶有些許自豪。

我說：「女人沒必要能幹，只要在精神上與男人同甘共苦，就夠了，別整天抱怨，是不是啊，約翰？」

約翰沒有回答，吐出了長長的一口氣，好像手裡捧著一杯滾燙的開水，鼓著嘴巴把裊裊的熱氣吹走。

「你嘆氣幹嘛呀？是不是看到喜歡的女人不屬於自己，有

點傷心？」

他說：「我接觸的女人並不多，看到女人就害怕。如今好女人真是屈指可數了。」

「別灰心麼。你想找中國女人，我幫你留心。」

他勉強一笑，對我的好心一點不在乎，連聲感謝都沒有。

我說：「大陸女人可不能和日本女人比。男女追求表面上的平等，在中國大陸有過之而無不及。其實女人極其自卑。」

約翰說：「她可不是你說的自卑女人，非常拔尖出色，是老天爺送給她的才能。」

「好，我去採訪她，明天就去。」

因為談女人，我和約翰之間有很多共鳴，淡漠的關係出現了轉機。他陪我去花店，生意興隆，顧客盈門，看的人多，買的人也多，排成長隊。這裡以前是個雜貨店，什麼都賣，利潤很低。店主娶了香港太太余丹卉以後，把雜貨統統清理走，改成今天的花店。盆景尤其精緻，遠看像花叢，近看就像一幅書法，一撇一勾，別具匠心。幾朵普通的鮮花，幾枝平常的綠葉，組合成錯落有致，繽紛爭豔得飽滿整體。每個盆景都有一點奪人眼目的安排，讓人想入非非。與女主人的氣質一脈相承。

花兒不在多而在生命和靈性，我寫了日本插花藝術的報導。購買盆景的顧客越來越多，竟然需要預約，尤其是那些留守在家的美國主婦，紛紛拜她做老師。余丹卉索性在店前的停車場上擺開長桌，一盆一盆插給顧客看，一邊解說，一邊操作。那個週末，丹卉大幅玉照上了報紙頭版。照片上她穿著和服，頭髮攏得幾寸高，眼光微微下垂，清秀高貴。日本女人的古典打扮對美國讀者來說意味無窮，老人懷舊，青年獵奇，男

人看臉蛋，女人看服飾，大家看得一愣一愣的，完全出乎意料。有個讀者來信說，以前只在電影和畫報上看到如此美麗動人的日本女人，以為那是神話，沒想到就在我們社區。約翰回來說：「花店裡擠得水洩不通，真得感謝你。」我說：「余丹卉確實有擔當，不僅有擔當，而且大手筆，有運轉乾坤的能力。」老闆來電話表揚我，說報導寫得賞心悅目，要繼續追蹤，把社區的活動帶上去。我對約翰說：「怎麼樣，你滿意了嗎？我們今晚去喝杯酒慶祝一下，怎麼樣？」

　　約翰有事，沒去成。過幾天，他說：「應該我請你，下星期帶你去一個地方喝酒，讓你開開眼界。」然後，一根手指豎在唇上，神祕兮兮的樣子，叫我不要多問。我的感覺再靈敏，也沒有察覺到這是一個重大計畫中的一個小插曲。

第六章

那天一上班，凱文拿著報紙來到我的面前，指著丹卉的照片問我是在哪裡拍的。報紙平放在我的寫字檯上，只見他的食指點在丹卉的臉上不停繞圈子。手指修長白淨，指甲剪得恰如其分一絲不苟，我好像看到了他的欲望在手指上產生的電流，摸著活人一樣。看得我噁心，真想對他吐一口水。

我說：「在她家裡。」

「你上她家裡去了？」他拉了張凳子在我旁邊坐下，脖子伸長了問。「她住在哪裡？」

我沒有理睬他，也不準備把地址告訴他。這是凱文第一次認真地和我講話。

「你看她的眼睛，像兩片尖尖的葉片，美得迷人。」凱文說著，把報紙提起來，湊到我面前。丹卉的臉上有潮濕的唇痕，這個色鬼！

「可不是？很有魅力。」我漫不經心地答道，心裡覺得和一個陌生男人討論陌生女人，非常沒有品位。凱文討個沒趣，便把報紙收回去，捲成圓棍狀。我以為他準備走了，便打開電腦，點開信箱。這是我每天要做的第一件事情。螢光屏上一長條來信，其中有一封是丹卉的。

我掃了一眼凱文，他還是坐在那裡，捲起來的報紙又被打開，攤在膝蓋上。要不是我的冷漠，他可能有許多話要說。這張報紙，不，確切地說，這張女人的照片，彷彿激起了他內心很大的波動，魂不守舍的樣子。因為這個原因，我沒有點擊丹卉的來信，馬上換了一個網頁，看當天的《紐約時報》。點了

幾個頁面，怎麼也看不下去。身邊這個騎士般的美男子把平時的風度丟得精光，憂傷的目光，木然呆滯。再坐下去幾乎要變成化石了。

我一把奪過報紙，心中的怒氣讓我手指發顫，真想當著他的面把報紙撕碎，把丹卉的照片扔到垃圾桶裡去。我說：「眼睛呈葉狀是化了濃妝的關係。你看裡面那張，她和太太們一起插花的照片。」我嘩嘩地翻到後面一頁。這一奪，他才回過神來，眨了眨眼睛，有氣無力地站起來，伸了一個懶腰。

「瞧，那張黑白的集體照，」我對他說：「這就是余丹卉。」

照片裡的丹卉眉開眼笑，許多女人圍著她，還有插花作品。集體照是遠景，沒有首頁那麼多細節。凱文點了點頭，顯然他已經看了全文，對集體照沒有興趣。他把報紙合起來，快快不悅地走了。

丹卉在信裡感謝我的報導，並要我定一個時間，由她請客吃一次晚餐。我沒有接受邀請，回覆道：「最近很忙，等有空了再說。」

凱文走後，我把抽屜拉開，裡面躺著丹卉穿和服的大照片，比報紙上清晰多了，這是我的私藏。照片上的丹卉，似笑非笑，一本正經，遠沒有真人那麼嬌豔。我上她家去了，找理由和她單獨接觸：給她拍一張穿和服的半身像。

我和凱文一樣，迷上了她的眼睛。那對扁舟般細長的眼睛，水波一樣溫柔的眼神，飄蕩不定，勾人心魂，讓我又怕又愛。上她家的前天晚上，我幾乎失眠，翻來覆去想著如何擺布她。睡夢中居然和陌生女人做愛。這個人不知道是誰，肯定不是丹卉。

　　第二天去她家之前，我不知道自己應該穿什麼衣服。穿上了西裝，找來找去找不到合適的領帶。只好換一件藏青夾灰線的夾克衫，裡面穿白色的翻領T恤。我把皮鞋擦得鋥亮，刮乾淨鬍子，噴了香水。

　　房子很大，花園外面圍著白欄柵。我來不及細看，直奔大門。按了門鈴，好一會兒才見雙面大門的把手動了動。門也是白色的，如果沒有燙金把手，有點像醫院了。大門徐徐打開，一個白色的精靈彎下腰，請我進去。我從下往上看，腳下踩著木屐，走起路來就像中國的三寸金蓮，步子小得與原地踏步差不多。而她的體態就在小幅度的擺動中變得忸忸怩怩，臀部、胸部、肩膀、脖子，線條委婉流暢，好像拋出一個個溫柔的繡球。

　　白色的和服上面是刺繡的茉莉花。白色的牆壁，白色的地毯，白色的傢俱，丹卉和茉莉花合為一體，真實得觸手可及。整個世界都在旋轉。我拚命地按相機，生怕這是一場夢。我聞她的體香，轉動她的肩膀，用手托她的下巴，順著裸露的後頸窺視裡面嫩白的皮膚。這一切都在攝像的名義下進行。整個上午，我和她周旋。

　　女人氣定神閒地坐在那裡，對我的試探毫無反應。她越不在乎越吸引我，越讓我舉止過分。當我扯著和服的領子，手背貼上她的皮膚時，一股電流從心中穿過，我暈得閉上了眼睛。這時，我聽到丹卉說：「林先生，憑著您的攝影水準，我可以拿著照片取悅任何男人，是嗎？」她說得細聲細氣不慌不忙。我的臉一下子紅到脖子，結結巴巴地回答：「陳太太，您⋯⋯，這是⋯⋯」

　　「丹卉。」她打斷我，說道：「叫我丹卉。」

「是，丹卉。」我低下頭去，不敢再看她的眼睛。

她輕輕地說：「怎麼啦？不舒服嗎？」

我拚命地搖頭。

「要喝水嗎？」她準備站起來，被我按下去。雙手搭在她的肩膀上，感覺到她的體溫透過綿薄滑爽的絲綢纖維流入我的手心，傳進我的身體，這種感覺令我陶醉。我真希望世界就此停下來，地球不再轉動，希望今天就是我的末日，讓我死在她的面前。她抬起手臂握住我的手腕，我如夢初醒，趕緊把手收回來，放到背後去。她說：「林先生，很抱歉，讓你辛苦了。其實我有穿和服的照片，幾年前在日本照的。」

「嗯，我知道。」

「你怎麼知道？」

「報社有人給我看過。」

「那你為什麼還要拍？」

「我喜歡自己的作品。」

「我能給你做什麼？」

「不，不，什麼都不要做。」

「也許我能滿足你。」她挺直了身體，抬起頭來，下巴幾乎貼到我的胸前。

我用手指輕輕地掠過她的臉頰，說道：「我喜歡你的香水。」

「啊，男人都這麼說。」一副媚態，明亮的眸子裡灌滿了深深的柔情。

我去了廁所，請她不要亂動，坐著等我。我在廁所裡打開了水龍頭，拚命地往臉上沖，然後對著鏡子打自己的臉，劈啪劈啪的聲音彈跳在乳白色的大理石裝飾臺上，顯得空洞蒼白。

一直打到辣辣地生疼，我才走出來。她竟然聽從我的擺布，安靜地坐在那裡，坐了好幾分鐘。

拍完照片，她送我出來時，在大門口給了我一個象徵性的擁抱。我知道這是她的誘餌。這個女人簡直是個妖精，在男人面前，她收放自如，卻不讓你得手。在她擁抱我的時候，我真想一把抱起她衝進屋裡。如果沒有職業的束縛，如果可以不講後果，如果我是原始人，此時此刻她屬於我。但是，理智不允許這樣做。我從那棟三層樓的豪宅裡狼狽地逃了出來。現在丹卉邀請我吃飯，我怎麼不想見她？怎麼敢去見她？說忙，是託詞，我心中害怕。

第七章

　　約翰的車很整潔，車身寬敞，黑色的皮椅，一塵不染，完全不像個單身漢的樣子。約翰長得和一般的洋人沒有多少區別，卻有一對敏銳的眼睛，這對眼睛在又黑又長的眼睫毛的保護下，常常半睜半開，目光朝下，但是只要偶爾瞥上一眼，就像鐳射一樣厲害。我對他的目光有一種特殊的敏感。不像老闆的目光刺激我海闊天空想入非非，約翰的神態內斂含蓄凝重，好像很多線索纏繞著他，別人永遠捉摸不透。

　　一上車，我就覺得氣氛不如我想像的那麼輕鬆。我們不是去喝酒消遣的嗎？怎麼像執行任務一樣嚴肅？窗外是大霧。茫茫霧氣好像千軍萬馬，撥開黑色的天幕，朝我們湧過來。約翰握著方向盤，眼睛注視著前方，心裡好像在想什麼問題。

　　「你想帶我去哪裡，約翰？」

　　他說：「保密。」

　　我笑著說：「有什麼好保密的？上了你的車，我插翅難飛，這條命就交給你了。」

　　他竟然不辯解也不想多說一個字，故意把懸念高掛在車頂上。我的感覺一下子變得沉重起來。手在光滑柔軟的皮椅上滑來滑去，思緒早就飛出去了，迷失在濃濃的黑霧之中。我想到了英國的福爾摩斯、法國的波洛，還有國際間諜007龐德。我從小喜歡偵探故事，夢想自己長大了成為料事如神的偵探。讀新聞專業與這個愛好也有關係，具有探險和破案的樂趣。此刻，約翰就成了我的推理對象。我把內氣凝聚成一點，讓意念去掃描。外部世界在掃描中放大擴張，如同放在顯微鏡下一

樣。車內車外，上上下下，密密麻麻地掃。突然，我聞到一股
異樣的氣味。我把手伸向空中，隨意撈一把空氣，貼近鼻子嗅
了嗅，有點薄荷的清涼味。我以為是約翰在嚼口香糖。但是，
他的嘴唇緊閉，全神貫注地開車，一動不動。汽車拐了幾個彎
以後，香味漸漸濃郁，冷冷的，沁人心脾，好像窗戶外面的霧
氣滲透進來，穿過五官和肌膚，滲入體內，令人耳目一新。車
窗全部關上了，我掃了一眼後座，什麼都沒有。我朝約翰掃了
一眼，以為是他噴了香水。這種香水並不陌生，不應該是男人
用的。我合上眼睛，竟然模模糊糊地看到一個女人的胴體。做
了幾次深呼吸，認定那是一種花香。約翰的車裡怎麼有女人香
水味？幾分鐘後，終於斷定那是茉莉花。

　　外面下起了細雨，車窗上，雨刷有節奏地劃動，發出嗚嗚
的嗚叫，把我從沉思中喚回來。天上烏雲密布，雲與雲之間殘
留著絲絲月光，好像工筆畫，讓雲朵有了起伏的層次。汽車開
上高速公路，大雨下來了。車燈犁開雨簾，所見非常有限。我
們向郊區方向去，路上車很少。公路是最近剛修好的，所有的
坑坑窪窪都被填平了，好像溜冰場一樣光滑舒暢。約翰只顧開
車，好像我不存在似的。香味裹在疑團裡，在車頂盤旋。我打
破沉默，問道：「約翰，你用什麼香水？」

　　他說：「什麼？香水？我什麼都不用。」

　　我說：「這車裡有香水味。」

　　他說：「沒準是你自己噴了香水。」

　　我說：「今晚我沒用，你的車裡坐過女人嗎？」

　　他說：「沒有。」

　　車子往右邊轉彎時，前面有了紅綠燈，意味著我們從高速
公路上下來了。雨停了，終於鬆了一口氣。我向窗外觀察，兩

邊都是農田，一點燈火也沒有。轉彎，爬上山坡，老遠看見了那個Jasmine Flower的白色霓虹燈招牌。再轉彎，車停了。

約翰呵呵笑著，一邊說：「茉莉花酒吧，沒聽說過吧？」

「沒有。」我說。心裡想，恐怕就是南方的牛仔式酒吧，怎麼取了這麼一個文謅謅的名字？

停車的地方在酒吧的前面，有一條彎曲的石板路通向大門。路旁的電線桿上有盞路燈，燈光像細雨一樣灑下來，落在停車場上。我數了數，已經有十幾輛車先我們而到。我忍不住問：「茉莉花，好個女性化的酒吧名字，是不是同性戀場所？」

「女同性戀？」約翰笑著反問。

「不是嗎？」我走近他，一邊說一邊在他的肩膀上拍了一下，嗅了嗅揚起的塵埃，證實他沒有用香水。

我說：「約翰，中國有一首很著名的民謠，就是讚美茉莉花的。」他微笑著點了點頭，好像早有所聞並不陌生。我輕聲哼了起來：「好一朵茉莉花，好一朵茉莉花！」

「是個避難所。」約翰說得很隨便。

「什麼？酒吧是個避難所？」我尖叫，停住了腳步。

「噓……，」他回過頭來，輕輕地說：「進去看看，沒有你想像的那麼糟糕。」

我怔在那裡沒有動。從車裡一出來，我就聞到空氣中的茉莉花香。香氣在雨後的夜晚變得甜滋滋的，馥郁溫馨。我扔下約翰，情不自禁地迎著花香走過去。先是到了後院，圍牆並不高，踮起腳尖看裡面，只見黑壓壓一片。莫不是種著茉莉花？繞著房子腳高腳低地走了一圈，彷彿經過了薰香沐浴的洗禮一般，心中填滿了說不出的喜悅。有本書上說，氣味能改變人的

性情，今天我算是領受到了。俗話說，氣味相投。我和茉莉花有緣分。

這是一棟由民宅改建的商業用房，根據占地面積匡估算，最多四個睡房，兩個廁所。所有的窗戶被封住，嚴嚴實實裡面透不出一絲亮光。整棟房子只有大門上面那個「茉莉花」酒吧的英文招牌閃著白色的螢光，英文字母用細細的燈管彎製而成，彷彿粉筆字寫在黑色的天幕上。

月亮在雲朵裡露出半個臉，月光與霧靄，朦朦朧朧，花香似乎也有了分量，吸進去吐出來，心裡一陣暢快。我朝大門走去。約翰正在抽菸，站在門口等我。見我過來，便把手中的香菸掐斷，扔進了門旁的垃圾桶。

「約翰，」我輕輕地說，「你現在改變主意還來得及。」

「什麼意思？」他問道，「你反悔了？」

「我可沒有想在避難所請客。」

他給了我一拳，笑著說：「走吧，進去你就知道了。」

我也哈哈大笑，這個鬼地方，我從心裡喜歡它。

大門很寬很厚重，門的上方，有兩盞蠟燭燈外面照著紅燈籠。暗紅的燭光下，兩個石獅子分別站在大門兩側。一陣風吹來，聽見樹葉竊竊私語，然後是風鈴叮叮噹噹的伴奏，這時，我看到天上的月亮出來了。

第八章

　　約翰說對了，避難所沒有我想像的那麼糟糕。拉開沉重的大門，裡面好多穿旗袍的東方姑娘。金色的綢緞閃閃發亮，裹在苗條的身子上，好像從天而落的片片光明。啊，幽幽清香，茉莉花酒吧，名副其實。

　　我們找了空位坐下。高高的酒吧凳子，就像站著一樣，讓我們的視線與服務員保持在一個水平線上。對面是五顏六色的酒瓶，排列在寬銀幕一般的鏡子前面，令人眼花繚亂。

　　約翰要了兩瓶啤酒，厚厚的白沫漫出玻璃杯的邊緣，然後沾上了他的山羊鬍子，晶亮亮一片。約翰問我喝什麼，把一瓶啤酒推到我面前，我擺擺手，推回去，要了一杯朗姆酒。客人並不多，都是男子漢。我的後面是舞池，左面是兩張撞球桌。音樂繚繞，歌舞昇平。女中音的氣聲：「好一朵茉莉花呀，好一朵茉莉花。」我捧起酒杯，一飲而盡。酒精熱乎乎地在體內迴蕩，爬上了我的耳朵，流進了我的眼睛。美妙的音樂在酒精中發酵，坐上了旋律的秋千，搖啊搖，把我從異國他鄉搖到江南水鄉。我閉上眼睛，唱得得意忘形。搖啊搖，搖出石橋拱門，長辮子姑娘，白蘭布花短衫，一手挽著花籃，碎步走在河邊。滿園花草，香也香不過它。

　　約翰以為我想跳舞，便朝側面的小姐打了一個響指。我正想解釋，不料聽見有人在旁邊叫我。

　　「林先生，你好！」聲音彷彿一把手槍頂在我的腰部，嚇得我不敢動彈。好像法官手裡的那塊木板，「啪」地敲下來一錘定音。好像小偷被警察抓住了一樣，感到無地自容。心中五

味陳雜，暗暗叫苦，怎麼會在這裡碰到她？

「哎呀，丹卉！」我從椅子上跳起來。「你好，你好！」

她抿嘴一笑，說道：「沒忘記我要請你吃飯？」

「不，不。」我說，「真是巧合。」我轉身看看約翰，他也抿著嘴笑。

「這，這……你們？」我語無倫次。

丹卉穿著與眾不同的白色旗袍，長髮披肩，髮夾上插了一枝白色的茉莉花。

約翰哈哈大笑，說道：「你怎麼糊塗了，不是我介紹你認識丹卉的嗎？」

「是啊，是啊。」我答道，心裡想，我可沒有請丹卉吃飯啊。

「太巧了，丹卉，我請客，您也一起來吧。」我一邊說，一邊攬上她的腰肢，吻了吻她的頭髮，好像我們是老相識一樣。「好一朵茉莉花呀，好一朵茉莉花。」我的腳好像踩在木板船上，眼前閃過彎彎的垂柳，露珠閃亮，柳花兒隨風飄揚，池塘裡遊著毛茸茸的小鴨。這支歌真纏人，甩也甩不掉。茉莉花就是她。

不知道自己是怎麼走過來的？只記得摟著丹卉，一刻也沒有分開。等我從窘態中回過神來，大家已經各就各位。入座以後，她在我的對面。紅木圓桌光滑如鏡，她的倒影和我的在桌面上銜接。空中的水晶燈，投下耀眼的光芒。我大喊：「燈太亮，太亮！」企圖用喊聲引來丹卉的注意。

小姐把燈光調弱，臉帶笑容，回到門邊，如同櫥窗模特兒，站著不動。

我說：「小姐，你過來。今天我請客，一起來吧，多叫幾

位。都叫來。」

大盤小碟，滿滿一桌，霧氣茫茫，人來人往。小姐給我們分菜，不停地回頭去看丹卉的顏色，菜到齊後，轉過臉來對我說：「先生慢用。」便退了出去。

屋裡只剩下了我們三人。約翰舉杯說：「丹卉請林先生，林先生請我，我請丹卉，大家都請，乾杯！」

「乾杯！」我和丹卉都站起來，玻璃杯撞得砰砰作響。我已經醉了。

我問約翰：「你是第一次來這裡嗎？」

他們倆相視而笑。難道真是情人的關係？凱文和艾瑪，約翰和丹卉，都已配了對，還要我來幹什麼？心裡鬱悶不平。

「陳先生怎麼沒有來？」我想提醒丹卉，你不是自由人。

丹卉說：「鮮花早市進貨，凌晨要工作，已經睡了。」

呵呵，丈夫睡了，你在夜裡無法無天。這樣的女人應該離她遠一點，我對自己說。

吃菜，喝酒，聊天，纏綿的旋律，迷人的女人，心情像潮水，湧上來退下去，一遍又一遍：「我有心——採一朵，我有心，我有心……」

丹卉說：「我收留這些沒有身分的女孩子，這裡就是她們的家。」

約翰說：「換言之，這裡是單身男子漢俱樂部。」

「你說什麼，約翰？」

丹卉說：「等會兒去跳舞，哪位小姐你們看中了就帶回去吧。」

「帶回去？」我喝多了，聽不明白。

「是，林先生，把你喜歡的小姐帶回去。」

「我能帶你回去嗎？」我用英文問，假裝開玩笑。

「丹卉是老闆，除了她，別人都能帶。」約翰幫她解圍。他們倆一答一唱，配合默契。

「約翰，你帶誰回家？」

「怎麼能告訴你呢？」約翰笑著說。

「凱文來過嗎？」

「Yes。」

「他帶小姐回去嗎？」

「Yes。」

「噢。難怪艾瑪發脾氣。」我自言自語。

丹卉說：「吃飽了去外面跳跳舞，這裡是姑娘們的照片，供你挑選。」

接過照相簿，我一頁一頁翻過去，再翻回來。一邊唸這些姑娘的名字，一邊用眼角偷看丹卉。丹卉把燈光調亮一些，我以為她要走了，不由自主地叫喊她：「丹卉！」

「嗯，看中哪一位？」她回過身來。我把照相簿還給她，什麼都不說。她似乎明白了我的意思，款款走過來，拉著我的手，走向舞廳。

丹卉在我的懷裡，摟著她，就像心裡盛開茉莉花。舞池裡客人漸漸多起來。金色的旗袍上停著簇簇螢火蟲，在幽暗的燭光中隨著音樂飛來飛去。芳香撲鼻，我把臉埋進她的頭髮，聞啊聞，好香的一朵茉莉花。這朵花在我手裡，凱文和約翰，你們嫉妒去吧！

「林先生，按照年紀，你是我的弟弟，可不能對姐姐無理。」丹卉說話時，一股潮熱的呼吸落在我的脖子上，緩緩地化開。

「怎麼知道我的年齡？」

「我們不是第一次見面。」

「我的姐姐被山裡的石頭壓死了。」

她把臉擱在我的肩膀上，輕輕嘆息。

「姐姐哪一年過世？」她輕聲問。

「73年。」

「文革中？在哪裡？」

「嗯，別提了。原諒我，丹卉，我喝醉了，原諒我。」

她用手輕輕地拍著我的背，好像在哄孩子。我更加摟緊她的腰，喃喃地吟唱。「我有心，我有心──採一朵……」

她的身體和我同步，忽前忽後，飄飄然踩在雲朵裡。但是，她的目光一直望著地面，好像心事重重。曲終時，我發現她的眼睫上有淚，一亮一亮。我去買了兩杯咖啡，端到她的面前。

「向你賠罪，丹卉。」

她含淚而笑，說道：「你真像個孩子，我沒事。」

我想，一定是我姐姐的事引起了她對過去的回憶。她不是比我大嗎？文革時她在哪裡？是不是她的父母遭到迫害？我想問問她，但是馬上打消了這個念頭。我們在美國都活得好好兒的，再去捅破那張紙幹什麼？這個時代，不說也罷，提起來，心潮如洪水，氾濫得不可收拾。

「讓我給你擦眼淚，好嗎？」

「不用。」她從我手裡接過紙巾，背過身去，吸乾了淚水。

我們各自手裡捧了一杯咖啡，說著不痛不癢的廢話。

「約翰呢？他經常來嗎？」

「經常來。」

「公事，私事？」

丹卉不答。

「這些姑娘真的沒有身分？」

「來，讓我們跳舞。」

「今天晚上誰送我回去？」

「約翰。」

「他人呢？」

「小心，別踩到我的腳。」

「你要我來幹什麼？」

「感謝你的新聞報導，給我們帶來很多生意。」

「約翰怎麼不跳舞？」

「他？」丹卉頓了頓，問道：「你需要知道約翰在哪裡嗎？」

「為什麼不呢？」

她在猶豫，好像有什麼祕密不能讓我知道。然後，把頭髮往後一甩，盯著我看。我笑著說：「有什麼大驚小怪的？」

「約翰在我妹妹那裡。」

「你的妹妹？在哪？為什麼不介紹給我？」

「別性急。」

她的手高舉過頭，轉了三百六十度，突然停住，上前一步挽上我的胳膊。「來，」她說，「我們去看看她。」

第九章

　　走進報社辦公室，撲面而來的是濃郁的茉莉花香。也許是凱文，也許是約翰，像我一樣愛上了茉莉花酒吧。兩盆盛開的茉莉花，帶來了酒吧的信號與磁場。清新的芳香，好像綿綿流長的泉水在我們心中蕩漾。茉莉花是溫婉的情愫，是美妙的音符，是旋轉的舞姿。女人就是一朵花，靠男人的呵護才會盛開。三個單身男子漢就此找到了生命的歸宿，我們之間沒有祕密。

　　昨晚神祕的經歷，我遲遲走不出來。啊，盛開的茉莉花，多虧了那輪皓月，那片寶藍色的天空！雨過天晴，後院的小徑鋪滿了銀光。丹卉挽著我從花叢中穿過。香氣拂面，耳清目新。我們回到了吃飯的小屋。丹卉請小姐送來兩杯茉莉花茶。一杯遞給我，輕聲問道：「冷不冷？暖暖手。」她從門背後取下一件白大掛，給我披上。然後把燈關了。

　　黑暗中只有我們倆。她坐在我的旁邊，肩並著肩。我手足無措。在公眾面前理直氣壯擁抱她的勇氣，被這突如其來的黑暗所震撼。她要幹什麼？難道是真的對我動了情？我的直覺不敢相信。我們近在咫尺，正襟危坐，好像被綁上了無形的鎖鏈。房間裡沒有一絲光線，我們相互看不見，只能用心去感覺。酒精已經褪去，茶葉讓我更加清醒。我想，這是她對我的考驗？還是故意給我一個出軌的機會？想到這裡，身體突然熱了起來，黑暗中我失去自己，失去面具，失去控制。陰陽兩極本來就是一個整體，缺一不可，否則就是病態就是殘疾。啊，我想跳起來，我要撲上去！如果一直坐下去，如果不是牆壁上

出現的新跡象……

那一點燭光，鮮紅鮮紅好像一滴血。燭光點亮我的眼睛，把我從狂躁中挽救回來。牆如水池，紅點如漣漪一般慢慢化開，染紅了中央，然後由紅轉白。牆壁變成了銀幕，裡面坐著兩個人。男人穿著白大掛，背朝外。女人穿白色的旗袍，瓜子臉，細長的眼睛，長得和丹卉一模一樣。這不是我們倆嗎？難道房間裡有攝像機？我一把抱住丹卉的肩膀，問她是不是幻覺？

「別慌，是我的妹妹，雙胞胎妹妹。」

「妹妹？雙胞胎？」我把她抱得更緊。

「是。」

「男人是誰？」

「約翰。」她說。

我們坐在暗處，對他們的一舉一動看得清清楚楚，好像在看無聲電影。女子在說話，時而有手勢相配。過了一會兒，男人換了個坐勢，手肘撐在膝蓋上，手掌托住下巴。我看到了他那彎月一樣的側面。

「約翰和你的妹妹，他們在幹什麼？我們為什麼在暗處窺視他們？」

丹卉聚精會神，沉默不答。兩道目光專注得凝固了似的，好像要穿透進去。她讓我抱著，毫不介意，好像我不存在一樣，好像她自己都消失了，除了一眨不眨的兩隻眼睛。她想看什麼？他們面對面地說話，我們根本聽不見。倒是我，抱著她，聞著她，又一次醉了。情火在體內燃燒，烈火熊熊。她應該感覺到，就像我給她拍照，和她跳舞時一樣，每一次衝動，她都感覺到了。如果我不及時下手，她會用一些特殊的舉動來

破壞我的感覺。她給過我不少機會，每一次都因我的無能和猶豫不決，使她改變主意。我的身體劇烈地顫抖，理智和激情、欲望和道德，互相殘殺。她輕輕地把我一推，站了起來，把燈打開，一邊說道：「我們吃飯時，她也看著我們。我回過頭去，這時才看清了那是一道玻璃牆，牆的那邊裝有白色的落地窗簾。窗簾合攏時，看上去就像一堵平常的牆壁。」

「你妹妹也看著我們？」我突然想起剛進來吃飯時，燈光亮如白晝，原來是為了讓她的妹妹看得清楚一些。我抓過茶杯咕嚕咕嚕一口氣把茉莉花茶喝完，然後脫下白大掛，扔給她。就在她轉身去門後掛衣服時，我的新聞觸覺被撥動了。我說：「她在尋找什麼人，是嗎？」

她猛一轉身，瞪大了眼睛，盯著我看了幾秒鐘。她的目光變得像刀刃一樣直射過來，在空中把我的問題「擦擦擦」切成碎片。但是她瞞不了我，那是為了掩飾內心的驚愕和虛弱。我瞪大了疑惑的眼睛，急切地等她回答。她的肩膀和腰肢一下子挺了起來，嘴巴噘得老高，哼了一聲，拂袖而去。

我大步追上去，把她拉向舞池。她把頭一扭，說：「別胡鬧，我累了。」我說：「姐姐，讓我們跳舞。」一聲「姐姐」，叫得她眼睛潮了，彆扭的身體頓時軟了下來。

我們進了舞池，她的手搭在我的肩膀上，我的手摟住她的腰部。舞曲在腳下旋轉，節奏代替情緒，肢體代替語言，身體之間只有一個拳頭的距離，但是，相互守住了底線。這時，我才近距離欣賞她的風姿、身體的曲線、細膩的皮膚、鼻尖和嘴角，……以及我們之間默契的眼神和會心的微笑。

一曲接一曲，我們跳得大汗淋漓。休息時，我說要喝酒，拉著她的手走到酒吧。這杯酒對我來說，就是催化劑就是加油

站。就在這時，我看到了凱文。凱文正從球桌那邊腳步輕快地走過來，好像不認識我一樣，招呼都不打，就把丹卉接過去。

丹卉轉身，朝我看了一眼。這個轉身算是她給我的一個交代。好像我們剛才的親熱是做給凱文看的，是為了引他過來。凱文點拉丁舞曲，以奔放的樂曲向我示威。他們跳探戈，合二為一，強烈而間隙性的身體擺動，兩人之間充滿張力。凱文跳得風流瀟灑，像西班牙的鬥牛士一樣驕傲，博得了陣陣喝采。我只想趕快離開，我想到了約翰，應該找他送我回家。約翰呢？難道還在那個神祕的暗房裡？乘他們不注意，我從酒吧的櫃檯上拿了兩根吸管，悄悄地溜進後院。

第二次進入茉莉花園，心中的鬱悶統統煙消雲散。彎彎的小徑只有兩步寬，上面鋪著碎石板。茉莉花的枝葉長得茂盛繁華，幾乎高過我的肩膀。我把四周的地形觀察了一遍，發現地勢下斜，茂盛的茉莉花枝掩護了後院的這所小屋，裡面彷彿隱藏了一個祕密。我找到了進入屋子的那扇後門，然後把吸管插進了鎖眼。談話還在進行，斷斷續續，女人的英文說得很累。男人不停用英文提問。聽到他們的談話之後，我一頭霧水，心裡暗暗說：「約翰啊，你帶我來這裡究竟是為了什麼？」

第十章

　　滿院花開茉莉香──週報連續報導丹卉的花店，是在我偷聽了暗房裡的對話以後。報導以花店打掩護，推出茉莉花酒吧。這篇報導著重介紹茉莉花，從歷史故事到現代移民，從咖啡酒吧到茶文化，洋洋灑灑兩個版，還配上了潔白如珠的茉莉花照片。

　　凱文舉起報紙，好像舉著參加大遊行的標語牌一樣，一往無前地走過來，劈頭蓋腦地問道：「一千六百年以前的故事，從漢代寫到明末清初。我的老兄，你去哪裡搞來這些資料？」他的眼睛裡布滿血絲，兩片薄薄的嘴唇紫得發黑。筆挺的鼻樑上亮著汗珠，兩道粗眉擰在一起，雙臂在空中胡亂指揮。文質彬彬的紳士和名記者，頓時像個兇神惡煞的魔鬼。

　　「中文網。」我心不在焉地答道。他看不懂中文網，我給他一個臺階，讓他在暴風雨來臨之前原諒自己。這家酒吧他比我去得早，誰知道他睡了多少中國姑娘？他的心思全部用來玩女人，壓根沒想到寫報導。他該如何向艾瑪交代？

　　果然，艾瑪就在這個時候闖了進來，辦公室裡頓時亂作一團。她也拿著報紙，捲成一根棍兒，啪啪啪地敲打凱文的桌子。她的短髮因為激動而在前額上跳躍，她的嗓門如同集會上站在幾百人面前的演說家一樣震耳欲聾。她大聲吼道：「不知道中國歷史可以原諒，不知道普契尼的《杜蘭朵》就該吃罰單！」

　　凱文乖乖地回到自己的寫字檯前，無言以對。艾瑪喋喋不休沒完沒了。我本來應該立刻離開，讓他們打成一團。但是，

想到凱文在公開場合的傲氣，想到他從我手裡搶走了丹卉，我要出出氣，看看他的窩囊相，看他活生生地在我面前出醜。

我知道自己並不比凱文高明。要不是竊聽了約翰和丹卉妹妹的談話，誰會想到寫這篇報導？我們都是去玩的，只有約翰知道內情。著名義大利歌劇作家普契尼在《杜蘭朵》中用了茉莉花的基本旋律，本來和這篇報導並沒有關係。為了提高茉莉花酒吧的地位，我在截稿前靈機一動加了進去。現在竟然成為艾瑪數落凱文的一個證據。但是，我一個字都沒有說。要是在以前，我可能會挺身而出為凱文辯護。現在見死不救，讓他活該。

下班之前老闆來電話說，好久沒有看到如此高水準的報導，要給我記功。報紙已經售罄，正在加印。老闆在那邊哈哈大笑，這笑聲與當初面談時一模一樣，可是我卻笑不出來。掛了電話，我的眼前又出現了艾瑪訓斥凱文的鏡頭。他們倆都提早離開了辦公室。我不解為什麼艾瑪不說一句我的好話，卻把凱文罵得狗血噴頭？艾瑪怎麼知道凱文去了茉莉花酒吧？難道有人告密，還是凱文向她做了坦白？週報為什麼一天售罄？這背後還有什麼故事？

許許多多的畫面像飛舞的亂雲在腦子裡翻騰。一會兒是老闆叼著雪茄菸神氣活現，一會兒是老人彎腰低頭，乞求的眼神。凱文眉頭緊皺，坐立不安。約翰穿著白大褂，與丹卉妹妹躲在密室裡……

回公寓的路上，到處都是落葉，輕微無力的葉片藉著無形的風力，在空中狂奔亂舞，好像一場彩色的大雪。經過涼亭時，只見幾片凋零的黃葉在枯藤上簌簌發抖。風景如畫的花園，昔日被綠葉掩蓋的斷枝敗葉，如今一覽無遺，好像一個花

枝招展的女人，被剝光了衣裳。丹卉——難道她真的成了凱文的俘虜？這篇報導怎麼說都比第一篇重要，為什麼沒有給我來個電話或者寄封電子郵件？

我給她帶來多少生意啊！她的花店和酒吧，原來只有華人顧客，現在整個地區都知道了，給她收留的那些沒有身分的姑娘，多一些選擇餘地，同時，也讓那個他們正在尋找的富人浮出水面。茉莉花酒吧必須名震四方，必須打造高級娛樂的品牌，憑她的聰明不會不知道我的良苦用心。

舞池裡轟隆隆，掌聲雷動。狡猾的白兔與色狼共舞，丹卉喜好挑逗男人，凱文不會輕易放過她。那間密室，如果他們單獨相處……，天啊，我簡直不敢往下想。越不敢想，越驅不散，越加失望。我勸自己，她一定是忙壞了，忙得接應不暇，把你忘掉了。我知道這不是丹卉的為人。再說，無論怎麼忙，也擠得出幾分鐘給我來個電話吧。按照常規，我應該下班後去茉莉花酒吧，丹卉很可能以為我們晚上能見面。我故意不去，我為她盡心盡力，再主動就變得畫蛇添足了。

我到廚房裡給自己煮了一碗泡麵，草草吃了，吃出一身汗。汗水讓我清醒。我的思緒轉向另一個方向。也許她和我一樣，儘量表示低調，壓抑著心中的感情？如果我們是客來客去的朋友關係，怎麼會突然斷了聯繫？我們跳舞時，她的身體貼著我。我在密室裡抱住她的肩膀，她毫無反抗。要不是凱文接走她，再喝一杯酒，我們之間便是水到渠成，甘心情願地進入爆發點。

我把床邊櫃上的電話放到枕頭邊，抱著它早早上床。電話是我的安慰也給我希望。我盼望著半夜裡，她打電話過來，說一聲：「我要做你的姐姐。」或者抱怨說：「我忙死了，對不

起啊。」我把臉貼在電話上，好像她就在那面，好像她就在我的旁邊。我說：「姐姐，親愛的，你理解我的心思嗎？」她曖昧地垂下眼睛，羞澀地把臉轉向一邊。我抱著她，我親著她，我把一條腿跨過去，把她壓在身底下……

　　明明知道自己沒有勇氣如此濫情，卻天天操練默唸，背得滾瓜爛熟，練得精疲力盡。激情被思念摧毀，頭重腳輕，病倒了，請假待在家裡，什麼地方都不去，除了睡覺，就是喝水吃速食麵。丹卉那邊一點音訊都沒有。憑她的聰明，不會不知道我的健康出了問題。約翰也一定告訴他，我沒有去上班。躺在床上，發燒出汗，再燒起來，又是大汗淋漓。時不時地問自己，活著有什麼意思？與其被病魔抽空，不如乘自己還有一口氣，早點兒了斷。但是，心底裡還是不願意死得不明不白。我要丹卉知道我為她殉情。我的驕傲應該被體溫燃燒殆盡，是不是應該給她打個電話呢？

第十一章

　　自從被艾瑪訓斥以後，凱文一直在外面跑新聞，辦公室裡很少看到他的人影。老闆曾經來電話找女兒，沒有人接，電話被轉到我家裡來。他說：「你們怎麼都不在辦公室裡？」我說：「這幾天感冒了，在家休息。」他說：「好久沒有聯繫上艾瑪，給她寫電子郵件也不回。」我問：「你有她公寓的電話號碼嗎？」他說：「艾瑪不在公寓裡裝電話。」我說：「她住幾樓？晚上我去看看她的車在不在。」老闆說：「她不住在你們樓裡。」「哦，」我說：「我一直以為報社的工作人員都住在一起呢。」

　　「只有你和凱文是鄰居。有你在，艾瑪不敢住在凱文那裡。」

　　「可是，我在花園裡見過她。」我脫口而出。

　　「唉。」老闆嘆氣道：「你一定看錯了。」

　　「是啊，一定是我看錯了。」

　　老闆的幾句話，解開了堵在我心頭幾個月的謎。原來在我搬來之前，他們兩個已經同居了。不知道老闆為什麼要把他們拆散？凱文為什麼不做現成的駙馬，要在外面拈花惹草？還是老闆看不中這個未來的女婿？凱文一表人才，應該是老闆新聞事業最合適的繼承人。

　　這時，我才注意到這幾天隔壁夜裡一點聲音都沒有。艾瑪與凱文的關係，我曾經有預感，這事兒並不是常人想像的那麼簡單。凱文剪不斷艾瑪那條線，否則不會那麼低聲下氣。艾瑪同樣不肯放了凱文，儘管知道他的行為不軌。

　　有天晚上，我無意中聽見外面有個女人的喊聲，以為艾瑪找上門來了，趕緊把耳朵貼在門縫裡偷聽。結果不是她。從那以後，每次進去解手或者洗澡，我都小心翼翼，生怕錯過了隔壁的任何動靜。有時候已經躺下，只要聽到一點響聲，我的身體會本能地從床上躍起，奔向廁所。有一次已經睡著，夢裡聽見有人敲門，我披衣而起，把燈打開，用手抹一把睡眼，才知道是一場虛驚。

　　這是幹嘛呢？我問自己。本來是臺下的觀眾，等著看別人的好戲，卻走火入魔，吃不香睡不著，好像靈魂被人劫持了一般。即使凱文失蹤了，與我何干？回來了又對我有什麼利益？我應該忘記他們，恢復正常人的生活。我怎麼像上癮一樣，欲罷不能？難道是新聞職業的關係？追根究底的習慣已經成為我的本能？我找一些冠冕堂皇的理為自己辯護，其實心裡再清楚不過，說穿了是擺脫不了一份牽掛。丹卉，這個迷人的女人懸在我的心中。

　　明明知道，我和她是沒有出路的。即便真實相愛，憑她的德行，我根本消受不了。丹卉不能做妻子，最多當情人。我能對她承擔多少責任？也許是因為我們都來自中國大陸，也許是因為她為我的姐姐流了眼淚，也許是因為凱文與我爭奪她，也許是因為她的美麗，也許是因為她的手段，也許什麼都不是，是我甘心情願愛護她。有本書上說，感情到了受折磨的階段，已經腐爛了，應該一刀兩斷。如今，我不見她，不就是快刀斬亂麻？

　　老闆確實有眼光，正在發展的華人社區每天都有新鮮事兒，好壞參半，報紙越來越好看。學區申請到了雙語經費，值得做個大標題。有個孩子在鋼琴比賽中脫穎而出，獲得州裡第

一名，頭版放上了孩子與父母的照片。有人在造房時，砍樹砍過了頭，影響自然環境，被人告到法庭。後來發生了一起自殺事件，死者是一個借債玩股票的臺灣人。這些新聞都發生在華人社區，都是我去採訪的。老闆不停地表揚嘉獎我，他哪裡知道這是我自救的唯一途徑？我寧可自己忙一點，忙到沒有時間去關心別人的事情。

兩個星期過去了，每次出報，第一、第二版上的新聞都出自我手。約翰顯得特別忙，根本沒時間和我說話。凱文一直沒有出現。我真為他捏把汗。有天晚上，我用超市裝菜的牛皮紙袋裝了半袋水泥粉，摸黑溜進公寓的底層車庫。凱文的停車位這幾天一直空著。為了證實他晝夜不歸，我把粉末均勻地撒在車位地上。我的車位在他的裡面，天天車進車出，很容易看見地上的變化。可是一個禮拜過去了，沒有見到任何車印。兩個星期過去了，還是沒有凱文的行蹤。丹卉也一直沒有消息。會不會出事了？難道是那些沒有身分的女孩子給她帶來麻煩？樹大招風，她的生意興旺了，會不會遭人暗算？還有她的妹妹，一個弱女子如何復仇？

就在我最揪心的那些天裡，艾瑪也像熱鍋上的螞蟻，時不時突然出現在我們面前。有一天早上，我剛走進去，還沒有坐下，忽然看到那扇玻璃門無聲無息地被推開，周圍安靜得出人意外。這個兇悍的女強人，一反常態，突然間變得像根長長的竹竿，搖搖晃晃彷彿被風吹進來。她的臉色陰沉，滿臉淚光，嘴唇乾裂，手指顫抖，全身的骨架像錯位一樣扭曲著。她是來找約翰的，鼓著嘴低聲嘟囔道：「你得幫我把他找回來。」

約翰坐在我的後面，雙手一攤，表示無能為力。我敢肯定她要找的是凱文。艾瑪說：「你當過私人偵探，我付錢。你

說，要多少？」

這是我第一次聽到約翰私人偵探的身分。我只覺得眼前一陣漆黑，頓時天旋地轉。他們說什麼我都聽不見。好一會兒才回神。我抬起眼皮，回過頭去瞥了他一眼。黑色捲曲的鬍子貼著雙頰，從耳朵兩邊四十五度向下巴匯攏，讓一張四方臉改了形。如果他把鬍子刮乾淨，走在馬路上，恐怕沒人認識他。我不禁回想到那天晚上從鎖眼裡竊聽到的談話內容，丹卉妹妹中英文夾雜地描繪一個中國人的形象，終於恍然大悟，原來約翰是來破案的！

睡在床上，把所有的事情重新回顧一遍，想不出約翰要破的是什麼案子。窗戶外是冷風旋轉聲聲低鳴，好像艾瑪在哭泣。雖然還在秋天，卻感到背脊發涼，便提前開了暖氣。暖氣隆隆作響，時停時起，如同請進了魔鬼。徹夜未眠。

第二天，我走進報社，看見艾瑪坐在外面的客廳裡。

「早上好，艾瑪，等誰啊？凱文回來了嗎？」

「沒有。」她的聲音比蚊子還要輕。

「湯姆，你有凱文的消息嗎？」她抬頭問我。

「沒有。艾瑪，別著急，凱文會回來的。」她無奈地搖搖頭，轉身回了自己的辦公室。原來，她等的是我。

約翰看見我進來，聳了一下肩膀，一臉無奈的神態。我問：「到底發生了什麼事情？」

約翰站起來，走到我的面前，輕聲說道：「她不會告訴你的。因為你是他父親的心腹。」

「約翰，你說什麼？」我高聲大喊。

第十二章

　　辦公室裡的茉莉花謝了，花瓣收縮扭曲，又脆又薄，好像被撕碎的小紙片。枝幹矮了一截，葉片枯萎發黃發黑，耷拉著腦袋。我伏在窗臺上發呆，眼睛看出去模模糊糊糊，不知是進了灰塵還是發炎，被蒙上了一層砂玻璃。我去洗手間，用冷水往眼睛裡沖，沖到雙眼發痛，視力才恢復正常。然後，裝了一杯水，走到花盆前，全部倒進去。泥土鬆得像海綿，水倒下去全部滲入。澆水時不小心碰到花枝，掉下很多枯葉。有些枯葉表面上還是綠的，但是，命若遊絲，只剩下最後一口氣。我再去裝了一杯水，希望能把花救活。就這樣，來回跑了三次，三杯水下去，表層的泥土摸上去有了潮濕的感覺。濕浸浸的泥土陷入我的指甲，黏在手指上，如同一個個委屈的符號，抱怨我們把茉莉花給活活糟蹋了。花草有情人無情，心裡愧疚不已。第二天，一進辦公室就往窗臺去，泥土還是潮的，但是花枝上的葉子，包括那些綠色的，一片都不剩，統統掉在地上與落英做伴去了。是因為我的拯救反而讓它死得更快？還是它早就死了，如同木乃伊一樣？我抱著花盆走到大樓外面的垃圾箱去，好像抱著一個夭折的嬰兒，不禁悲從中來。

　　凱文失蹤，艾瑪失魂落魄，沒幾天就病倒了。老闆親自來報社安排，讓我臨時頂替艾瑪，策劃版面。約翰頂替凱文，外出採訪寫新聞。我們倆負責每週準時出報，老闆給我們加倍的工資。我以為老闆接走艾瑪是因為過節，度了假就會回來的。艾瑪不在，我和約翰合作挺好，我們並不需要她。但是，玻璃門後面的房間空著，像個深不可測的黑洞，不知道裡面藏了什

麼機關，總是讓我起疑心。門上的玻璃時不時反射出刺眼的亮
光，好像一面鏡子，把我們的一舉一動盡收眼底。這種感覺越
來越強烈，強烈到不論身在何處，不僅在辦公室裡，哪怕走在
路上，都感到有另一隻眼睛在監視我。我多次試探老闆，找到
了凱文沒有？想通過凱文，引出艾瑪的線索。我有足夠的理由
關心凱文，沒有理由打聽艾瑪，因為隔壁的公寓一直沒有聲
音。老闆滴水不漏，總以「不知道」來打發我。他說這三個字
的時候，口氣不緊不慢，吐字隨意馬虎，完全沒有到處尋找而
深感失望的語氣。也許，他並不在乎凱文的出走，甚至對凱文
的失蹤幸災樂禍。在乎凱文的只是他的女兒。

　　感恩節前，廣告版面越做越大，報紙的色彩也越加漂亮。
空氣變得又濃又稠，好像在爆米花機器裡等候時機，劈啪劈啪
膨脹起來。感恩節、耶誕節、元旦，加上中國的春節到元宵，
紅色的通欄標題，喜氣洋洋的五彩照片，編得我眼花繚亂。大
樓的走廊裡，樓梯上，屋簷下和草坪上，裡裡外外張燈結彩。
我和約翰天天把嘴巴拉成一條長線，笑著臉迎人，對話，送
客，接電話，收信件，賀卡和電傳。每每經過那扇玻璃門，我
就踢上一腳，讓它知道我的厲害。屋頂上的灰塵被震得悄悄地
落下來，牆角裡的蜘蛛，本來慢慢地吐著蛛絲，即刻逃跑了。

　　聖誕前夕，當地的華僑僑領舉辦年底團拜會。有個老華
僑捐了一棟房子，裝修成活動中心，請我去參加落成典禮。
倒貼的「福」字，大紅燈籠，水晶珠門簾，菩薩香爐。中國
的山水畫高高掛起，書法上的墨蹟龍飛鳳舞。長長的會議桌
鋪著紅緞繡花桌布，上面擺了各種水果、糕點，還有啤酒
和瓜子、花生仁等零食。通過採訪，我對這裡的華人知道個
大概。來自東南亞的老華僑，白髮蒼蒼，精神矍鑠。有的做

房地產生意，有的辦中國餐館。中年一代來自港臺，大多是電腦業和金融界的生意人，賺了錢回報社會，辦起了中文學校，還資助華人教會。中國大陸新移民後來居上，以貿易為主，有的給美國公司當代理，有的自己開公司。他們也想巴結我，在報紙上給他們說好話。

會議開得熱氣騰騰，各人站起來，做自我介紹，顯示團結和諧的氣氛。「林先生」、「林先生」，不絕於耳。會上介紹了一個中國大陸的投資項目，希望我在報紙上宣傳。明年，這裡將建造中國式的大型超市，主要資金來自中國大陸。我不僅想起小鎮上的那個農場主，超市威脅他們的生存，裝滿便宜貨的集裝箱一旦打開，他們的小店就完蛋了。那些荒涼的山路將被高架橋代替，沿途的小鎮和農場將被開發商收購，用資本改變人與大地的關係。我也成了參與者，除了報導，還有豐厚的廣告收入。

我給老闆寄了電子郵件，彙報節日裡的廣告，長長的名單和數字，也算是老天爺送給報紙的新年禮物吧，老闆應該眉開眼笑。另一個附件是即將來臨的春節報導計畫。我希望老闆看完後，像平時一樣立刻來電話，嘖嘖稱讚，說他與我不謀而合。我習慣了老闆爽朗的話音，開懷的笑聲。人與人之間能夠相互看到底，信任加情義，合作起來很安全，很有把握。我等著他的電話，等著他把好心情傳給我，等著老闆對我恢復無話不談、毫無掩蓋的透明關係。這種關係自從凱文失蹤之後，正在變成肥皂泡，一個個爆裂。距離和隔閡，像黴菌一樣在那扇玻璃門後面的房間裡繁殖衍生，通過空氣傳出來，通過呼吸，進入我們體內，讓人癡呆麻木，變得像石頭一樣沒有感覺。這天晚上，當電話鈴響起時，我就知道是他，懶得去接。談話時

兩邊都不對勁。

「你還好嗎？」我主動問候他。

「不錯。」他不冷不熱地說。

「艾瑪節後能回來嗎？我需要休假。」

「嗯，是的，你很辛苦，應該休假了。」老闆說得慢吞吞，只差沒有用鼻子「哼」一聲，譏笑我根本不配去度假。

我說：「艾瑪不回來的話，你得另外找人。」

「感恩節的版面排得很有特色。」

「謝謝，請安排新人接我的工作。」

「報紙廣告中有一定的比例給你提成。」

「好哇，意外的收入用作奢侈的享受。我到賭場玩兒去。」

「這次恐怕不行。」

「怎麼啦？」我說，假期不用白不用。

他說：「我給你加班費。」

美國人喜歡用錢說話，所謂「Money Talks」，既簡單又實用。但是，我的直覺告訴我，老闆對我的要求迴避再迴避，一定有難言的苦衷。

「出了什麼事？」

「沒什麼，唉，」他嘆氣，猶豫了片刻才說，「艾瑪進了醫院。」

「怎麼啦？病得很重嗎？」

「她說凱文遭人陷害，快死了。」

「這和她進醫院有什麼關係？」

「醫生說這是她的幻覺。」

握電話的手抬在半空中放不下來，好像托著舉重的啞鈴，

重量通過手臂壓到肩膀，從肩膀垂直往下沉，壓到兩條腿。我站不穩，扶著檯面坐下來。胳膊底下，兩條汗腺迅速分泌，熱汗像蟲一樣往下爬。後來他說了什麼我都沒有聽進去。過了好久，我朝右手看了看，電話還被托著，已經沒有了聲音。凱文被陷害死了，艾瑪得了精神病。聳人聽聞！這是記者最喜歡的消息，也往往是最不可靠的。如今出自老闆之口，他是消息來源，還會錯嗎？但是，我怎麼能相信，怎麼敢相信，我的兩個同仁竟然落到這個地步？到底發生了什麼事？老闆說了嗎？我不知道。知道了又怎樣？一死一瘋，我能做什麼？不論是真是假，我得趕快離開，這個地方我根本不該來！眼皮沉沉的，一會兒看見凱文，一會兒看見艾瑪。我就這樣睡去了。一個推銷電視衛星的電話把我吵醒。醒來後發現內衣濕漉漉地黏在身上很不舒服。

　　我把衣服脫了，披上浴袍，走進浴室，準備好好泡一下。就在擰開水龍頭的一剎那，突然，聽見隔壁有聲音。我的手自動地把水龍頭往回擰，我的腳自動地跨進浴缸，我的心自動地停止呼吸，耳朵自動地貼在牆壁上。整個人強硬成雕塑一樣紋絲不動。只聽見「砰」的一聲，腳下震了震，像是關門又像什麼東西掉在地上。這響聲讓我彈跳起來，連鞋子都來不及穿，直往外衝，好像跑去抓小偷一樣。開門一看，外面下著鵝毛大雪，花園裡的松柏灌木和花草都被白茫茫的雪花兒覆蓋，如同穿了白色的浴袍。走道的地上結了薄冰，磷光閃閃，一腳踩出去，凍得馬上縮回來。通往隔壁的地上留下了一串模糊的腳印。

　　我回屋給約翰打電話，沒人接。急中生智，電話掛到了丹卉家。一根手指在按鈕上移來移去，號碼自動地從指尖流出

來，心裡有說不出的滋味。我們已經很久沒有聯繫了。苦悶時，我去山上的酒吧，找個臨時女人，喝酒聊天。更多的時候，喝得酩酊大醉，蒙頭酣睡，睡覺是最好的遺忘方式。

接電話的是丹卉丈夫。我一時無話可說，對陳老闆，只是訂購買賣的關係。我說：「丹卉最近還插花籃嗎？我想訂一個送朋友。」

陳老闆說：「只要林先生需要，不論多麼忙，丹卉一定給你做一個。」

我謝了他，再打茉莉花酒吧。約翰果然在那裡。這個男人以種種跡象讓我感到他與丹卉有很深的關係。約翰拿起電話，隨意地打了招呼，我竟不知道應該怎麼和他說。艾瑪也好，凱文也好，與約翰有什麼關係？

「你混在酒吧幹什麼？」我說。

約翰問我：「老兄，你怎麼不來這裡喝酒啊？」

我說：「那些姑娘沒事吧？」

「哪些姑娘？」

「照相簿上的那些姑娘，你抱回家睡了覺，還要裝糊塗。」

「老兄，你喝醉了吧。」約翰笑嘻嘻地說。

「我？喝醉了嗎？我喝醉了嗎？哈哈，哈哈。」我重複著，重複著，不明白他的意思。……哈哈，哈哈，……那口氣就像有人在竊聽！

「哈哈，你不是要給我介紹女朋友嗎？那照片上的姑娘能讓我帶回家睡覺嗎？……對，帶回家，……對，上床。」

約翰一直沒有說話，我胡說了一通之後，掛了電話。心裡七上八下，凱文遭謀殺，腦子裡閃過的第一個念頭就是茉莉

花酒吧的那些非法移民姑娘，凱文很可能冒犯了她們，我不知道她們的背景，她們想殺人滅口？我擔心丹卉，一片好心幫助人，會不會受到牽連？兩隻腳不由自主地走回浴室，耳朵貼在牆壁上，聽了又聽，一點聲音都沒有。蹲在浴缸裡，雙腳麻木失去了知覺，腦袋瓜沉重得只想倒下來。我脫了浴衣，赤條條鑽進了被窩。躺在床上卻是翻來覆去怎麼也睡不著。閉上眼，看見茉莉花酒吧，一幕一幕地動起來。從外景到舞池，從後花園到餐室，玻璃牆、水晶燈、金光燦爛的旗袍，像道道霞光。我竟然聞到了茉莉花香。丹卉在我的懷裡，一絲不掛，身上覆蓋著茉莉花枝。我摸她的皮膚，一碰就像著火了一樣。我在床上滾來滾去，被子全部被蹬到地上。渾身上下，裡裡外外都燒著了。我大喊：「丹卉，丹卉──！我燙！……我痛！……丹卉求求我！……」

發洩完畢，我衝進浴室，開足了水，拚命清洗。熱水爆發式地從蓮蓬頭裡噴出來，蒸汽騰騰，迷迷茫茫。水珠像子彈一樣鞭打著我的臉我的肩膀我的胸膛。我轉身沖洗背部，抬頭一看，一個女人從白雲中徐徐降臨，落在我的面前，手裡拿著一條長長的白毛巾。毛巾貼上我的皮膚，與水珠混為一體，她給我擦身，從上到下，從前到後。我再一次熱血沸騰，在浴缸裡與丹卉做愛。

回到臥室，我拉開窗簾，想出去走走。天空陰沉沉的，雪還在下。銀裝素裹，視野裡的世界純潔無瑕。我的手正在扣上衣鈕釦，電話鈴響，竟然是丹卉！我激動得幾乎掉下眼淚。我想說：「正要出去找你。」還沒說出口，她說：「兩天後給你花籃，來得及嗎？」

「來得及。」

「你睡了嗎？」

「睡了，你為什麼早不打來？你不怕吵醒我嗎？」……我數落她，嘴巴就是這樣不聽指揮，把一肚子的怨氣說出來了。

「哎喲，很抱歉，我忙得把時間都忘掉了。」

「你在幹什麼？為什麼不睡覺？客人很多嗎？小姐們忙嗎？」

她沉默。

「你怎麼不說話呢？」

「謝謝你的好意。」

「什麼好意？」

「你的報導，你所做的一切。我都知道。」

「哦。舉手之勞，那是我的工作。」

「今天你找約翰幹什麼？」她問我。

我沉默。

「你真的需要花籃嗎？」

「我需要你。」

「我們出事了，你知道嗎？」

「知道，從約翰的電話裡聽出來的。」

「啊，你真聰明。」

「我能為你做什麼？」

「不需要。我能為你做什麼？」

「我要你。」

她笑了，說道：「我是有丈夫的呀。」

「我不管。」

「怎麼像孩子一樣？」

「誰叫你比我大？」

「兩天後你來取花籃吧。」

「兩天後，我需要見你的私人偵探。」

「你說什麼？」

「見你的私人偵探！你別瞞我了，丹卉！」我對她吼叫。

她長嘆一聲，猶豫了好久，說道：「我們談點別的好嗎？」

「我要先見他。」

「好吧，真拿你沒辦法。」

第十三章

　　花店老闆是個老實憨厚的廣東移民後代，皮膚棕黑，寬前額，貓眼睛，高顴骨，扁鼻子，牙齒不大整齊。而他的太太卻那麼雍容華貴，心思縝密，手段多變。他們之間，當丈夫的連綠葉都算不上，他和丹卉最多是牛糞和鮮花的關係，我懷疑他根本不瞭解自己的太太。記得我在拍照時曾經問丹卉如何認識陳先生，後來在飯局上又提起，丹卉總是迴避，留給我一個解不開的謎。

　　花店在街口，隔壁是個銀行，銀行後面有停車場，對面是一個相當規模的中國餐館。我把車停得很遠，步行過去。柏油馬路高低不平，有的地方拱起來，有的地方塌下去，百孔千瘡。兩邊的人行道好像是新修的，水泥地平整光滑。遠處有橘黃色的施工標記，雙向道關閉，成了單行線。這些開裂的路面不久都將被鏟平，煥然一新。中餐館前有一長條木椅，屋簷下吊著兩個花籃，憔悴乾癟，奄奄一息。寒風陣陣，落英繽紛，真有黛玉葬花之悲情。花店的牆都是透明玻璃，陳老闆進進出出，看得清清楚楚。我觀察了半個多小時，只見他一分鐘也沒有停。我想見丹卉，等不到，便戴上墨鏡，向花店走去。

　　老闆手提水龍頭，在外面沖刷路口。水珠在水泥地上奔跑跳躍，聚成一層層白色的泡沫，像潮水一樣往前流，進入下水溝。他那藏青連身工作服上有很多水跡和泥灰，頭上的黑絨鴨舌帽的邊沿沁出斑斑汗水。人們從他的身邊走過，有的進了花店，有的駐足寒暄。他抬頭看見我正在穿馬路，老遠揚手打招呼，根本不知道我是誰。這大概就是他每天的生活，已經程式

化了。

「歡迎光臨，先生需要什麼說明？」他用英文招呼我。

「我想買一盆茉莉花。」我微笑地答道。

老闆揚手指著玻璃牆前陳列的丹卉插花樣板，讓我自己挑。我打量了一下，沒有我預訂的茉莉花籃。陳老闆搬了一盆帶土的茉莉花，放在我的面前。我從皮包裡拿出錢付給他，同時遞上報紙，說道：「陳先生，請轉交給您太太。」他一邊道謝，一邊把報紙收起來。我抱著茉莉花走到門口時，聽見陳老闆在背後喊：「你是林先生吧，報社的林先生？」我只好把墨鏡拿下，回身去和他握手。他的手沒有馬上伸過來，而是不停地往衣服上擦，一邊說：「林先生，我的手很髒。對不起，對不起。」

我說：「看你忙著，不好意思打擾。」

「我老了，眼睛不好使。」他說：「您要的花籃，丹卉沒有做，她和你聯繫了嗎？」

「聯繫了，」我說：「是我改變了主意，這不，帶根的茉莉花，既便宜又長壽，不是嗎？」

「是啊，是啊。」他這才和我握手道別。

走出花店，我又折了回去。陳老闆問道：「林先生忘了什麼東西嗎？」

「沒有。」我笑著說，「這盆花暫時存在你這裡。我吃了午餐以後再來取，行嗎？下午有朋友和我在對面的中國餐館吃午餐。」

陳老闆二話沒說，把花盆接了過去。我看了看錶，時間還早。心裡想和陳老闆聊聊天，可是，看到他忙得不可開交，不好意思多打擾，提早到對面的餐館去，等一張靠窗口的桌子。

　　茉莉花酒吧果然出事了。前天晚上，我想來想去不放心，匆匆開車去了酒吧。我是醒著進去，醉了出來的。推開那扇沉重的大門，裡面小姐依舊，芳香依舊，音樂依舊……。我喝酒，跳舞，再喝，再跳。摟著姑娘輕輕地哼唱茉莉花開。時間在腳下一步一步往後退。我有心，有心把過去的鏡頭抓回來，光滑的紅木圓桌，滿目琳琅的菜肴，杯盤交錯，熱氣騰騰，暖暖的花茶，懷裡的美人，還有後院的神祕小屋。我等待，等待著故境重遊舊夢再現。

　　「小姐，我要找個人。」

　　「先生，您找誰？」

　　「丹卉，她在哪裡？」

　　「先生，我是新來的。不認識。」

　　「小姐，你認識約翰和凱文嗎？他們在哪裡？」

　　我手舞足蹈地描述了各自的形象，各人的特點，丹卉穿白色的旗袍，約翰留山羊鬍子，凱文是男高音……

　　「先生，我是新來的。不認識。」

　　「你也是新來的嗎？」

　　「是。」

　　「你呢？」

　　「是。」

　　「你？」

　　我哈哈大笑。這些姑娘，分不清她們誰是誰，一樣嬝娜窈窕秀色可餐，髮型和服裝都沒有區別，在我的面前晃來晃去。我的腳還在跳舞，心裡唱著〈茉莉花〉。終於酒吧關門了。我踉踉蹌蹌走出來，被絢麗的朝霞刺得眼睛睜不開。晨風在耳邊嗚嗚噓唏，好像在說，你醉了，沒有人對你說實話。我說，我

沒有醉，我要喝茉莉花茶⋯⋯

　　此刻，我在餐館的窗口旁坐下來，脫了呢絨大衣，掛在椅子背後。太陽出來了，地上還留著殘雪。風哨呼呼地吹著，把滿地的落葉吹得站立起來像陀螺一樣在原地打轉。花店的動靜都在我眼皮底下。陳老闆一如既往地招呼客人，只見他加了件薄絨背心，也是藏青色。他好像對身邊的事情一無所知，我都失眠了，他卻過得井井有條，福氣不淺啊！天上的雲朵越疊越厚，由灰轉白，慢慢散開。一群大雁在空中飛成「人」字型，像儀隊一樣，一絲不苟向南飛。我看得出神，不禁感嘆，世界上其他生命包括花草樹木，生老病死都是有規律有秩序，只有人的命運莫不可測，無能為力。

　　約翰來了，坐在我的對面。他把圍巾從脖子上取下來，嘴裡呼出白白的熱氣。他坐下，不說話，等著我把目光從天上收回來。

　　「呵呵，」我說：「茉莉花酒吧的小姐全部換了。」

　　「你去了？什麼時候？」約翰問。

　　「怎麼會惹上了移民局？」

　　他的眼光一閃，有點吃驚，臉部毫無表情。檯子中央有兩個裝鹽和胡椒的玻璃小瓶，他拿到自己面前，一個一個舉起來，對著窗口的亮光看了看，搖了搖，再放回原處。他一定在尋找我的邏輯，一旦發現破綻，就把我的結論推翻。招待員過來問我們要什麼茶？「茉莉花茶。」我脫口而出。約翰要了一瓶可樂。他吃牛肉炒麵，我要了炒素齋和米飯。

　　「有人向移民局報告。」約翰說。

　　「誰？找到了嗎？」

　　「還用找嗎？」

「丹卉消息真靈啊。」

「這是預料中的事情。」

「難道是計謀?」

「不是計謀。你知道,看過姑娘照冊的人非常有限。」

「那麼說,是他?」

「你說還有誰?」

「還有就是我啊。」

約翰笑了。

女招待送飲料來的時候,約翰說了句中文「謝謝」,還用食指在桌上點了幾下,引得我哈哈大笑。

我說:「你向誰學的?」

「保密。」他眯著眼睛說。

我說:「你一開口就是保密。除了丹卉還有誰?」

「不是丹卉。」

「她的妹妹?」

「她有妹妹嗎?你一定搞錯了。中國女孩子的臉,我們看起來都一樣。」

我知道自己說漏了嘴,靈機一動,答道:「是的,很容易搞錯。」

他大笑兩聲,很快收住笑容,表情嚴峻,一字一吐地說:「請記住,只有丹卉,沒有妹妹。」

「OK。」我答應了,心裡覺得他有點小題大做。但這不是我今天找他的目的。我想瞭解他們要破的是什麼案子。

「艾瑪說,凱文被害死了。你知道嗎?」

他正在咀嚼一塊牛肉。我注視著他的臉部表情,以為他會像我聽到消息時一樣吃驚。山羊鬍子在咀嚼時波浪般地起伏,

他的目光落在筷尖上，這口菜嚼得很慢很慢，直到他把口中的食物嚥下去，絲毫沒有驚奇的神色。

「你聽誰說的？」

「老闆。」

「不可能！」約翰瞪大眼睛，說得很肯定，倒讓我大吃一驚。

凱文失蹤，艾瑪說有人害死了他，並告訴了父親。「不可能」在哪個環節上？是艾瑪不可能告訴父親？還是艾瑪不可能得知凱文的死訊？老闆雖然告訴我，凱文被害死了，但是，他本人並不相信，認為那是艾瑪的幻覺。那麼約翰的「不可能」應該是艾瑪不可能告訴老闆？「不可能」三個字，讓我感覺到，是他對老闆的強烈反應，似乎識破了老闆的陰謀詭計。

我請約翰嘗試一塊油煎豆腐，他搖頭，說不喜歡豆腐的氣味。我叫他試試，油煎以後沒有氣味。他用筷子夾起來，剛剛送到嘴巴口，突然掉在檯子上。因為我問他：「凱文在哪裡？」

「不知道。」

「他回來了。」

「什麼時候？」

「兩天前。」

「你見到他了嗎？」

「他回公寓了，我聽見隔壁有聲音，所以給你打電話。」

約翰噗嗤一笑，說道：「原來你為這事打電話。」

「是的，約翰，不僅有聲音，過道上有腳印。」

「可能是別人。」

「難道是你？」

「怎麼是我呢？我在茉莉花酒吧接你的電話，是不是？」

「那麼，誰去了凱文的臥室？」

「很可能是艾瑪。」

「艾瑪在醫院裡。」

約翰放下筷子，沉思了片刻。然後，提起筷子在米飯和菜肴之間撥來撥去，好像在尋找什麼東西。

我說：「要不要油煎豆腐？」

他說：「油煎豆腐，油煎豆腐，你怎麼只知道油煎豆腐？」

我說：「你一塊也沒有嘗試，怎麼就討厭它呢？」

「我說了我不喜歡豆腐，如果我從來沒有嘗試，怎麼知道它的氣味？怎麼知道不好吃？」他「忽」地站起來說：「很抱歉，我得走了。我們另外再約時間談。」

「你在生我的氣嗎，約翰？」

他一邊搖頭一邊把椅子推到桌子底下。

我說：「難道來的是警察？」

約翰把圍巾繞上脖子，不答覆。

「是老闆？」

他還是不回答，把黑大衣披在肩膀上，

「什麼事那麼重要？把飯吃完了再走不遲。」

他說：「你慢慢吃吧，我去付帳。」說完，頭也不回地走了。

炒麵幾乎原封不動地留在盤子裡，他只吃了幾片牛肉。我也沒心思吃下去，請招待過來打包，裝了兩個盒子，帶回辦公室去。回去的路上，突然想起，忘記到花店去取茉莉花了。

第十四章

新年前夕，老闆來電話說：「艾瑪需要長期休養，希望你明年正式接任報社社長的職務。」他知道我不會馬上答覆，給了我一個星期。老闆說：「一個星期不夠的話，給你一個月也沒有關係。」我為此深受感動，覺得不應該辜負他的栽培。老闆的意思很明顯，艾瑪短期內不會回來了，我的職務基本定了。要是沒有茉莉花酒吧，我恐怕早就心花怒放，感恩戴德。當一個報社的社長，不論報紙大小，為我今後的發展奠定了基礎。但是，我沒有答應他，還是希望凱文能夠回來，相信凱文回來只是時間早晚的問題，覺得他是最好的人選。我笑著謝了謝老闆，順便問他最近有沒有凱文的消息。

「有消息。」老闆說：「艾瑪與凱文有聯繫，她正在準備當新娘呢！」

「啊，恭喜啊，恭喜他們。什麼時候辦婚禮？」我從心裡為他們高興，什麼遭謀害，出幻覺，都是無稽之談。

「湯姆，但是，」老闆支支吾吾地說：「醫生根據艾瑪的健康狀況。認為現在不合適結婚。」

我說：「讓他們結婚吧，結了婚，艾瑪什麼病都沒有了。」

「你這樣認為？」老闆說：「你為什麼這樣認為？你有什麼依據來證明艾瑪的病因是出自凱文？」

「我沒有任何依據，但是，我們曾經一起工作過，他們倆不是一般的關係。」

「既然如此，湯姆，我有個小小的要求，希望你能考

慮。」

「說吧，您的要求我怎麼會不考慮呢？」

「過年以後，你來一次好嗎？」

「好，報社有什麼重大變動？你要我回總社嗎？」

他說都不是。他要我親自去一次醫院，向艾瑪求證，她的病因與凱文關係。說完，他趕緊改口，說是作為明年的新社長，希望我去醫院看看艾瑪，同時與她交接班。

我說：「你為什麼不讓凱文當社長呢？」

「這是過去的計畫，被我槍斃了。」

約翰正好在旁邊，自從那次吃飯以後，他一字不提我們沒有談完的話題。他瘋狂地工作，華人社區的報導幾乎被他包了。他能說的中文單詞也多了起來。除了「謝謝」、「不客氣」，還有「你好」、「再見」、「吃飯」、「很好」，等等。

我說：「老闆請我去看望艾瑪，她住在醫院裡。」

「你準備去嗎？」

「去就去吧，他那麼堅持，我有什麼辦法？」

「放心去吧，這裡有我。」

我把轉椅拉到他的旁邊，說道，約翰：「最近你寫很多報導，辛苦了。虧得你幫忙，否則我得累死。」

他的眼睛眯成一條線，笑嘻嘻地說：「沒事，我喜歡寫報導。」

「是不是案子辦得差不多了？」

「什麼案子？」

呵呵，我笑著說：「你們尋找的那個投資人，找到了嗎？」

「什麼投資人？」

「哦，沒這回事嗎？也許是我記錯了。你看我，事情一多就張冠李戴，真沒出息。」

約翰說：「你總是出其不意地拋出誘餌，讓我上鉤，我領教了。」

我們倆同時大笑起來，各懷鬼胎。我在心裡想，遲遲不肯露面的女主角應該和我攤牌了。果然，當天晚上，丹卉來了電話。她的聲音還是那麼迷人和親切，聽得我迫不及待，只想見到她，一分鐘也不能等。

「去哪裡？」我直截了當地問。

「老地方。」她說得很輕，好像怕人聽見，這是我們之間的祕密。

我該穿什麼衣服呢？用哪一種香水？要不要繫領帶？手忙腳亂，把壁櫥裡的衣服和褲子拿了一件又一件，堆得滿床都是，還是拿不定主意。天黑以後到茉莉花酒吧，老遠就聞到了茉莉花香。丹卉在門口等我，那身白色的織錦旗袍就像魚鱗似地光芒閃爍。她把重心倚在石獅子上，一手插在頭髮裡，托著後腦勺，側著臉朝我微笑，可謂楚楚動人，儀態萬方。她總是在引誘我，讓我變成餓狼，但絕不讓我得手。她在我們之間設置了一條不可逾越的鴻溝。這條鴻溝對我是不公平的，因為控制鴻溝的權力在她手裡，只有她可以跨過來。哎，茉莉花呀茉莉花，這首歌哪一天在我心裡消失泯滅了，鴻溝對我才失去意義。想到這裡，我不能不佩服她的丈夫，他一定不會像我那樣去追求她，為她而痛苦萬分。他是一隻癩蛤蟆，而天鵝一定是自動送肉上門的。丹卉挽上我的手臂，娉娉婷婷地往裡面走。這個時候，我真是愛恨交加，想把她強姦了。

　　那間吃飯的小房間，圓桌靠在一邊，玻璃牆的對面掛了一個白色的銀幕。我們倆在一個雙人沙發上坐下。

　　「看電影？你妹妹呢？」我問道。

　　她好像沒有聽見。

　　燈光漸漸地暗下來，好像一層蒙面的黑面紗，搞得我心神不定。與她單獨坐在黑暗中，已經不是第一次了。我的心怦怦亂跳，兩隻眼睛停在她的臉上，目不轉睛。

　　「凱文糾纏不清，潛伏到我們家裡，差點兒把我強姦了。」她說得很平靜。

　　「噢。」我說，「有這樣的事？」

　　「有一天早上，我洗澡出來，正在換衣服，他躲在壁櫥裡，從背後抱住我。」

　　「他怎麼進去？」

　　「不知道呀，他有犯罪技術。」

　　「你報警了嗎？」

　　「沒有。」

　　「為什麼？」

　　「說不出口。」

　　我不知說什麼好。

　　她見我不說話，問道：「要不要一杯茉莉花茶？」

　　「不要，你往下說。」

　　「我甩不掉他。他無處不在。我毫無安全感。」

　　丹卉的聲音很低沉，好像都落到地板上去了。房間裡已經沒有一絲光線，空氣裡散發著茉莉花的冷香。

　　「他壓在我的身上。」丹卉提高了嗓門，聲音像寒冬裡的風鈴冷颼颼叮噹作響。

「強姦了？」我問。

「沒得逞。我使了緩兵之計，約好晚上在酒吧見面，十一點，我留他過夜。」

「就是我遇到的那一次嗎？」

「是的。」

「那天沒看出你的心情不好。」

「第一次請你，哪敢表現出來？」

「你留下他過夜了？」

「是的，讓妹妹代替我，他不知道我們是雙胞胎。」

「你說什麼？」我還沒來得及理解她的話，就跳了起來。這時，對面牆上的銀幕亮了，一個女人睡在床上，一絲不掛，一個男人跪在地上，舔她的腳趾。

「那是誰？」我問。「躺在床上的是你妹妹嗎？」

「是。我事先和凱文說好了，什麼都可以做，就是不能性交。」

「凱文知道你在錄影嗎？你為什麼要瞞著他？為什麼把自己的妹妹送給陌生人？」

她不回答。

凱文用手撫摸她的身體。讓我想起了他曾經撫摸丹卉在報紙上的照片。我的手微微顫抖，十指充血。鏡頭隨著凱文的雙手在女人的皮膚上遊走。從腰部到胸部，從手臂到大腿。

「為什麼要我看這個錄影？」我大聲問道。

「因為你在找凱文。」

銀幕上，凱文赤身裸體地上床了。

「找凱文的是艾瑪，她仍舊愛著他。」我說。

這時，鏡頭裡出現了一條白色的綢帶，像月經帶一樣蓋住

女人的陰部。凱文迫不及待地解綢帶。

「關掉！」我說，「我不要看！」

她好像沒有聽見，繼續說：「你看到了嗎？他犯規了。」

縷縷銀光從螢幕上折射過來，我看著丹卉，一個側面的輪廓，彷彿黑白分明的剪影。這個剪影薄薄的，輕輕的，一戳即穿。她像妖魔一樣鎮定自如，好像銀幕上的人與她毫無關係。她的無情和冷漠把我的眼睛燒著了，我差點兒沒有衝過去，把電源拔掉。

「是你在錄影？還是約翰？」

「此事與約翰無關。」

一種無名的衝動把我從沙發上彈了起來。這種衝動本來是對著丹卉的，此刻卻推著我大步衝向銀幕，去阻止凱文。

「哈哈哈！」丹卉在背後冷笑。輕蔑而得意的笑聲像亂箭一樣向我射來，我不得不停住，前面是銀幕後面是丹卉，我被夾在中間進退兩難，好像一個背腹受敵的士兵。當我轉過身來想把怒火發洩到她的頭上時，意想不到的事情發生了，我簡直驚呆了。

余丹卉，這個我朝思暮想的女人，此刻赤裸裸地站在我的面前，好像黑色的幕布上被挖走了一個人體，留下一長條空洞。

我站著，她一步一步地走過來。我向前走去，她一步一步往後退。我們隔著距離踩著舞步。

「讓我們來玩同樣的遊戲。」她說英文。

我的身體開始分裂，一半要衝上去，另一半拖住我。一半說，你等了這麼久，不就是為了這一天嗎？另一半說，她錄了凱文和妹妹，你還嫌不夠嗎？

　　女人躺了下來，在沙發上雙腿交叉，一隻腳丫翹得老高。我已經走到她的旁邊，只要跪下來就能觸摸到光潔如瓷的肌膚。鴻溝被她的身軀填滿，她要把我引渡過去。我的背後是一個男人正在強姦床上的女人。不論我看還是不看，都在進行。這是無聲電影，就像此刻的我和丹卉，語言沒有地位。

　　我直直地站著，我必須站著。一陣鋪天蓋地的悲涼向我襲來，多少天來的神魂顛倒，癡迷不悟，統統被悲情沖刷乾淨。從頭涼到腳，膨脹燃燒的腦袋開始清醒。

　　我說：「凱文怎麼啦？自那以後，他便失蹤了，你恨他，對不對？你知道他在哪裡，對不對？你用這個錄影來證明你是清白的，對不對？」

　　我大步走到牆邊，把電源插頭拔了，擰亮了電燈。讓她暴露在明亮的燈光之下。丹卉慌忙坐起身，抱住膝蓋，把臉埋在裡面。她的身體蜷縮成一個球，抽泣抖動。我從地上撿起她的旗袍，扔給她。白色的旗袍像條長圍巾，搭在她的脖子上。我把自己的外套脫下，蓋在她身上，轉身而去。

　　她在我身後哭泣，斷斷續續地說：「湯姆，請你原諒我……」

第十五章

　　老闆給我買了飛機票。去機場的路上，我順便彎到丹卉家門口，她說九點在家裡等我。

　　自從我的第一次婚姻失敗以後，很多年來，我對女人一直抱著玩世不恭的心態，直到遇到丹卉，想玩都玩不起來。我不知道為什麼。我和她心心相印，最多在幻想中與她做愛，從來沒敢玷污她。那天晚上，她脫得精光，等於是送上門來的禮物，不玩白不玩，完全不必和她爭論不休。可是我做不到。事後我才明白，在心裡，對丹卉的那份感情是乾淨和神聖的，她也看到了，一邊哭一邊告訴我，她和陳先生是假結婚，純粹為了來美國。丹卉原來在日本讀書，要來美國尋找一個大陸富人，為妹妹報仇。這個人現住在我們小城裡。假結婚是約翰幫助搭的橋，當時他也在日本，正在調查一個案子。花店陳老闆的太太幾年前出車禍死了，丹卉答應幫助經營生意，讓他晚年在經濟上綽綽有餘。他們的豪宅就是在丹卉辦起了花店以後買的。茉莉花酒吧是丹卉自己的生意。

　　我自然有很多問題，動不動打斷她。她用手捂著我的嘴說：「不要問，不要問。以後有足夠的時間告訴你。」

　　我實話告訴她，就在她和凱文跳舞時，我偷聽了約翰和她妹妹的談話。丹卉眼睛閉上，緊鎖眉頭，牙齒咬得咯咯響，看得出在盡力克制自己的情緒。你聽到了什麼？你什麼也沒有聽到，對不對？

　　我說：「斷斷續續聽到你妹妹在描述人的模樣，好像這個人很有錢。在美國投資做生意。」

　　丹卉嗔笑道：「你以為我們要劫富濟貧，給你送故事寫小說嗎？」

　　我說：「那我就不多問了，等我回來聽你的故事。」

　　她準時出來，給我開門。家裡開著暖氣，走道的天窗下，掛著一盆白綠相交的吊蘭，空氣中瀰漫著茉莉花香。丹卉沒有化妝，細長的柳眉下一雙機靈清秀的眸子，臉上白淨紅潤，比平時更有魅力。我們站在去客廳的走道上，連喝口水的時間都沒有，只是為了見一面。她手裡拿著一條白色的長圍巾，踮起腳尖，給我圍上，一邊說：「天冷了，小心身體，別著涼。」就在她給我繞圍巾的那一刻，我的心裡突然開了一扇天窗。這圍巾似曾相識，一模一樣的顏色和長度，一模一樣的女人，丹卉在浴缸裡給我擦身。我突然感到，我和她有命裡註定的緣分，我們早晚要走到這一步。我一把擁住她，把她抱起來，讓她雙腳騰空。讓她的體重落在我的手上。天啊，這是真的，不是幻覺！女人真真實實地和我身貼身臉貼臉。

　　「丹卉，丹卉。」我叫她。

　　「湯姆，湯姆。她在我耳邊輕聲說。」

　　雙目相對笑起來。

　　「為什麼要去買圍巾？」

　　「你喜歡嗎？」

　　「喜歡，非常喜歡。」

　　「早點回來，我等你。」

　　我說：「你要好好的，別讓我操心。」

　　她頓時湧出淚水，扭過臉去，叫我快走。我是一步一回頭，捨不得離開她。上了飛機，我抱緊雙臂，好像她仍舊在我的懷裡。我把外套脫下來，蒙住頭，吮吸她的體味。我把白圍

巾貼在唇上，從頭吻到尾。心裡不停地說：「親愛的，我的寶貝，等我回來，我們再也不分開。」

老闆親自來接機，還是老樣子。仔細看，頭髮掉了很多，雖然梳理得很整齊，稀稀拉拉像梳子一樣，蓋不滿頭皮，遠不像以前那麼光亮飽滿。

老闆說：「湯姆，我們直接去醫院如何？報社沒人知道你回來。」

「行啊，」我說，「聽您的。」

坐進寬敞的賓士車，一路綠燈。離開此地很久了，周圍的一切還是那麼熟悉。過去風光的日子，隨著汽車的速度在眼前飛馳。我沉靜在美好的回憶中，竟然忘了和他聊天。「湯姆，你有沒有發現，我戒菸了？」

我嗅了嗅，果然，車裡沒有一點菸味。「不容易啊，」我說，「恭喜您。」

他說：「這是我第三次戒菸。」於是他給我講自己的故事。第一次是結婚時戒的，離婚後又抽了起來。第二次是艾瑪從他身邊出走，他把菸戒了。直到小城辦了報紙，戒菸失敗。他說：「抽菸戒菸就像我人生的兩個側面，一個給我動力，一個給我運氣。」

「哈哈，有意思，有意思。」我附和道：「您說得很有哲理。」

我們停在一家高級酒店門口，服務員把車開走。老闆說，房間訂在九樓。這家酒店我很熟悉，以前我經常來參加新聞發布會。他讓服務員把我的旅行箱送上樓，並塞了幾元小費。然後，帶我去餐廳。餐廳在底樓，高而寬敞，有圓桌，有長桌，米色臺布，高背軟椅，桌上有鮮花。吃飯的人並不多，很多桌

子空著。

我們靠窗坐下，窗外陽光燦爛。我注意到老闆的目光也投向窗外。冬天的花園除了柔和的陽光，實在沒什麼好看。這些花草和樹木都是我的老朋友。遠處那棵光禿禿的蘋果樹，秋天時果實纍纍，現在枝椏被修剪掉了，樹幹很粗，好像一個人有四五條手臂，伸直了在打呵欠。窗前有個草坪，乾燥枯萎，無精打采，好像一張蠟黃的臉。

金輝透過玻璃灑在餐桌上，給銀餐具和白瓷盤注入鮮活的生命。高腳玻璃杯折射出璀璨明麗的流光。白葡萄酒、義大利麵條、番茄醬、白乳酪、翠綠的沙拉、奶油濃湯。甜食、水果、咖啡，餐桌風景無限好。老闆忙著照顧我，吃得很少，話也很少。「喜歡嗎？味道如何？沒有用中國菜招待你，非常抱歉。這裡用餐方便。」他自言自語，不需要我的答覆。喝酒時，目光中流露出著一絲淡淡的憂愁。從機場到飯店，一刻不停地照顧我，很不尋常。

回到房間，老闆坐在沙發上。我朝他看看，他也看著我，嘴角露出一絲苦笑。這個時候，他應該點燃雪茄，神情莊嚴，等著煙霧刺激他的靈感，在朦朧的空氣中打開話題。可是今天，他好像有什麼難言之隱，遲遲不開口。

我站起來，走了幾步，一邊說：「艾瑪還好嗎？」

他低頭望著自己的膝蓋，慢吞吞地說：「你不知道吧，艾瑪和凱文有個孩子。」

「不知道。」我答得平平淡淡，說得很快很平靜。如果換一個場合，我可能要跳起來大聲驚叫。但是，在老闆面前，我需要一種姿態，我是來談工作的，對艾瑪與凱文的關係不感興趣。我的淡漠出乎老闆意料，懷疑的目光停在我的身上，好像

凍住了一樣。我朝四周的牆壁上掃了一眼，希望房間裡有個掛鐘，滴滴答答地響著，給我們解圍。可是除了床頭上面的風景畫，其他什麼都沒有。他以驚人的開頭企圖吸引我的注意力，沒有成功。好幾分鐘的沉默，意味著我打亂了他的計畫。

「原來他們倆是夫妻，離婚了？」我問。

「他們從來沒有結婚。」他說，「當年凱文和你一樣，是個名記者，我很看重他。艾瑪對他一見鍾情，兩人私奔了，直到需要經濟支援，去小城辦週報。唉，———」嘆氣的時候，他抬起頭來，目光坦誠而無奈。他說：「不久，艾瑪懷孕了，凱文不要孩子，也不願意結婚。」

我說：「凱文不是當丈夫的料，也許不要孩子是正確的選擇。」

「但是，艾瑪受不了失去孩子的刺激，他們倆的關係就此破裂。」

我說：「艾瑪毫不掩飾對凱文的感情。凱文很清楚，所以一直讓著艾瑪。」

「你的分析很正確。艾瑪心地善良，對凱文不死心。」

我說：「凱文一定有值得艾瑪賞識的優點。」

「不錯，凱文一表人才，但是我怎麼能接受一個不願意結婚不願意當我的女婿的人成為我的家庭成員？是我拆開了他們，如果再住在一起，我要解雇凱文，終止對他們的經濟支持。」

我怔了怔，眼前這位老人如果步行在街上，就是一個老實得很的長者，沒想到如此保守和霸道！曾經聽說義大利人很重視家庭，原來和老式中國人沒什麼兩樣。

「現在不是挺好的嗎，他們倆準備結婚了，破鏡重圓。你

就成全他們吧。」

「湯姆，這就是我請你來的原因。你去看看艾瑪，如果你覺得她可以結婚，我就把她從醫院接回來。」

「凱文呢？為什麼不找他？」

「你想想，我怎麼能讓她嫁給凱文？」

我一時語塞。難道他想把艾瑪嫁給我？這個時候我才明白，他要我頂替的不僅是凱文的業務，還有一個駙馬位置。他哪裡知道艾瑪與我水火不相容？

我說：「艾瑪是丟不下凱文的。」

他說：「只要把她的孩子接回來，就能把凱文甩掉。」

「孩子在哪裡？」

「在她母親那裡。」

我說：「醫生怎麼說？」

「她的指標都正常，就是不著邊際地胡思亂想。」

「好吧。」我說，「我們去看看艾瑪。」

「你去，我等你回來。這是地址，你開我的車去。」

站在下降的電梯裡，我對艾瑪產生了同情，她的變態是因為感情危機。也許給她找一個歸宿能得到康復。但是她要的是凱文，沒有人能夠取代凱文的位置。

第十六章

　　艾瑪住在精神病康復醫院。醫院周圍的空地很大，辦得像花園一樣。辦完了登記手續，年輕的護士指著前方的一個走廊，說向右拐就是接待室，艾瑪將在那裡和我見面。接待室裡陽光明媚，兩面全是玻璃窗。中間有個白色的長檯子，周圍放著幾張軟椅。再往前，是落地盆景，鬱鬱蔥蔥。

　　我以為自己不受艾瑪歡迎，等著她的語言暴力。我在她手下工作了一年多，從來沒有見她有過一絲笑容。看在老闆的面上，今天我來履行公事。

　　接待室的門「吱呀」一聲打開了。艾瑪穿著天藍色病員制服，由護士陪著，走了進來。護士過了中年，前額的白帽子下面露出一撮灰白的鬈髮。她看了看手裡的訪客單，會意地朝我笑了笑，說道：「艾瑪，這是你的朋友湯姆，你還記得嗎？」

　　艾瑪點點頭。她還是那樣瘦骨嶙峋，身體輕得像要飄起來。眼睛冷漠怨幽，好像整個世界欠了她的債一樣。她點頭時，微微一笑，露出一絲放鬆和平靜的神情。

　　護士豎起一個手指，笑咪咪地說給我們一個小時。

　　「艾瑪，你好嗎？」

　　「好，謝謝你，湯姆。」

　　她在我對面的椅子上坐下，我正想恭維她，誇她休養期間仍舊能保持苗條的體型。話未說出口，隨著護士的離去，她的笑容稍縱即逝。

　　「誰派你來的？是凱文還是我父親？」她說得很輕，咬牙切齒，眼睛裡狠狠地盯著我。

「艾瑪，沒人派我來。我到總部彙報工作，順便來看你。」我往椅背上一靠，笑著說。

「順便來看我？你以為我那麼傻那麼容易受騙？」她翹起了下巴，眼珠子往上翻，冷冷地說：「你恨死我了，是不是？」說完，哈哈大笑，笑聲撞到天花板，就像在辦公室裡一樣，令我毛骨悚然。我怕艾瑪發現我對她的反感，強裝笑容，無話找話說，「凱文好嗎？聽說你們要結婚了，恭喜恭喜。」

「啊，我的父親還說了什麼？他把什麼都告訴你，是不是？」

「艾瑪，結婚是好事情，沒什麼可保密的。」

「你說對了，我們要結婚了。我們的婚姻就是一起走向死亡。」

陽光在白檯子上畫了一條斜線，她的臉被太陽一切為二，一直切到脖子上，脖子上露出長長的青筋，鎖骨凸現，筆挺的鼻子成為一條分界線，一半亮一半暗。像電影裡的巫婆一樣。

「凱文在哪裡？好久不見，他好嗎？」

「凱文？」她說，「凱文快死了，我的父親沒有告訴你？」

她見我不出聲，呵呵冷笑，然後把頭扭向一邊。我準備離開，我們無法對話，我也不想多說一句話。

「你是來看我笑話的，是不是？」話音從窗那邊傳過來，她沒有看見我已經走到門口。

「現在你得意了吧，凱文和我都倒楣，你可以乘機爬上去，對不對？」

我握著門把，發現一步之遠有個淨水器，便走過去，抽了一個紙杯，裝滿水遞給她，一邊說：「很抱歉，艾瑪，你好好

休息，我要告辭了。」

艾瑪猛回頭，接過紙杯，「啪」的一下，把水朝我潑過來，一邊說：「他們把我當精神病人，現在你相信了嗎？你快去向老闆彙報，艾瑪在胡說八道，不能出院。其實啊，告訴你，我比什麼時候都清醒，殺死我們的是我的親生父親。是他殺死了我，殺死了我的孩子，殺死了凱文。他把我們都殺死，只留下一樣東西，那就是他的報紙。」她說得唾沫四濺，兩邊的頭髮晃來晃去，遮住半個臉。她吼叫，說她父親一直想趕走凱文，讓我來頂替他。她用雙拳打擊檯面，嘶聲力竭地喊道：「他是殺人不見血的兇手！」

我用紙巾擦了擦衣服上的水跡，拉開門，大步跨了出去。

「別走！」她喊道。我站住，仍舊握著門把。

護士聽見了，走過來，想扶她回房。她對護士說：「林先生給我弄水去，我非常口渴。」護士走過來，把我引到房門邊，倒了一杯水，讓我遞過去。

艾瑪一口氣把水喝完，然後用手背抹了一把嘴。我示意護士退出去，然後把接待室的門關上。我對艾瑪說：「告訴我，凱文在哪裡？」

她說：「我也在找他。」

「他和你有聯繫嗎？」

「沒有聯繫。」

那麼，你要對我說怎麼？

她的眼睛裡飄著一股邪氣，用一根手指對著我說：「茉莉花酒吧的報導讓你名利雙收，可是那裡是個人蛇窟，非法賣淫，非法移民。凱文發現後寫了針鋒相對的報告，結果遭到陷害。你們想殺人滅口！」

「這就是說你想說的嗎？還想說什麼？否則我走了。」

她用雙手摀住臉，嗚嗚乾哭，一邊喊道：「這些事你都知道，警察局向你們做調查，你們為什麼不說實話？她一邊蹬腳，一邊喊叫，你們真的以為我瘋了嗎？我沒有，我沒有！」

我委婉地說：「我去叫護士，扶你回房吧。」

這個時候，她從椅子上跳了起來，踉踉蹌蹌走到門口，一手抓住門把，氣喘吁吁，靠在門框上，喉嚨裡「吼吼」發出奇怪的聲音。

我再倒一杯水給她。她一飲而盡，然後用舌頭舔了舔乾裂的嘴唇，要我扶她坐回去。

她把一條手臂搭在我的肩膀上，在我的攙扶下，走了幾步，突然，兩條腿軟了下來。重量都壓在我的肩膀上，就像一件長長的行李，讓我扛著走。坐下後，她的眼睛一直閉著。我說：「讓護士接你回房去休息吧。」她的眼簾緩緩抬起，無光的眼神落在地上，自言自語說：「我們面對的是專業犯罪份子，我們拿不出證據，凱文收集了一些照片，那算什麼？他是嫖客，只能證明賣淫，不能證明謀殺！」

我說：「警察查過茉莉花酒吧，不是你想像的那樣。」

「你想想，還有什麼證據能比凱文傳染到了愛滋病更有力？」

「什麼？凱文怎麼啦？」我大聲問道。

「他要死了。」

「你說沒有聯繫怎麼知道他快死了。」

她說：「你去問我的父親，他有醫院報告。」

「你的父親？他知道凱文的去處？」

「有個教會的人來這裡看望我，說凱文病得很重。」

「艾瑪，你聽我說，凱文到底在哪裡？我去找他，你千萬不能自暴自棄。」

她說：「你報導的那個女人，呵呵，她叫什麼名字？在報紙上登了大照片的那個巫婆？她的嘴唇又紫又厚，好像被撞破以後結痂一樣，艱難地挪動。她叫單維，是不是？凱文愛上了她，她有愛滋病，傳給了凱文。」

我的腦袋「轟」的一聲炸了。這時我敢確定艾瑪真的瘋了。一會兒說，父親知道凱文的去處，一會兒說教會有人來報告凱文生病，結果還是說不出凱文到底在哪裡。一會兒說凱文要死了，一會兒又說要和凱文結婚，簡直語無倫次。她造別人的謠或許能迷惑我，丹卉討厭凱文，從來沒有和凱文發生過性關係。我一清二楚。我大步走到她面前，真想抽她兩個耳光。

「請再說一遍，你怎麼確定丹卉有愛滋病？即便凱文真像你所說傳染上了愛滋病，也是他亂睡女人的結果。與丹卉有什麼關係？」

她喃喃地說：「我睏了，要睡覺了。」

「別睡別睡！」我扳住她的肩膀，前後搖晃，不讓她閉上眼睛。

「請告訴我，凱文在哪裡？」

她的眼睛勉強睜開，又閉上了。我重複問她：「凱文在哪裡？」她的嘴巴動了動，呼出令人噁心的氣味。我們的談話驚動了護士。中年護士推著輪椅進來，示意我抱起艾瑪，放到椅子上。艾瑪被推走了，我卻不想離開。我到辦公室問值班護士，艾瑪的藥效還有幾個小時，護士說：「明天再來吧，病人需要休息。」我說：「讓我見見她的醫生好嗎？求求你。」

「有什麼事嗎？你可以問我。」

　　我想了想，說：「算了，我以後再來看望她。」

　　從醫院到旅館並不很遠。途中經過一個公園，搭在方向盤上的手下意識地往右一扳，車拐了進去。公園很荒涼，沒有遊客。我不知道為什麼要停在那裡，不知道究竟應該到何處去？前方有人在掃雪。我只看到他的背影，寬寬的肩膀，短短的脖子，很像老闆。我眨了眨眼睛，模模糊糊看見老闆向我走來。我該如何對他說？說艾瑪瘋了，病情很重？老闆會相信嗎？說她沒有病，應該出院與凱文結婚？凱文在哪裡……？

　　一陣寒風從背後吹來，我趕緊豎起風衣領子，把下半個臉埋在裡面。風聲嗚嗚悲鳴，好像遠處傳來的哭泣。一種無助的孤獨襲上心頭，天上的雲和地上的草，好像串通一氣互相勾引，織成天羅地網，老闆、凱文、艾瑪、丹卉，前後左右包圍我，把我套在其中。我得逃出去，一分鐘也不停留。

　　「需要幫助嗎，朋友？」

　　我站住，不敢回頭。冷風繞著我，身體開始哆嗦。嚓嚓的腳步走到我面前。我不敢抬頭，只看見一身黑制服，像幽靈一樣。

　　「不，不，不需要。」

　　「迷路了，是不是？」

　　「啊，是的，是的。」

　　「這是你的車嗎？」

　　「是。不，不是我的。

　　「這是報社的車。」

　　「對，這是我上司的車。他在旅館裡等我。」我從口袋裡摸出一張紙，上面寫著旅館和醫院的地址。「這個旅館很好找。」警察說。「你跟著我，旅館在路的左面，很高的樓。」

我的心虛弱極了，懷疑自己是不是被警察跟蹤了？我並不想馬上回旅館，可是不得不跟在警車後面。三條車道，警察開在中間，別的車子紛紛降低速度，往兩邊分散，我們一往無前。一眨眼，看到了旅館高高的屋頂。到了旅館門口，警察下車，威風凜凜地走過來，問我還需要什麼說明。我千謝萬謝，希望他快點離開。走到服務台，我打電話上去。請老闆下來喝咖啡。我需要一個開放的地方，害怕和他單獨相處。電話鈴響了很久，沒有人接。退房！這個念頭快如閃電，我直奔電梯，回房取行李。

第十七章

　　我像逃亡一樣，沒有給老闆留下片言隻字，直接坐計程車去了機場。跨進計程車，剛坐下，司機說：「你很面熟啊，我在哪裡見過你？」司機在左面，側過臉來看著我。我臉部的肌肉就在他的注視下變得麻木僵硬。進車時和他打過一個照面，中年人，我沒有記住他的臉。他是誰呢？我的老朋友中沒有出租司機。我說：「你記錯了，我不住在這個城市。」

　　「你肯定沒有住過這個城市？」

　　「以前住過，早搬走了。」

　　「常回來看看，你的朋友會想念你的。」

　　「是，你說得很對。」

　　出租司機沒話找話說，這是他的職業習慣。我只好說：「對不起，我有點不舒服。」我用一隻手托著下巴，假裝休息。但是，每隔幾秒鐘，就要瞄一眼車外的旁視鏡，生怕有人跟在後面。接近機場時，後面開來一輛警車，拉響了警報從我們旁邊呼嘯而過，我的心吊到喉嚨口。司機好像發現了我魂不附體，特意多看了我幾眼。下車時，他說：「你以前在這裡當記者，是不是？」我不置可否地笑笑，給了他五十美金，讓他別找零錢，多餘的當小費。

　　「我是記者，要以最快的速度回到小城。」我站在機場服務臺前，翻來覆去只有一句話。服務員查了電腦後說，下一個航班要等兩個小時。

　　機場的大玻璃牆外，暮色像滾滾硝煙，不一會兒就把天空塗得漆黑。候機室空空蕩蕩，卻是燈火通明。我坐在角落裡，

感到很不自在。兩個小時！每一分鐘都那麼漫長！抬頭看著天花板，白色的燈光穿過我的瞳孔，眼前變成一團黑。我閉目養神，腦袋裡浮現一片空白。耳朵嗡嗡作響，身體失重，好像飄浮在空中。

　　我起身，走向消費地帶。我在書店裡翻閱雜誌，然後在出售巧克力的糖果店裡買了一瓶礦泉水。書店的服務員和我寒暄時，直覺得喉嚨裡冒煙，聲音低啞，真有點像電影裡的逃犯。打開水瓶，連喝幾口。冰涼滑爽的感覺，直線往下流，一口一口滑下去，好像甘露滋潤枯苗，心頭舒暢了一些，腦子也開始清醒。這兩個小時，怎麼能像做了虧心事一樣束手待斃呢？我想，如果老闆回來，不見我的人影，一定要與醫院聯繫。而醫院恰恰是他最不願意去，最讓他丟臉的地方。約翰說對了，我是老闆的心腹，只有我知道老闆的心病，只有我知道艾瑪和凱文的祕密。他叫我去醫院，無非是想扔掉凱文這個包袱，把她放出來，讓我照顧她。他不會相信凱文得了愛滋病，凱文的失蹤，是因為他向警察局寫了不符事實的報告而沒有臉再回來。想到這裡，我給旅館打了電話，服務臺說：「你的老闆還沒有回來。」我請服務臺留言給老闆，說我等不及了，急著回去調查一個案子，明天向他彙報。

　　拉著旅行箱，漫無目的地在機場閒逛，心裡想著明天如何向老闆交代，如何把艾瑪的皮球踢回去。一圈逛下來，回到候機室，離登機還有十幾分鐘。乘客很多，有的坐著，有的已經站在登機通道口排起了長隊。坐在飛機上，我打了一個盹兒，迷迷糊糊地看見一個白色的空間，似雲似霧，滾滾翻騰。雲霧後面是老闆的一雙眼睛，老闆死了，死不瞑目。……這個夢意味著什麼？我問自己。難道老闆是這場悲劇的罪魁禍首？那麼

我扮演什麼角色？老闆的幫兇？那麼殺死老闆的又是誰？

　　從機場出來，我直接開到茉莉花酒吧，已經是半夜了。又是我的直覺，彷彿要發生什麼事情。一天不見丹卉，恍如隔世。不出所料，丹卉果然在那裡。酒櫃前值班的那個姑娘認出了我，說道：「林先生您才來啊，宴請都快結束了。不怕被罰酒嗎？」

　　「宴請？」我前腳走，她後腳搞宴請，請的是些什麼人？我把脖子上的圍巾解開，繞在手臂上，對小姐笑笑說：「公事脫不了身，沒辦法。」

　　她說：「我陪你去吧。」招呼另一位小姐幫忙看著，領我進去。走了一半，我問：「今天有哪些客人？」

　　「不認識，都是新客人。」

　　「華人多還是洋人多？」

　　「都是華人，從中國城那邊來的。」

　　我說：「你請回吧，我知道他們在哪裡聚餐。」我給了她十美金小費。小姐笑嘻嘻折回去了。

　　走上彎曲的小徑，同樣的月光，同樣的花園，只是氣溫下降，沒有芳香，失去了溫情脈脈的氣氛。一聽到小姐說客人都是華人，我立刻想到了丹卉的妹妹。水晶燈亮如白晝，玻璃牆後面有一雙眼睛。我潛伏到屋簷下的一個窗口旁，只聽見裡面嘈聲四起，好像個個都有聽力障礙一樣。丹卉也不例外，聲音脆得像高音喇叭。

　　「吳老總，來，我再敬你一杯。」丹卉說。

　　「丹卉好酒量，來，咱們乾了！」

　　「好！眾人都說，乾！乾了！」

　　「吳老總？」這個稱呼很熟悉。不就是僑領年拜時，從大

陸來美國的投資集團總裁嗎？此人身材高大，濃眉大眼，鼻樑平塌，說一口地道的北京話，身上有強烈的菸味。跟這樣的人調什麼情啊？我的老闆也是菸鬼，可能比他抽得兇，但是，在公共場合，一定噴香水，而且勤換衣，不留一點令人生厭的煙霧痕跡。

冬天的夜晚寒冷刺骨，我站得手腳麻木，正想回舞池去暖身。轉而一想，不如闖進去大吃一頓。我已經十幾個小時顆粒未進，正飢腸轆轆，眼冒金星呢。正在進退不得時，門被打開，散場了。我趕緊閃到樹後，目送他們離去。月光下，這群人像鬼影一樣，全身墨黑，臉色發青。全部是男人。只有一個女英雄，穿著閃亮的白旗袍，被一個高個子摟在懷裡。我猜這個人應該是吳老總了。丹卉為什麼甘心情願地讓他吃豆腐？他們歪歪扭扭地走出來。我跟在這群人後面，聽到丹卉說：「跳完舞，你們帶小姐回去吧，給高一點的小費啊。」眾人一陣嘻笑。那個男人說：「咱們說好了，今晚不回去了，我住這裡。丹卉，是不是啊？」

「唔，吳總，看你，幹嘛大聲嚷嚷？」

「好，好，我聽你的，小聲點。」

聽到這裡，我恍然大悟，吳老總莫不是約翰要找的投資人？丹卉真屬害呀，把大魚釣上來了。丹卉妹妹曾經向約翰描述過此人的特徵，我拚命回憶，是不是高個子？北方人？卻是怎麼也記不起來。我覺得自己應該做些什麼，當務之急是把這個男人趕出去，不能留夜。

「丹卉！」我跨大步子，一邊走一邊大聲叫她的名字。丹卉醉了，他們個個酩酊大醉，有人真醉，有人假醉。丹卉就是假裝的，她正在為最後的成功畫上圓滿的句號。沒人理睬我。

我大步走到丹卉跟前，擋住她的去路。丹卉竟然從我身邊繞過去，好像不認識一樣。我衝上前，從後面把她從吳老總的懷抱裡攔腰搶過來，扛在肩膀上。丹卉大叫：「救命啊！救命！」我不顧一切，疾步快走。眾人回過身來，奮力猛追，把我們團團圍住。吳總第一個過來搶女人。我把丹卉放下，一個箭步，把他與丹卉隔開。這個傢伙比我還要高，抓住我的手臂，想把我甩開。這時，丹卉抓住了我手臂上的白圍巾，大喊：「你們都給我住手！」她把吳總推向一邊，拉了拉旗袍，攏好了頭髮，走到我的面前，假模假樣地說：「林先生，沒想到是你啊！」

「這是誰？敢搶我的女人！」姓吳的喝道。

丹卉說：「林先生，誤會，誤會！」

「是林先生！」吳老總即刻過來打招呼。大家都認出了我。嘰嘰喳喳叫著：「林先生劫持美人啦！林先生從天而降，功夫一流！」我只好強裝笑容，抱拳向各位作揖。「呵呵，各位同胞，我剛下飛機，還沒有吃晚飯呢！丹卉不請我，要重罰！」

丹卉說：「真的沒吃嗎？馬上給你做。」

我說：「我要罰你跳舞，陪我挑一夜，不准睡覺。」

吳老總說：「沒請林先生，該罰該罰。林先生請，我陪你喝幾杯。」

丹卉說：「你們都跳舞去吧！林先生，請跟我來。」

第十八章

　　後院的小徑大約長二十米左右，我和丹卉一前一後，往下坡走。一句對話都沒有。鞋底在地上嚓嚓作響，褲筒裡灌進颼颼涼風。我走得很快，把丹卉甩在後面。我們相互都需要一個解釋，我為什麼提早回來？她為什麼留吳老總過夜？沒走多遠，聽見丹卉說：「請等我，馬上就回來。」我一時沒有聽明白。我以為她跟不上我的速度，便放慢了腳步。走了幾步，停下來等她，轉身一看，丹卉不見了！我真的很餓，深更半夜的，她去哪裡了？我站著，等她回來。腦子裡時不時冒出她和吳老總調情的嘻笑聲，心中焦躁之極。等了幾分鐘，還是孤身一人。我看看天，月亮通明，又大又圓，好像一個圓形的窗口。月中有景，天外有天，高山流水，樹林平原，好像一張黑白分明的老照片。我蹬了一腳硬邦邦的地皮，用鞋尖踢起路邊雜草叢中的一塊小石頭，石頭骨碌碌地往下滾，轉眼不見了。走幾步，我抬腿蹬了一腳茉莉花樹，樹幹搖了搖，算是答覆我。我不等了，大步下山，到了門口還得等。回頭看，丹卉還是沒有來。我想起了屋後那扇門，不知今夜裡面有沒有人？走過去，轉過屋角，沒走幾步，卻是什麼也看不見了。一片漆黑，像瞎子一樣，心往下沉，拖著我的身軀，好像掉進了萬丈深淵。我不由得伸出手臂左右揮舞，希望抓住什麼東西，卻是空空如也。天崩地裂的感覺遍布全身，雙腳失去重心，什麼也沒有了。不知過了多久，我被凍醒，發現自己蜷成一團，躺在地上。我摸著了褲腿和鞋子，摸到了鞋帶和鞋幫。我觸摸地面，冰冷的石板告訴我，自己還在人間。站起來，頭暈目眩。

往前走了幾步，看見碩大的月亮，天空像寶石一般藍盈盈，再往前走，有棵大樹，樹葉都落了，樹杈好像短刀長劍直刺天空。月光斑斑駁駁，一半在牆上一半在地上，張牙舞爪。這時，我才看見了自己離房子並不遠。一邊走，一邊想，我在這裡幹什麼？誰把我弄到樹林裡去睡了一覺？這是什麼地方？走到房子前面才發現原來是茉莉花酒吧的後院。我朝山坡望去，只見一條通向酒吧的小道鋪滿了銀輝，像彎彎曲曲的白色綢帶，亮閃閃飄向天際。這條路讓我凝視許久，白色的綢帶經常出現在我的夢裡，像天梯一樣連著天堂。我想起了丹卉，我在等她，不是嗎？等了那麼久，她在哪裡？我想起了今晚發生的事情，丹卉要請我吃晚飯，但是胃裡一點飢餓感也沒有了。山坡上出現一道光，好像被風吹著，在月下飄逸。莫不是仙女下凡？還是我的眼睛模糊，出現了幻覺？定神一看，原來是丹卉。急匆匆跑下來，已經離我不遠。我想看看調戲她的吳老總是不是也跟在後面？於是貓著腰躲進灌木叢中。丹卉進了門，只有幾秒鐘，又退出來，四處張望，伸長了脖子，站在房門口叫著我的名字。「湯姆？湯姆？」她叫得很輕，好像不願意讓別人聽見。

　　我沒回應，想把她晾在那裡，看看還有什麼動靜。等丹卉進去了，我才站起來。剛跨出一步，幾乎在同時，屋後走出一個女子，就從我剛剛走過的石板路走出來。一模一樣的白色旗袍，一樣的個子，一樣的髮型，只是披了一件毛茸茸的白色披風。這個女人嚇得我靈魂出竅，好像見到鬼一樣，一屁股坐在地上。

　　人有肢體語言，直覺告訴我，這個女人不是丹卉。只見她扭著腰肢，踏著碎步，緩緩地向上坡走去，好像走在時裝舞

臺上，不慌不忙，心如止水。此刻的丹卉正急得像熱鍋上的螞蟻呢！我把十指的關節一個一個捏得咯咯作響，等著丹卉因為找不到我而從屋裡退出來。但是，時間走得那麼慢，滴答，滴答，不到一分鐘我開始懷疑自己的判斷。也許酒吧有急事，她等不及了。但是，為什麼從後門出來？另一種聲音在耳旁響起。要不要追上去把她截住？不是丹卉，肯定不是！兩種聲音互相爭吵，眼看白衣女人已經走得很遠，像隻白蝴蝶，漸漸消失在黑夜中。我拍掉身上的泥土，直奔大門。我要看看，丹卉到底是不是在裡面？要是不在，我再追上去也來得及。走到門口時，我拍腦袋罵自己是天下第一號大傻瓜。這個女人不是丹卉的妹妹嗎？那個與凱文睡覺的丹卉妹妹？那個和約翰在玻璃牆後面竊竊私語的丹卉妹妹？啊，我恍然大悟——原來今晚，她躲在玻璃牆後面，看丹卉陪那幫無賴喝酒，親眼目睹丹卉和姓吳的調情。吳老總中了圈套！那麼，現在她去幹什麼？深更半夜的，難道代替丹卉去陪吳老總睡覺？對！這一著厲害！如果她是愛滋病人，吳老總就是第二個凱文！

　　門虛掩著，燈光很暗，裡面有聲音，仔細聽，是女人的哭泣。這個聲音多麼熟悉！丹卉曾經當著我的面，滿臉是淚，一邊哭一邊請求我原諒。我推開門，「啪啪啪」把所有的燈光都打開。只見她的身體一個哆嗦，原來坐著，突然站立起來，轉身背朝著我。「丹卉！」我大喊，大步跑過去，把她擁在懷裡。「親愛的，你怎麼啦？」我摟著她說。她停止了哭泣，掙扎著把我推開。「我是湯姆。你不是在找我嗎？」兩人面對面站著，她用陌生的眼光把我從頭掃到腳。這種目光冷漠挑剔，好像一桶冷水，把我所剩無幾的熱情全部澆滅。

　　「你，是余丹卉嗎？」我再問她。

這時，她一臉委屈，眉頭緊鎖，「哇」的一聲嚎啕大哭。那哭聲震得我倒退了一步。她卻邊哭邊朝我撲過來。她的胸脯頂在我的心口上，她的雙臂繞著我的脖子，像條蛇一樣，把我的身體緊緊纏住。我一動不動，像根木頭。她們是雙胞胎，妹妹患有愛滋病，我也怕搞錯了。

「告訴我，出了什麼事？」

她不回答，一個勁兒地哭。

「別難過，別難過。」我輕輕地拍著她的背。她還是哭。我把她抱起來。抱到牆邊的沙發上，讓她躺下。她捏著我的一隻手，繼續哭。我跪下來，離她近一些。她把我的手貼在自己心口上。「別哭了。」我勸她。她反而哭得更厲害。我就這麼跪著，一隻手按在她柔軟的乳房上，好像一葉小舟行駛在洶湧澎湃的浪尖上，隨著她的呼吸和哭泣不停顛簸。我對自己說，這是丹卉，不會錯。她哭累了，合上眼睛，好像一隻受了傷的羔羊，漸漸睡去。她的呼吸還是那麼急促，肩膀時不時地抽搐。微啟的雙唇裡，露出一排潔白的牙齒。我把臉湊過去，盡情把她的體味吸進我的身體。好幾次，我想去舔她的唇，殷紅的雙唇在哭泣中變得乾燥欲裂。我想舔她的眼睛和滿臉的淚水，幫她把臉舔乾淨。但是，我不忍心吵醒她。一動不動癡癡迷迷地看著她。她的頭髮亂七八糟，被淚水黏在臉上，我小心翼翼地伸手去把它們撈出來。沒想到這麼輕微的一個動作，竟然把她弄醒了。她一把抓住我的衣服，「霍」地坐起來。我捧著她的臉，輕輕地說：「你躺著，我去端杯水。」她抿著嘴笑了。

「丹卉，我們有的是時間。我們好好談談，好嗎？」我把杯子遞給她。她撒嬌似地朝我瞟了一眼，咕咕咕喝完，然後噘起嘴巴說：「你到哪裡去了呀，讓我好找。」

「你到哪裡去了呀？讓我好等。」

她不吭聲，靠在我的肩膀上。

我說：「我在門外面等你呀，什麼地方也沒有去。」

「餓了吧？」她嘆了口氣，轉換了話題。

「把你餓壞了，真不應該。」

丹卉攏了攏頭髮，拉著我的手從客廳向餐室走去。一場暴風驟雨就這樣過去了，好像什麼事也沒有發生。我猜不出她的心思，但是，無論如何也不會相信她悲痛欲絕是因為找不到我。我想問她剛才從後門走出去的那個女人是不是她妹妹？今晚她出去幹什麼？但是，看著她紅腫的眼睛，把話嚥了下去。我走到那堵玻璃牆邊，輕輕地敲了幾下，聲音咚咚響，確實與普通的牆壁不一樣。「有人嗎？」我轉身問她。她說：「沒有，只有我們倆。」

心裡有一股力，就在她說只有我們倆的時候突然迅速膨脹。好像潮水決堤，無法遏制。我朝外間的沙發瞥了一眼，眼前浮現她脫得精光，想和我玩兩性遊戲的鏡頭。剛才抱她到沙發上，我想解開她的鈕釦，想把手伸進她的身體，想捏住她的乳房，捏得她哇哇叫痛。我想在這裡把丹卉解決了征服她。

丹卉端了一個托盤進來，上面有一碟涼拌海蜇皮，一碗水筍煮紅燒肉，一碟鹽水花生，兩杯茉莉花茶。她的眼睛還沒有從悲戚中走出來，卻亮著跳動的火苗。我的心狂奔亂跳，想用我的舌頭去安撫那迷人的眼睛，滋潤那乾燥的紅唇。烈火咀嚼我的神經，獸性正在體內覺醒。我曾經與不少女人有過魚水之夜，都是借酒助興，從來沒有像今天這樣飢餓瘋狂，我甚至想到了死亡。就讓我得到她一次吧！哪怕讓我抱著她死在這裡，也甘心情願。

「吃吧，沒什麼好菜。」

我朝她笑笑。

「吃啊，筷子、湯勺都放在你面前，還呆坐著幹什麼？」

「有酒嗎？」

「你要開車，不能喝酒。」

「那麼，給我白米飯。」

「你這是怎麼啦？嫌我的菜不好嗎？」

「不是不是，我這就吃，這就吃。」

「你把花茶當酒喝了，我再給你白米飯。來，以茶代酒，我們乾杯！」

「乾杯！」我一飲而盡。

她給我再倒了一杯，然後像女招待一樣站在旁邊，看我吃菜。等我喝完茶，便端來了白米飯。我哪有心思吃啊！只是希望她在我身邊，不要離開。我已經飽了，被她的魅力餵飽了。我不敢看她，她卻看著我。這是她的信號。她和我沒有什麼兩樣，在野性與理智之間徘徊流連。我們體內都儲存了炸藥，只缺誰先把引爆線點著。

「你也吃一點。」我說。

「看你吃，比自己吃還要香。」

我們倆相視而笑。一剎那的對視，就像喝了蜜糖那樣甜蜜。她坐過來，讓我摟著，滾燙的嘴唇貼在我的脖子上，輕輕地哼起了〈茉莉花〉。我把筷子放下，想把她的衣服剝掉。丹卉已經投降了，只有我在堅守。我和她一起吟唱。〈好一朵茉莉花呀，好一朵茉莉花。滿園花草，香也香不過它。茉莉花啊，茉莉花。茉莉花香，香滿房。〉我們抱著站起來，一邊唱一邊跳。

「丹卉，今晚你跟我回家。」

「嗯。」她應道。

「你知道我多麼想你嗎？」

「知道。」

「你不知道。」

「我知道。」

「我想你想得病倒了，你都沒有來電話。」

「不說這些，好嗎？」

「好。」

「讓我將功補過。」

「怎麼補？」

「你要怎樣就怎樣。」

「我要……，我要……」

丹卉昂起臉，等著我吻她。

「我要你……」

她的眼睛裡灌滿了幸福和滿足，光芒四射。

這時，凱文、艾瑪、吳老總、白披肩的女人，一個個像鬼影似的從腦勺後面升起來。前身焦灼難忍，背後冷得瑟瑟發抖。

「我要你告訴我真相。」

她皺眉低頭，就此沉默。然而，腳步卻沒有停下，仍舊和諧地配合我，走來走去，彷彿她的身體從腰部一截為二，下面屬於我，上半部分已經離我而去。我有些後悔。不該在這種時候扯上與我們沒有關係的事情。只要我們相愛，相愛就是一切。是啊，相愛就是一切。相愛就是一切嗎？我不敢肯定。走過去走回來，我的腳就像走在生與死的軌道上。

「丹卉，為什麼不問我？」

「問什麼？」

「提早回來？」

「你說呀。」

「艾瑪瘋了，住在醫院裡。」

「哦，真可憐。」

丹卉對別人的故事顯然不感興趣。

「艾瑪和凱文有過孩子。她說凱文被你傳染上了愛滋病，快死了。」

「呵呵，這就是你提前回來的原因嗎？如果我有愛滋病，你來找我幹什麼？」

「我不相信。但是，你的妹妹與凱文睡過覺……」

「住口，不許污辱我的妹妹！是他強姦了一個虛弱的病人。」

「對，對，強姦。你有錄影帶。」

丹卉停住了，背過身去。我按住她的雙肩，把她轉回來。她僵持者，不理睬我。我說：「丹卉，請你抬起頭來，把眼睛睜開，看著我。」她眼裡的火苗終於熄滅了，黯淡無光，好像睜眼瞎一樣。我說：「丹卉，你聽著，即使你有愛滋病，我也愛你，不會變的。你聽見了嗎？」她用手捂住我的嘴。我把她的手拉開，繼續說：「我會和你一起去死。」

大顆大顆的淚珠簌簌不停地從她的大眼睛裡滾出來。

我拉起她的手說：「親愛的，走，讓我們回家。」她咬緊嘴唇，低頭不語。我用餐巾紙吸乾她的眼淚，猛地抱住她，一口把她的雙唇含在嘴裡。我用舌頭舔進去，她緊閉著，我再舔，她不屈服，眼淚流在我的臉頰上。

「親愛的，我要接你回家。」

「改天吧，我累了。」她輕輕推開我。

「你跟我回家！丹卉，讓我們一起回去。」我哭著求她。

她坐下來嘆氣。

「丹卉，沒有你，我就像死了一樣，你知道嗎？」

「不要，不要這樣。」她用雙手捂住臉。

我跪在她的面前，一手摟著她的腰，一手去解旗袍釦子。她把我的手從衣服上剝下來，什麼話也不說。

第十九章

　　丹卉哭著推我出去，把自己鎖在房內。跨出茉莉花酒吧的大門，一陣冷風迎面撲來，我打了個寒顫。我把領子豎起來，雙臂抱在胸前，朝車子走去。天高月圓，繁星滿天。停車場空無一人，只有我的車孤零零停在最靠近酒吧大門前。月光灑在車身上，反射出一層耀眼的光輝，好像一朵雲從天上落下來。但是，遮不住汽車下面延伸出來的濃濃黑影，那個影子比汽車大得多。我看自己，後面也拖著一個長長的影子，好像電線桿一樣，又高又瘦。我想起了李白的佳句：「花間一壺酒，獨酌無相親。舉杯邀明月，對影成三人。」詩仙也有邀影為友的時候。我倒走，張開雙臂，上下擺動，和影子面對面一起跳舞。我把腿抬高了，身體左右搖擺，影子好像喝醉了一樣，在我面前搖晃。死氣沉沉的停車場頓時熱鬧起來，成了我和影子的獨享天地。我突然覺得影子很可愛，我們之間你中有我，我中有你，難捨難分。在這寒氣襲人的夜晚，影子啊影子，只有你和我患難與共，心心相連。我扭動身上每一個關節，旋轉，跳躍，劈腿，一邊跳一邊對著影子放聲大笑，嘴裡說，我們打敗了孤獨，打敗了寒冷，我們要打敗這個折磨人的世界！

　　坐進車裡，我大汗淋漓，啟動馬達，拉下閘，沒想到車退出去，轉彎時，腳底好像抽空似的，踏不動剎車。我趕緊把閘拉上，讓車停在馬路口。心裡堵著，朝天長長嘆了一口氣，只覺得有一種東西隨著呼吸飄了出去，身體變得很輕很輕，只剩下一具空殼，好像一戳即破。我把椅背往後倒，倒得與後座一樣平。臉朝天躺下來。伸了一個懶腰，睏意繚

繞。空氣暖洋洋，合上眼睛再也睜不開。心裡想，一直躺下去也好，睡著了就把什麼都忘掉。不要醒過來，不要醒過來。我祈求上蒼，不論是進天堂還是下地獄，你就放我走吧！對，一氧化碳中毒，在睡夢中死去，不失為一種沒有痛苦的完美結局。睡夢中，看見一隻白色的大鳥從茉莉花酒吧的窗口飛出去，好像一抹白煙，直上雲霄。我想追上去，發現自己的雙臂全燒黑了，原來我是一個黑色的影子！我不甘休，竭力蹬踢雙腳，把自己蹬醒了。

椅子的寬度與棺材差不多，翻身不得，很不舒服。我只好起來，坐直了身體。望著酒吧封閉的窗口，問自己，今夜怎麼過？在這裡等她？還是回去？她在幹什麼？怎麼沒見她的車呢？誰送她來？誰接她回去？今晚誰去錄影？……想著想著，終於醒悟。今晚事關重大，丹卉怎麼睡得著？怎麼可能跟我回家？我咬咬牙，使勁踩車板，「呼」地一下上了路。

打開家門，未開燈，洞黑中看見一隻紅眼睛。窗下寫字檯上的錄音信號一眨一眨。誰的留話？是丹卉嗎？是她改變了主意，今天夜裡要過來？興沖沖走過去打開一聽，是老闆的聲音。他說：「你走得那麼快，到底發生了什麼事？艾瑪和你說了什麼？我從警察局得到消息，凱文確實得了愛滋病，第三份血液報告已經出來，結果相同。警方退回投訴，說嫖妓傳染的愛滋病不在他們的調查範圍之內。醫院正在追蹤與他有關係的女人，其中包括艾瑪。」

他的語速很快，聲調很高，好像在口授一條新聞。

不過，他說，幸虧凱文對艾瑪失去興趣，他們很久沒有發生性關係了。艾瑪的報告是陰性。他讓報紙發一條消息，提醒與凱文有相好歷史的女人前往醫院做血液檢查。

　　我對此並不感到意外。其實在艾瑪怪罪於丹卉時，我就想到了丹卉妹妹，現在丹卉又證實了妹妹是個虛弱的病人。這個病可能就是愛滋病。凱文在獸性發作時，可以破門而入，可以躲在壁櫥裡，甚至強迫女人就範，哪怕告訴他有病不能有性關係，他也不肯作罷。問題是，在這之前，我們見面時，老闆隻字未提警察局的介入，隻字未提凱文和艾瑪的化驗報告，更沒有任何公開報導的蛛絲馬跡。他在尋求什麼？想從我這裡得到什麼？

　　身上還留著丹卉的體香，進門時，我想打電話向丹卉道歉。老闆的留話硬是把丹卉從我的感覺中擠走了。我把錄音又放了一邊，終於明白，他把醫院確認凱文被傳上了愛滋病的消息公開，主要是為了斬斷艾瑪的後路，讓凱文無人接近。我終於也明白了他為什麼要我探望艾瑪，頂替凱文。這老頭兒如今好像是一個凱旋歸來的將軍，持久戰打到今天，終於把女兒奪回他身邊。但是，他不知道自己心愛的女兒為凱文是不怕死的。愛情具有極大的摧毀力，我也是第一次體驗到。想到這裡，我不由得對艾瑪另眼相看。所有對她的惡感，就像秋風中的落葉，一片一片飄走下落，只剩下光禿禿樹幹和樹杈。艾瑪活著只有一個目標，那就是對凱文無條件的愛，愛得病態百出，絕不回頭。

　　老闆說得有理，凱文玩女人無數，很可能在傳上愛滋病的同時或者之後，傳給其他人。我馬上聯想到山頂上酒吧裡的那些追求者。這只是冰山一角。愛滋病有潛伏期，如果一時查不出，那麼後果將多麼可怕！如果不公開凱文的病情，天知道，要有多少無辜的男男女女命歸黃泉？我不由打了一個冷顫，自己也是其中一員啊！是不是也要去醫院檢查血液？那個地方也

有我的一夜之情。我常常是連對方的名字都記不住，雙方都沉浸在酒精之中，露水鴛鴦，相互通過發洩而得到一種痛快。第二天清醒過來，覺得不可思議。有的繼續下去，有的到此為止。沒有感情的投入，都是短命的。我怎麼去和醫生說呢？如果被醫院誤解為吸毒的癮君子，上了他們的花名冊，我將名譽掃地。

性交給人愉悅，恐怕是上蒼造人時為了鼓勵繁殖後代而設置的，現代人用它來對付孤獨。孤獨本來屬於休閒，卻成為現代人的富貴病，很多人承受不了，除了嗑藥就是性交，好像沒有什麼其他自慰的途徑。男人用性去糟蹋女人，女人用性去勾引男人。丹卉的妹妹身患絕症已經到了生命的極限，還要利用性交去報仇。……這個世界怎麼變成這樣？人活著還有什麼意義？

通夜不眠。我不得不爬起來。真想抽支菸，借助裊裊的煙柱找個支撐點。我已經戒菸很多年了，明知家裡連一根火柴都找不到，還是東找西找，把各個抽屜都打開。找不到菸，我到廚房去找酒喝，家裡根本沒有酒。冰箱是空的，灶頭是冷的，我連微波爐都沒有用過一次。但是，我停不下來，似乎想通過尋找達到什麼目的。幾次經過寫字檯，我沒有注意裡面還有錄音。當我把裝有安眠藥的瓶子拿在手裡，心灰意懶到極點時，突然發現電話的紅燈還沒有熄滅，一亮一亮，很委屈地呼喚我。這又是誰呢？我一下子激動起來。手指按上去的一瞬間，我又想到了丹卉，除了她還有誰會在深更半夜給我留電話？是不是我在停車場跳舞時，被她通過什麼縫隙看見了？是不是她極度孤單，要找人說話？手指充血，顫抖，僵硬，不聽指揮。我想拉一張椅子坐下來，坐在電話機旁邊，就像坐在她的身

邊。椅子只有一步之遠，我卻跨不出去。兩條腿不由自主地跪下來，淚如泉湧。紅燈好像是沙漠裡的一眼泉水，讓我喜出望外，情不自禁地把臉貼在電話上，手指用力按下去。我怎麼也沒有想到那是一個男人的聲音。

「湯姆，你知道我是誰。」非常熟悉的聲音，但是一時想不起來。

「謝謝你去探望艾瑪。想來很悲傷，都是我的錯，讓她精神受刺激。」這是凱文！我用拳頭猛擊一下桌子。

「唉，」他嘆了口氣。「事到如今，這件事兒瞞不過去了，我也不想瞞了。你們的老闆很快就要布置任務，讓我上報紙頭條。真該感謝他，讓我在臨終之前再風光一次。你可以來採訪我，但是有一個條件，你必須把艾瑪一起帶來。否則我不會見你。你要幫助我，給我機會，讓我向她道歉。如果得不到她的原諒，我是死不瞑目的。」他哽咽得說不下去，低聲啜泣，大口喘息。「湯姆，我的好兄弟，我也非常後悔在我們相處的日子裡，我對你的傲慢粗暴，我要當面請求你的原諒。我的日子不多了，我等著見你。如果你給我回電，我將告訴你如何找到我。」

怎麼會是他？我拚命抓自己的頭皮，怕是做夢。失蹤多月的凱文，為什麼給我打電話？

錄音就這樣終止了。我放了一遍又一遍，確實是凱文的聲音。但是，我怎麼也無法在聲音和凱文之間找到連接點。盛氣凌人，目空一切，英俊瀟灑的凱文要死了，完蛋了，他被死亡征服了？他才三十出頭啊！他的話觸動了我心底裡最軟弱最乾淨的那塊淨土，聽得我胸口一陣一陣絞痛。到這個時刻，愛滋病不再是一個概念，不再是一個遙遠的故事。愛滋病就在身

邊，像魔鬼一樣，一碰就死。

晨曦正透過窗簾的一角投進屋內，寒風席捲著零落的枯葉，呼呼地奔向遠方。一陣近於毀滅的厭倦和疲勞襲擊全身。骨架像被拆散了一樣，渾身疼痛。我把安眠藥從瓶子裡倒出來，這是一年多來，第一次求助於藥物。我拿著透明的玻璃杯，走到水龍頭前。手心裡是一粒小得像鑽石一樣的白藥片。這粒藥片能征服我這樣的五尺大漢。我就是為了逃避它，才到這裡來工作的。可是，最終還得向它屈服和低頭。吞下藥片，我再一次地告誡自己，一定要搬出這個鬼地方，我需要休息，需要停止工作一段時間。安眠藥很快在體內發生作用，我昏昏然睡著了。

不知過了多久，我被冷醒。原來是出了一身虛汗，被子都踢到床下去了。我把被子撿回來，悶頭再睡。這時，眼前閃過一道金光，平坦的大地被大風吹得像沙漠一樣波浪起伏。那不是我的家鄉嗎？麥浪滾滾，沉沉的稻穗在陽光下搖曳。遠方那白色的圍牆，是我外婆的家。我和姐姐穿過田野到鎮上去買東西。姐姐穿一身白衣裳，脖子上飄揚著一條長長的白圍巾。我大聲地呼喊：「姐姐！姐姐！」她沒有聽見。我向她招手，拚命地把手舉高。她看見了我，解下白圍巾，在空中揮舞。白圍巾飄起來了，隨著大風，像風箏一樣，越飄越高。等我回過頭來，姐姐呢？姐姐怎麼不見了？再往天上看，姐姐像一隻小鳥銜著白圍巾，正在空中飛。姐姐，姐姐！我跳躍著，兩隻腳不停地往地上蹬，可是，怎麼也跳不高。我把自己蹬醒了。

醒來之後我去了廁所。這時，時鐘指著下午二點十分，又是兩根指標相疊的時候。我倒下再睡。先前的夢竟然繼續做下去。我飛到了天空。藍天白雲，凝固了似的，一動不動。我

四處瞭望，終於發現遠處有一條白線，好像有一支無形的粉筆在空中作畫，忽上忽下，慢慢兜著圈子，慢慢變成一個圈一個白點，原來是一朵茉莉花。我聽見有人叫我的名字，卻不見人影。那是丹卉的聲音，她怎麼知道我的中國名字？回頭一看，身後是花園，茉莉花盛開，我站在茉莉花酒吧的後院裡，芳香撲鼻。「丹卉，快出來！你藏在哪裡？」我大聲喊，卻聽不見自己的聲音。

電話鈴聲把我吵醒。一把抓起床頭櫃上的電話，我還留在夢中。我說：「你原來藏在這裡！」

「湯姆，我是約翰。」

「嗯，誰？約翰？幾點了？」

「下午三點。你剛才說什麼？」

「沒什麼，在做夢，被你吵醒。」

「睡懶覺還沒醒啊？」約翰在電話裡笑起來。

「什麼事？」

「有急事。」

「說吧。」

「丹卉說你提前回來了。」

「是啊。我正要找你呢。老闆要我們發一條重要消息。我馬上去報社，我們見面再說。」

「湯姆，不用去報社，四點鐘到城東邊的公園去，我送小卉到那裡，在湖邊的亭子裡等你。」

「誰是小卉？丹卉的小名？」

「不，是丹卉的妹妹。」

第二十章

　　我很難形容開車去城東公園時自己的心情。我連洗澡都來不及，拿起玻璃櫥內的香水瓶，嚓嚓在身上亂噴一氣。這瓶香水是以前採訪赴宴時買的，很久不用了。香水刺鼻，渾濁了滿屋的空氣。我想跳進浴池沖洗，沒有時間了呀，只好用乾毛巾把香水擦掉。抽屜裡的襯衫被翻得亂七八糟，一件一件被扔在床上。換了衣服，跑到走廊上，揮舞手臂，連跳三下，讓香水散發，才下樓進車。

　　車子在路上碰到幾次紅燈，我竟然按了喇叭，抱怨前面的車在綠燈以後反應遲鈍。一隻豎起中指的手從前面車窗裡伸出來，我不甘落後，還他一個相同的手勢。快要轉彎時，一輛大貨車亮起了換道燈，慢吞吞地插到我前面，我真希望手裡有把槍，把燈打滅。還有幾個道口要轉彎，如果汽車是一把弓箭該多好，一箭把我射到小卉身邊。

　　停車場就在湖邊，一下子公路就看見了約翰身邊站著一個女人。他們背後是黃昏的太陽，火球一般沉甸甸、金燦燦，把公園的雪景照耀得層次分明。皚皚白雪，神工妙筆，有的呈塊狀，拋出柔和的曲線覆蓋在灌木上，有的呈直線，貼在層層疊疊密密麻麻的樹枝上，向天空伸展。女人穿一身潔白羊絨緊身大衣，亭亭玉立。遠遠望去，就像從天而降的仙女一樣。

　　我從車裡出來，沿著他們踩過的腳印快速跑過去。眼睛一直沒有離開這個女人。她是丹卉的妹妹啊，親切而甜蜜的感覺悠然而生。我擦了一把臉上的汗，把嘴裡的口香糖吐掉，笑容滿面地向她走去。潔白的小卉與冰天雪地融為一體，一幅多

麼美麗的圖畫！美得我越走越慢，幾乎不敢走近，眼睛飽滿淚水。什麼叫冰清玉潔，可謂遠在天邊近在眼前！

　　約翰揮揮手說：「天黑前在辦公室等你們。」他和小卉對視，會意一笑，眸子閃亮，好像心有靈犀，什麼都不用交代。隨即進了車，開走了。

　　「我認識你。」小卉朝我擺了擺手，笑咪咪地說。她的聲音簡直是從丹卉嗓門裡錄下來的，長得相似，聲帶也一樣美妙動聽。第一次見面，她開口就笑，齒如含貝，一對水靈靈的眼睛，清澈見底。丹卉的眼睛不一樣，眉宇間藏著心計，對人留有餘地。

　　「是嗎？我的記憶中，我們沒有見過面。」我故意這樣說。

　　她莞爾，低下頭去，一根手指頭繞在髮梢上，欲說還休。

　　我說：「是因為我寫了茉莉花酒吧的報導？」

　　「什麼報導？」她頭一歪，秀眉高挑，瞪大了疑惑的眼睛問我。

　　「小城週報。」

　　「我不看英文報紙。」她搖頭時，秀美的長髮像柳枝一樣隨風飄揚。

　　「啊，我想起來了，你躲在玻璃牆後面看我們吃飯，對不對？」

　　她嗤嗤笑著，默認不語。

　　我說：「小卉，你總共看了我們幾次啊？」

　　「看你看了兩次。」她說得誠實坦率。

　　「姐姐讓你看的嗎？」

　　「專門看你只有一次。」她說。

　　「我一共去了兩次，第一次是和約翰丹卉一起吃飯。第二

次是你姐姐請我看錄影，難道你也在玻璃牆後面。」

「嗯，姐姐說你又聰明又英俊，讓我認識一下。」

天啊，我心裡一驚，幸虧那天我沒有和她玩性遊戲，否則今天在小卉面前，臉兒往哪裡擱？

「那天，你姐姐的表現不夠好。」

她笑了笑，說道：「她是故意的，不會讓男人得手的。」

「哇，你姐姐這麼厲害！我差一點中了圈套。」

「她喜歡你，中了圈套也沒有關係。」

「那麼，她為什麼要你認識我呢？」

「因為我們是雙胞胎，沒有別人知道。我們倆就是一個人。」

「約翰不知道嗎？」

「除了他，就是你啦。」

「為什麼讓約翰知道？」

「姐姐在日本幫過他，打進一個什麼集團，差點兒送了命。」

「為什麼要讓我知道？」

「因為她相信你愛她。」

「真的嗎？我為什麼要愛她呢？」

小卉噗嗤一笑，「怎麼問我呢？問你自己呀！」

「我也不知道。她愛我嗎？」

「她呀，三句話離不開你的名字，算不算愛上了？」

「真的嗎？我有什麼好？她不會愛我的。」

小卉不反駁也不肯定，咯咯笑個不停，一邊說：「我談戀愛時，也把石崗整天掛在嘴上。」

小卉輕易地說出石崗，我站住了，問道：「石崗是誰？你

的愛人嗎？」

「是。」小卉繼續往前走，一邊走一邊把披肩的黑髮攏起來，在後面打個結。然後再鬆開，甩到右肩上。

「他怎麼沒來美國？」我大步追上去。

「死了。」小卉說得很輕。

「死了？怎麼死的？」

她沉默，兩隻手一上一下梳理著頭髮，然後分成三股，編成辮子。她停住了腳步，眼淚汪汪地說：「姐姐叫我告訴你真相，這就是你想知道的真相。」

「可是……，可是……。」我的舌頭打了結。眼睛潮了，抬起頭想把淚水存在眼眶裡。一隻黃鳥站在枝頭上，動一動，就落下一簇簇花瓣一樣白雪，啾啾鳥聲散向四方。我對小卉說：「看那隻小鳥，那麼單薄的羽毛，怎麼不怕寒冷？」小卉說：「有陽光就有溫暖，牠們出來曬太陽呢！」

「約翰，丹卉都知道石崗嗎？」

「知道。」

「為什麼要讓你來告訴我？你身體有病，應該好好兒療養，過得快樂一些。」

「湯姆，你不覺得我很快樂嗎？你覺得我像絕症病人嗎？」

「不，不，我不是這個意思。你完全不像，完全不像。」

「姐姐說，你是當記者的，你就把我當作採訪對象好了。你問我答，怎麼樣？」

我沒有回答，實在不忍心聽小卉說她已故的丈夫。小卉扯了一下我的衣角，繼續說：「真相總有一天要公布於眾的。我恐怕看不到了，但是，如果我不說，第一手資料只能跟著我走

進墳墓。」

她的冷靜令我驚訝。「好，小卉，你說。」

「愛滋病就是石崗傳給我的。別以為愛滋病只來自亂性，石崗不是。他下鄉出了車禍，到醫院搶救時輸了有愛滋病毒的血漿。」

「愛滋病毒怎麼跑到血漿裡去呢？」

「開始我們根本不知道，石崗發高燒，持續不退。我們對愛滋病沒有一點概念。以為那是洋人的病，是同性戀，亂搞性關係搞出來的。石崗後來回家休養，怎麼治療，體溫總是降不下去。我請了長假照顧他，到處看病，把積蓄都花光了，找不出原因。那時候，誰往愛滋病上想啊？」說到這裡，她停下來，拿出手絹，掩面抽泣。

「不說了，不說了。」我上前輕輕地拍她的肩膀。她卻不聽我的勸告，一邊說，一邊獨自往前走。

「醫院有個孩子也因為輸血而高燒不退。有人告訴我，醫院被家長告到法院去了，說是傳染上了愛滋病。」

「怎麼能讓患有愛滋病的人獻血呢？」

「賣血，為了錢，都是農民。」

「是賣血的農民有愛滋病？」

「是啊，據說農民賣血用「單採」，把血抽出來以後提取了血漿，然後將剩下的紅白細胞等加上生理鹽水再輸回去。這種錢賺得容易。但是，只要一個人攜帶愛滋病毒，就會交叉感染。很多村莊排隊賣血，用賣血的錢造房子，說是為了脫貧致富。現在房子空著，人都死了。」

「真慘呵！窮瘋了啊！」我感嘆道。

「也不見得。」她說，「這事讓我看到人性貪得無厭的一

面，我對他們沒什麼同情。他們得愛滋病是為了錢，卻把多少人無緣無故地害死了！」

「真是一場人為的災難，」我說，「法院判了嗎？」

「不知道，好像沒有下文。」

「那時丹卉在哪裡？」

「她在日本。石崗去世以後，丹卉回國奔喪，聽到因為輸血傳上了愛滋病，她大吵大鬧，吵到醫院，吵到當地政府，要求賠償。根本沒人理睬。」

「法院不管？」

「不受理。該去的地方她都去了。」

「沒用？」

「沒用。公安人員把丹卉找去，威脅她說，你要是再鬧，我們不能保證你的安全。」

「丹卉說，你可以封住我的嘴，可封不了愛滋病的傳染。幾年以後，你們自己都將成為愛滋病的鬼。」

「這就是她把您弄到美國來的原因嗎？」

「不是。」

我們倆沿著湖邊走，陽光一寸一寸地撥弄著湖裡的薄冰，漣漪載著小卉嬝娜的倒影，好像一條舢板蕩來蕩去。雙胞胎除了五官身材極其相似以外，完全是不同的兩個人。一個倔強好勝，一個單純柔弱。一個詭計多端，一個忍辱負重。即便在長相上，我還發現，小卉笑起來，仔細看，左面有顆虎牙。

小卉說，丹卉回日本前，有人在她借來的車上做了手腳，有一天開在公路上，一個輪子飛出去了。

「真危險！丹卉有沒有受傷？」

「那天幸虧丹卉不在，開車的朋友死了。」

「死了？」

「是的，死了。車也毀了。丹卉哭得死去活來，她說要報仇。」

「她怎麼知道是被害而不是事故？」

「她沒有證據，但是，當地農民檢舉前來調查的新聞記者，可以得到五十元錢的獎勵。為了錢，有的農民被傳染了愛滋病還去報告，可恨不可恨？」

「你怎麼知道？」

「那些記者被關起來了，放出來以後寫文章揭露的呀。」

「記者也被關起來？」

「是啊，不讓外面瞭解真相，寫了保證書才放人。」

小卉解開了大衣鈕釦，鼻尖上微微冒汗。我怕她走累了，一冷一熱容易感冒，便建議找個地方去吃點東西。

「我不能隨便吃東西，」她說，「要拉肚子的。再說，我是隱形人，我在外面的話，姐姐就待在家裡。我們不能同時出現在兩個地方。如果哪一天有人要暗算丹卉，我會去冒名頂替，反正我活不長。」

我怔住了。她把死看得那麼淡，莫不是受盡折磨以後的一種解脫？可惜她那麼年輕，那麼美麗，生命如此短暫，真是太冤枉了！她見我嘆氣，推了我一下，問道：「你怎麼了？」

「嗯，」我說，「所以，你一般不去公共場所。」

「是的，我住在姐姐那裡。」

「今天你出來，還有什麼別的事情？」

「你真是聰明，姐姐沒看錯。是的，還有別的事情。」

「我可以知道嗎？」

「因為今天……，今天是……」她突然大口喘氣，眼睛裡

閃著淚光，即刻，淚水奪眶而出。她搖頭，痛哭，好像山洪暴發，不能自已。

我一手擁她在懷裡，撫摸她柔軟的頭髮，輕輕地說：「小卉，別難過，我們回家吧。」

她泣道：「今天是石崗過世三周年，我出來看看他。」她從書包裡取出一包茉莉花茶，倒一些在手心裡，往湖裡撒去。寒風瑟瑟，吹皺湖面，白白的小花有的落在波紋中，有的被吹到遠處。一群野鴨，在湖中央嘎嘎叫，好像在吵架，好像在互相安慰。她又抓了一把花茶，舉起手臂，像扔皮球一樣，拋向湖中。她想扔得遠一些，有幾次手臂甩出去時，身體一起躍起來。她手上的鑽戒光芒萬丈，刺得我不得不閉上眼睛。花茶像萬花筒一樣，在天幕上組合成無數圖畫，傳遞著她的感情和聲音。我看得很累，累得眼睛模糊，彷彿湖水倒灌進來。

「小卉，我來幫你撒，撒得遠一些。」

「不要不要。」她含淚而笑，說道，「石崗愛喝茉莉花茶。」

晚霞如火，把天燒得通紅。小卉站在餘暉中，羊絨大衣好像浸透了血。

回去的路上，我說：「小卉，給你唱首歌好嗎？」

「好哇。」

「我唱得不好，你聽著，唱一首我小時候喜歡的兒歌。我清了清嗓子，慢慢地唱起來。」

「小麼小二郎呀，背著那書包上學堂……」

她的臉上綻開了笑容。我用手在駕駛盤上打拍子，一邊唱，一邊開車。

「不──怕太陽曬，也不怕那風雨狂……」

　　小卉和唱道：「只怕先生罵我懶，沒──有學問，無臉見爹娘。」

　　我們倆放聲大唱：

　　「郎裡格郎裡格郎裡格郎，郎裡格郎裡格郎裡格郎……」

　　「哈哈，哈哈！」小卉開懷大笑。

　　天色很快暗下來，路燈亮了。我把小卉開到報社時，約翰已經站在大樓的門口等了好久。我下車，給小卉開門，隨口問道：「為什麼要傳給凱文？」

　　她頓了一下，隨即答道：「是他自己要的。」

　　「噢，對，是他自己要的。但是，他不知道你有病。」

　　「我說了，他不相信。他以為我找藉口拒絕他。」

　　「他發現了你們是雙胞胎？」

　　「還沒有，他闖到姐姐家裡去了。如果我們不動手，早晚會發現的。」

　　「所以丹卉才設下這個陷阱？」

　　「怎麼是陷阱呢？我們說好了不能性交。小卉針鋒相對。」

　　「他是色鬼，就像酒鬼一樣，酒送到面前，怎麼可能不貪杯？」

　　「姐姐說，不性交，就不要他的錢。否則，他要付出巨大代價。他哪裡聽得進？」

　　約翰聽不懂我們用中國話爭論，雙手交叉在胸前，耐心等待。小卉跨出車時，我伸手把她扶出來，發現她的身體在顫抖。

　　「你知道整個過程有錄影嗎？」

　　「知道。」

　　「什麼感覺？」我知道自己問得太殘忍，但是，我是記

者，不放過這個問題。

　　她把臉一扭，說道：「無可奉告。謝謝你，再見。」然後一路小跑，奔向約翰。約翰一把抱起她，親了親她的臉頰，然後抱著她送進車裡。

　　「你來美國做什麼？面對仇人，你怕不怕？」我大聲再問。

　　她頭也沒有回。

　　當晚，徹夜未眠。小卉看上去弱不禁風，其實內心非常剛強。活到今天，甘願用自己的肉體與對手同歸於盡的女人，我還沒有見過。約翰早些時候曾經評價丹卉柔中有剛，其實用在小卉身上，再恰當不過了。這時我才明白，那天晚上，丹卉在妹妹去接待吳總之後，為什麼獨自在房間裡痛哭，為什麼哭得死去活來。這時，我才悟到，約翰說的本來就是這對雙胞胎，只是我不知道小卉的存在。

第二十一章

　　我把凱文來電話一事告訴約翰。約翰拍案叫絕，眉毛、頭髮跟山羊鬍子，一起抖動跳躍。

　　我們談了整整一天，尋找各種讓艾瑪和凱文見面的可能。辦公室裡電話鈴響了多次，我們都沒有去接。約翰拿出盒裝的巧克力，代替午餐，我們吃得一顆不剩。但是，怎麼設計，也過不了老闆這一關，最後，只好放棄。

　　老闆要我們發一條凱文染上愛滋病的短消息，但是凱文的名字不能提。約翰卻要寫長篇專題，把事情搞大。我們又爭論很久。我不知道凱文將對我們說什麼，弄得不好，人心惶惶，並且引起人們對丹卉的懷疑，我們承擔不起。

　　我急中生智，說道：「給丹卉一個理由去檢查血液，證明凱文的愛滋病和她沒有關係。」約翰贊同，重重地點頭。

　　我說：「你去那個醫院跑一次，盡可能多掌握一些凱文的病情，然後讓我們這裡的醫生發表看法，發表之前，不要輕易對外公布這個消息。」

　　他說：「既然凱文的病情已經到了老闆手裡，說明那是公開的祕密。難辦的是如何把艾瑪從醫院接出來，絕對不能讓老闆知道是我們在其中穿針引線。」

　　我們又回到艾瑪與凱文見面的難題，繞著怪圈轉，轉不出來。我說：「一切都在老闆的控制下，只能言聽計從。」

　　約翰的臉色異常嚴峻，咬著嘴唇，山羊鬍子高翹著，臉上的酒窩被擠壓成斜線。「湯姆，」他叫了我的名字，聲音低沉。他沒有馬上說下去，眼珠不停地轉動，然後喝了一口咖

啡，嚥下去，終究沒有把意圖說出來。只見他把手擺了擺，
說：「算了，你與老闆不謀而合，不愧是他的知音啊。」

「怎麼能這樣說？我只是想把大事化小，讓小鎮平平安安
地渡過這場風波。」

他的手托著尖尖的下巴，眼睛半開半閉，另一隻手插在腰
間，陷入了沉思。過了一會兒，他說：「這次你去總部，老闆
為什麼讓你去探望艾瑪？他有什麼意圖？」

「你問我，我去問誰？」

「你不覺得這個老謀深算的傢伙在打你的主意嗎？」

「我給他打工，他給我工資，還有什麼新鮮事？」我說完
朝約翰看了一眼。兩道目光正巧相碰，他顯然不相信我的話，
不屑一顧的神情，看得我背脊發涼。我不願意把簡單的事情越
搞越複雜。老傢伙即便打我的算盤，也是一廂情願。我愛的是
丹卉，約翰難道不知道？莫非是，他看出我的眼神不夠堅定，
說話不夠理直氣壯，或者是我的回答過於簡單，等於沒說。到
底是當偵探的，不好對付。

約翰慢吞吞地走到我旁邊，胸有成竹的樣子。我有些心
虛，臉色肯定不好看，約翰心裡一清二楚。他追問：「那麼，
你為什麼要提前回來？」

「我提前回來是因為看到艾瑪很糟糕，不可能再回來工
作了。」隨口編出一個謊言，連我自己也不相信。約翰聽不進
去，我在他的臉上讀得出來。我打算閉嘴，什麼都不說了。

「這麼說，你有讓她回來工作的企圖。」

「沒有。」

「還是你想撤退，想離開這裡？」

「是的，約翰，我想離開這裡。」我一下子提高了嗓門。

約翰故意給我一條送上門的退路。我抓住機會，將計就計，說得斬釘截鐵。我說：「我已經幾天幾夜沒合眼了，我早就想撂擔子，早就不想幹了，交給誰都行。但是，凱文失蹤，艾瑪發瘋，老闆一直很器重我，不肯放手。你說，我該怎麼辦？約翰，我把擔子交給你，你幹不幹？」

「我一個人怎麼幹得了？只要你在，我奉陪到底。」

「不行，這個地方，這份工作，讓我失眠症復發，我得走，越快越好。」

「OK,OK，他的口氣軟下來。再堅持一下，好嗎？咄咄逼人的約翰，突然變得可憐巴巴，正在哀求我。」

「那就照我說的辦，到此為止。我一錘定音。」

約翰無話可說，但是顯然不甘心。三天兩頭提起凱文的事。我的直覺警告我，他別有企圖。我不理睬他。等著他把凱文的材料弄到手，寫出報告。

幾個星期過去了。有一天，他穿藏青的西裝，白襯衫、紅領帶、黑皮鞋，手裡挽著一件厚呢大衣。我看得噗嗤笑起來。我還從來沒有看見約翰穿的這麼正規，好像外交官一樣。他說：「我的事情都完成了，請給我一個星期，我有事要離開一段時間。」我答應了他。其實，心裡很清楚，他是去找凱文的。我就是不答應，他也準備上路了。

望著他的背影，我喃喃自語。難道我不知道採訪的重要？凱文的重點是懺悔，是艾瑪，而不是尋找傳染病源。我很想知道這個彎凱文是怎麼轉過來的？但是，我們手裡沒有艾瑪，怎麼和凱文交換？各種有關愛滋病的資料，我能找到的都找來看。天天看，看得天昏地暗。凱文、艾瑪，常常從資料裡走出來。一個代表性，一個代表愛。性和愛，都能帶來愉快，也能

帶來災難。兩者常常攪在一起難以識別，除了妓女的商業行為和強姦，男女雙方平等交歡，法律都不加過問。可是今天，愛與性之間插入了一把匕首：愛滋病，已經奪走多少人的性命，法律還在一旁袖手旁觀。同時，愛滋病又是一個陌生的名詞，人們還不知道如何對付，卻已經讓它無聲無息地潛入我們生活中最隱祕的地方，而且頂著雙方甘心情願的名義。

　　丹卉時不時從心底裡冒出來，我懶得理她。對於他們的報復方式，我一直心存保留，多少次，我想把話挑明，與其讓身患絕症的小卉用身體去殺人，不如用一顆子彈，斃了吳老總，然後逃之夭夭？即便投案坐牢，又怎樣呢？小卉還有多少年？

　　果然一個星期以後，約翰準時回來了。我問他去了哪裡，要不要向報社支取差旅費用？他好像沒有聽見。他的眼睛炯炯有神，落腮鬍子修剪得紋絲不亂，西裝革履換了夾克球鞋，天藍的滑雪夾克敞開著，裡面一件鵝黃色的體恤衫讓他顯得格外年輕。

　　他坐在寫字檯前，歪著頭朝我微笑。我等他開口。他笑咪咪地說：「我們倆分工，怎麼樣？」

　　「分工幹什麼？」

　　「你把艾瑪接回來，無論尋找什麼理由，讓她出院。」

　　「我不希望她重回報社，這個女人無法共事。」

　　「不，不，我沒說讓她回報社。」

　　「把她弄出來幹什麼？」

　　「只有艾瑪出了院，我們才可能讓他們倆見面。」

　　「與凱文見面？」

　　「對，我知道他在哪裡。我們需要艾瑪。」

　　「佩服佩服。」我說，「終於被你摸到了蛛絲馬跡。但

是⋯⋯」

「沒有但是。」約翰打斷我的話。「你去向老闆保證，一定照顧好艾瑪，像照顧自己的親人一樣，讓她回來休養。」

「不行不行。」我大吃一驚，「這不就是老闆的算盤嗎？難道要我假戲真做？艾瑪也不會同意的。」

他說：「你原來不是也有讓她回來的意圖嗎？」說完，他向我狡黠地眨了下眼睛。

「別開玩笑了，約翰，就算用凱文作誘餌，騙得了艾瑪，怎麼去騙老闆？既然你已經找到了凱文，那麼，不存在什麼交換條件了，你就去吧。」

他說：「報導寫出來以後，老闆那關怎麼過？」

我說：「我已經騙了老闆一次，說提前回來調查一個案子。現在案子在哪裡都不知道。除非咱們胡來，幹完這件事，走人算了。」

約翰哈哈大笑，說道：「即使走人，你也不敢胡來。我想幫你把第一個謊圓了，咱們再設計第二個謊言，好嗎？」

我說：「你手裡有什麼重大案件可以給我？」

約翰的眼睛剎那間亮了，說道：「正巧有一個案子值得你不告而別。」

「什麼案子？我的眼睛也亮了起來。」

他說：「來美國投資的吳老總，你還記得嗎？」

「吳老總？我想了想，不是丹卉要置於死地的目標嗎？」

「有人傳言，他的資金來路不明。」

「行啊，抓住他的把柄就可以把小卉撤回來。」

約翰說：「房地產經紀人說，他買房子用的全部是現款。美鈔裝在箱子裡。」

「會不會是假鈔？」

「不是假鈔。」約翰雙手一撐，「霍」地坐上了寫字檯。反正值得調查。他笑呵呵地撫摸山羊鬍子，問道：「你說是不是？」

「呵呵，是。」我笑著說，「正要問你呢？小卉幹上了這個姓吳的，你們有證據嗎？他與石崗的死亡有什麼關係？」

「小卉在中國見過他，一個赫赫有名的大血霸，死在他手裡的人數也數不清！」

「好，你釣上了大魚，值得祝賀！」

約翰咬牙切齒地說：「他死定了。」

「約翰，既然警方在查，為什麼要讓小卉去受苦？」

他嘆氣，說道：「因為沒有多少時間了。」

「什麼意思？」

他朝我瞪了一眼，雙手抱住頭，像一塊大岩石，坐在寫字檯上。原來，他說的時間是指小卉的生命。

「那就更應該把小卉撤回來！」

「別多說了，我求求你。」

「約翰，你從一開始就知道丹卉的計畫嗎？」

「知道。我們沒有別的選擇。」

「吳老總在美國有家室嗎？」

「沒有，與國內的老婆離婚了。」

「單身一人？如果把病毒傳給別人怎麼辦？」

「小卉天天陪著他。」

「天天陪著他？噢，那就意味著著丹卉不能有任何動靜，是不是？」

「對。」約翰從檯子上跳下來，把工作包一夾，說了聲：

「再見，我走了。」

這是約翰的機敏，該閉嘴時，絕不多說一個字。

「太危險了，約翰，你為什麼不阻止她？」

他走了幾步，回過身來說：「湯姆，愛滋病的事與你我都沒有關係。咱們老闆走了一著好棋，讓醫院去告訴姓吳的，他的血液有問題。」

「但是，小卉代替丹卉做他的情婦，丹卉的報告很健康，怎麼解釋？難道一口否定它們的關係？」

「不需要解釋。這事讓丹卉去處理，你根本不用擔心。」

約翰走了。我倒在沙發上，一顆心沉到了海底。這個小城，看上去風平浪靜，暗地裡卻在沉淪滅亡，人命危淺，猶如累卵。丹卉、小卉，兩個一模一樣的女人，一會兒分開一會兒融為一體，在我眼前重複出現。失眠的折磨，讓我對丹卉的興趣所剩無幾。不僅對丹卉，我對什麼都失去了興趣。唯一對小卉，放心不下。丹卉勾引男人的手段，小卉根本學不來，幾分鐘的談話就讓我分辨了她們之間的區別，何況近距離的性接觸，天天陪伴那個北方大漢？我的直覺告訴我，小卉一定要出事，必須馬上撤回來。撤離，撤離！撤得越快越好。老闆也好，重大新聞也好，凱文、艾瑪也好，都見鬼去吧！打開電腦，我「劈啪劈啪」按鍵盤，起草一封給老闆的信，說我舊病復發，需要休假。如果不准的話，我只好辭職。寫了幾行，想在措詞上婉轉一些，對他多年的栽培表示感激不盡。邊寫邊改，還沒寫完，丹卉來了電話，說是晚上要見我。

「我需要休息，什麼人都不見。」

她對我的變化不知所措，好久說不出話來。我也知道自己失言了，想說什麼做些彌補，卻是一個詞也找不到。我想把信

寫完。

「湯姆，」她輕聲叫我。「你怎麼啦？」

「我怎麼啦？」

她說：「茉莉花開了。」

「茉莉花？」我說，「茉莉花開了？」

電話裡傳來了她的歌聲：「好一朵茉莉花呀，好一朵茉莉花。」美妙的聲調彷彿一葉竹編的輕舟，穿過時空的隧道，把那片齊腰的花叢，那個難以忘懷的夜晚，牽引出來。明月高懸，微風佛面，芳香誘人，美不勝收。「茉莉花」三個字，好像一個神奇信號，好像靜寂的夜空升起了繽紛的焰火，讓我心頭一亮。我捧著電話轉身看窗外，天空湛藍湛藍，幾朵淡淡的白雲好像簇簇茉莉花束，閃閃發亮。辦公室的窗臺上，昔日的那盆茉莉花裡早被我扔掉了，此刻卻真真切切地立在那裡，清雋的香氣撲鼻而來。我瞪大了眼睛，只見丹卉踏著雲彩站在窗前，如一道銀色的光芒，若隱若現。她邁著舞步，一邊走一邊唱：「滿園——花——草，香也香不過它。」

「丹卉，親愛的。」我自言自語地說。

「嗯，湯姆，你在想什麼？」

「我？我看見了茉莉花。」

「約翰拿過去的，你付的錢。」

「我忘記了。」

「你在幹什麼？」

「我想家了。啊，看見一個姑娘站在家鄉的小河邊，挽著竹籃，頭上插著茉莉花。」

「你在石橋上，是嗎？」

「對，我在石橋上。」

「白色的長圍巾隨風飄揚。」

「是，圍著長圍巾。」

「水波裡有我們倆的倒影。」

「是啊，我們在岸上跳舞。」

「滿地盛開茉莉花。」

「我有心──採一朵，……」我情不自禁地唱起來，兩隻腳在綠色的地毯上踏著舞步。

「丹卉，請原諒我剛才的粗暴。」

「湯姆，我想求你一件事。」

「什麼事？」

「去把艾瑪接出來，成全凱文吧。」

「如何成全？」

「去對老闆說，你願意照顧艾瑪，請她回來工作。」

「請她回來工作？」

「是的。」

「如果艾瑪感染上愛滋病怎麼辦？」

「愛滋病並不像人們想像得那麼容易傳染。」

「真的嗎？你趕快告訴約翰，讓他用作標題。」

「什麼標題？」

「啊，丹卉，是我糊塗了。約翰要寫一條愛滋病的消息。」

「愛滋病的常識約翰都知道。」

「好！艾瑪的事，讓我想想，想好了給你答覆，好嗎？」

「好！謝謝你。」

掛了電話，我把給老闆的信刪掉了。刪除之前我重新讀了一遍，讀到表示感激的文字時，不由冷笑一聲，自己只是老

闆手裡的一枚棋子，他對凱文的情況瞭若指掌，艾瑪住在精神病院不是為了治病，純粹是為了與凱文隔離。這時，我才感悟到，約翰是對的，引渡艾瑪，採訪凱文，發表消息，我們沒有別的路可走。

第二十二章

　　為了圓謊，我不得不接觸那個姓吳的血霸。僑領團拜會上，張老先生介紹他時，帶著老光眼鏡，伸直了手臂舉著他的名片，一個一個唸頭銜，唸得滿頭大汗。這個把頭梳得油光發亮的北方大漢，抽菸的灰黃臉色，笑起來嘴巴很大，一口黃牙。會上很多人給我名片，數他的頭銜最多。什麼協會的、公司的、基金會的、諮詢的、俱樂部的等等，張老先生讀得這樣認真，還把其中有的頭銜唸錯了。

　　我們約好了在星巴克見面。起先，他說邀請我到酒店，他請客。照理說，敲他一筆，出出他欺負小卉的惡氣，也是理所當然。但是，一想到他身上的菸臭味，我哪裡還有食欲？再說，一起吃飯，與狼共桌，哪裡還有談話的興致？

　　我在電話裡說：「您就不用破費了。喝咖啡吧，幫助減肥。」

　　星巴克的門面不大，裡面座位也不多。約好下午一點，免得客滿為患。他比我早到，站在店門口東張西望。他上身穿淡灰色的西裝，歐洲名牌，上下一樣的顏色。領帶和襯衫也是名牌，喝咖啡要的是休閒情調，我穿風衣、夾克衫。

　　「吳老總，幸會幸會！」我一下車便看到了他等待和搜尋的目光，趕忙上前打招呼。

　　他一把握住我的手，很有力地顛了幾下，說道：「林先生，我早就想和你交個朋友。誰讓我們都是從中國大陸來的呢？」

　　走到櫃檯前，我請他稍等，去了廁所。我用肥皂把手洗

乾淨。書上說，愛滋病主要通過精液和血液傳染。但是，不洗手，我心裡難受。

「你要喝什麼咖啡？」站在櫃檯前，我望著牆上的價格表，把咖啡品種唸給他聽。

沒唸幾個，覺得好笑。我把他當洋文盲，以為看不懂聽得懂。其實他什麼都不懂，我在對牛彈琴。

「你喝啥，我也喝啥。」他站在我後面說。

服務員是個中學生年紀的女孩子，聽見我們說外國話，以為他是旅遊者，便說：「你為什麼不把TEA（茶）介紹給他？」

我說：「他喜歡喝咖啡。」

她嫣然一笑，問我：「要糖嗎？」

「不要。」

「Cream？」

「NO, Thanks.」

這個傢伙聽不懂英文，卻模仿我的話對小姐說：「NO, 三個死。」小姐聽了哈哈大笑。

我也笑起來，說道：「吳總，您的英文說得真棒。」心裡卻是大吃一驚，我怎麼聽出「三個死」呢？這三個人不就是他和凱文、小卉嗎？

他說：「哪裡哪裡，一回生二回熟麼。」

他從皮夾裡抽出一張一百元的美金，往櫃檯上一扔。小姐吐了一下舌頭，趕快到收銀機前，算了帳，找給他一疊錢。他收了三張二十美金，把其餘的零錢都留在臺上，然後下巴對著小姐翹了翹說：「油，油。」

我禁不住大笑。小姐問我還要買什麼，我說：「這是他給

你的小費。」女孩子受寵若驚，不停地說感謝。他也說：「三個死，三個死。」

天啊，他就這樣坐下來，西裝的最後一粒鈕釦緊繃在腹部，鈕釦兩邊的前襟像摺扇一樣排列出不規則的條條鴻溝。後來我發現，他連咖啡都不會喝。

我狠狠地瞪了他一眼，心裡想，那晚丹卉要留他過夜時，我還有點同情心，到了約翰告訴我，小卉天天陪著他，尚存的一點憐憫統統被掃蕩乾淨。這個男人自以為占了女人的便宜，卻不知越得意越把自己往絕路上送。

對他的噁心，改變了我的味覺和嗅覺。咖啡端在手裡，又放回去，空氣變得非常壓抑，我根本不想說話。我清了清喉嚨，逼著自己進入記者狀態。

「吳老總，中國發展那麼快，我們在海外沾光，揚眉吐氣。您是實業家，貢獻很大，值得宣傳。請吳老總談談您的發家史。」

「我個人沒什麼好談的，林先生，這個，託中國改革開放的福啊，我們趕上了這趟車，啊，感謝鄧小平，感謝黨中央。」

「對，對。我附和他。吳老總在中國是以什麼企業起家的？」

「往事不值一提，啊，我們向前看。投資辦東方食品超級市場，啊，讓華人在海外就像在家鄉一樣，要啥有啥。」他喝了一大口咖啡，用舌頭舔了舔沾上了咖啡液的兩片嘴唇。

「咱們的生意，啊，不僅是進口中國食品，同時出口美國先進的冷藏設備，這個，食品加工設備，啊，是個配套工程，這個，合作沒有輸家，啊，各方都贏。」

　　這些充滿著官腔官調的廢話我早就在春節前的僑領團拜會上領教過了，今天重複一遍，他仍舊說得中氣十足，聲音洪亮，像在臺上發言一樣。幾位正在排隊的年輕人聽不懂中文，投來陌生的眼光。

　　「吳老總，」我耳語道，「丹卉怎麼樣？不錯吧。」

　　「美人兒。」他滿臉色迷迷的笑容，如入無人之境。「這個女人有教養。不像國內那些傻妞，啊，傍大款就是為了錢。啊，我給丹卉錢，她都不要。」

　　我說：「她不要錢恐怕是愛上您啦。」

　　「我也愛她。這姑娘，啊，上得了廳堂，下得了廚房。啊，溫順體貼，這個，把我的心都給融化了。」

　　我說：「可惜的是，丹卉有主啦，否則和您和他真是天仙配呢。」

　　「可不是嗎？郎才女貌。」他哈哈大笑。「這個，這個，解決她的婚姻麼，這個，咱們只能暗暗來，慢慢來。」

　　我說：「那晚你喝了酒，大聲嚷嚷要和丹卉睡覺，天底下的人都知道了。」

　　他說：「知道了也沒啥。那老公哪裡配得上她？我跟丹卉說了，她早晚是我的媳婦。」

　　「丹卉可是陳老闆從日本娶過來的。她是給陳老闆下金雞蛋的，要離婚可不麼容易。」

　　「不同意也得離。美國是自由社會，給他一筆錢就是了。」

　　「對，對，您交上桃花運了。丹卉願意嗎？」

　　「哪能不願意？這妞對我百依百順……」

　　我說：「你像個當過大幹部的，國內怎麼不帶個情人出

來？」

「情人？」他嘻嘻笑著說，「帶誰？一大把，哪裡擺得平？」

我說：「聽說現在的幹部流行婚外情，是不是？」

「那是工作需要麼。這個，談生意，搞交際，沒有拿得出手的女人，成功率比較低。這個，商場就是戰場，有些話男人說不得，女人一說就靈。是不是啊，林先生？」他說得振振有詞。

「有道理。吳總高明。」我說，「聽說中國有些地區賣血，愛滋病流行，您知道嗎？」

「愛滋病？怎麼不知道？」他說得臉不變色心不跳。「農民賣血，錢容易賺。這個，孩子讀書要學費，這個，娶媳婦要聘禮，這個，老人病了要醫療費，這個，翻造新房等等，錢從哪裡來？啊？你們別以為賣血傷害身體，這個，現在用先進的科學方法，抽走多少，輸回多少。啊，何樂而不為？只要注意消毒就行啦。」

「現在談消毒已經太晚了，吳總，是不是？」

「這是什麼話？解決農民的生活困難是頭等大事。死個把人有什麼關係？」

「我說，幹部搞情人，弄得不好，傳染上什麼疾病，得不償失啊！」

他咧開嘴呵呵笑，一邊笑一邊說：「賣血的都是窮人，愛滋病傳不到城裡。」

我說：「妓女呢？誰知道她來自城市還是鄉下？」

「哎呀，林先生，咱們可不玩妓女。這個，這個，身邊的女人已經夠多了，應付都來不及。」

　　我說：「您找丹卉可是找準了，她在生意上特別能幹，將來能成為好幫手。您有一個就夠了。」

　　「那也要看今後的發展。啊，女人麼，老起來很快，這個，臉蛋說變就變。」

　　「吳總以前的太太一定很漂亮。」

　　他眼珠子一轉，露出驚慌的神色。但是，馬上轉為不冷不熱的笑容，問道：「林先生，您對我瞭若指掌啊。」

　　「可不是麼，當記者的，刨根問底是職業病。」我不客氣地說。「你買房子一次把款付清，真厲害！」

　　這話一出口，他立即蹦緊了臉，目光直直地盯著我，問道：「您還調查了我什麼？」

　　我說：「希望瞭解你在中國是怎麼起家的，我要寫報導。」

　　我們就這樣唇槍舌箭地一句來一句去，好像收音機調高了音量，加快了速度。周圍鴉雀無聲，其他桌子上的顧客走了。服務員小姐伸長了脖子看著我們，好像感到了不尋常的氣氛。

　　我對小姐笑著說：「我們沒事，中國人就是說話聲音響一點，你別見怪。如果需要叫警察，我會通知你。」然後，我翻譯給他聽。他先是一怔，嘴唇動了動，再沒有發出聲。

　　我說：「算了，還是等你娶了丹卉，我再來寫報導吧。有女人有愛情，故事一定很耐看。」

　　他想了想，說道：「林先生，這個這個……，你給個數字，要多少佣金？」

　　我說：「很抱歉，有佣金的報導不是我的工作，另一個記者負責廣告，他聽不懂中文。不過，你可以請丹卉當翻譯。」

　　他說：「廣告歸廣告，我給你錢，你寫報導。」

「那是犯法的。」」

「沒人知道，我不要收據。」

「那也不行，我得報稅。」

「啊呀，林先生，你死腦筋。」

我說：「你的生意還沒有做起來，我只能以介紹過去為主。」

他說：「這樣吧，過了春節，你把另一個記者介紹給我，讓丹卉當翻譯。這兩天她正忙著呢，晚上也不來。」

這時，我發現，他的一隻手往衣服口袋裡伸進伸出。原來他早就喝完咖啡。我問他還要點什麼。

他搖搖頭，說：「咖啡味道不好，苦不拉嘰的，比中藥還要難喝。」

我說：「這裡有喝茶的，我給你去買。」

他說：「我不喝低級茶。」

「糕點呢？吃點甜的。」

他說：「美國甜食我不愛吃。」

我已經站了起來，準備跨步時，假裝腳滑，手一撐，順便推了他的杯子，摔在地上。我如釋重負，連連道歉。我們的談話應該結束了。

服務員拿了拖把過來清潔。他摸出二十美金，遞給他。我用英文對服務員說，他有傳染病，趕快去洗手。

我往外面走，他跟在後面，一邊走一邊問：「有酒嗎？」

「咖啡店不供應酒。」我頭也不回地說。

「美國這地方什麼都好，就是一點不好。」

「什麼不好？」我笑著說，「是咖啡店不賣酒嗎？」

沒想到這句玩笑話刺激了他，一個打火機從他的手裡扔

過來，差點打在我的臉上。我當作沒有看見，直徑向停車場走去。在我拿出鑰匙時，他趕上來向我道歉。我也當作沒有聽見。他擋在我的車門前，不讓我上車。我笑了，說道：「吳老總，這裡是美國，要遵守法律。」

他說：「好吧，等丹卉忙過這陣，請你來府上小聚。你也很喜歡她，不是嗎？」

我說：「這話從何說起？」

「哈哈，小伙子，跟你說實話了吧。這妞兒天天跟我睡，您就別做夢了。」他點著了菸，狠狠地抽了一口。

我說：「吳總，您多心了。只要她的老公不吃醋，您就放心睡吧。」

「好！林先生，咱們打開天窗說亮話。我睡過的女人不下一百，啊，誰愛我，誰逢場作戲，老子心裡一清二楚。我怎麼覺得她心裡有別人呢？」

「不就是陳老闆嗎？還能有誰？」

「不是陳老闆。」他原地走了一個圈，腳底一顛一顛，肩膀一抖一抖，好像很得意的樣子。他撿起地上的打火機，點上一支菸。走幾步抽一口菸，一邊走一邊吸。突然，他停在我的面前，一口白煙朝我吐過來，他的眼睛裡不懷好意。我趕緊用手摀著嘴，假裝咳嗽。

「大記者，那天晚上，您把她扛在肩膀上，可不是一般的關係啊！」

「呵呵，吳老總，您誤會了。余丹卉怎麼看得上我呢？我罰她跳舞，她跳了嗎？您說該罰她喝酒？她喝了嗎？我也老實告訴您，那天晚上，她招待我的全部是剩菜！沒坐上一分鐘就溜您那兒去了，不是嗎？」

　　採訪竟然以這樣的方式結束，是我料想不到的。儘管在見面之前，我做了很多準備，甚至畫了一張圖，把丹卉和小卉在公開場合的角色做了邏輯聯繫，但是，我萬萬沒想到在他的版圖上，把我當作競爭對手。憑他在中國發家經歷，此人手段之辣，難以想像。我要警惕啊！

　　他駕著豪華汽車從停車位上退出來，退得很快。塵埃像團烏雲一直跟在汽車後面。這樣的車，在我們這裡並不多見，其價格可以買一棟很漂亮的小洋房。

第二十三章

又下雪了，早上起來，銀裝素裹，花園裡的白雪蓬蓬鬆鬆，彎曲柔和的弧線，好像老太太剛剛被理髮師整理過的銀色頭髮。馬路上縱橫交錯的車道留下亂七八糟的軌跡，好像頑皮孩子的塗鴉。沒有陽光，世界像一個陰冷的大冰庫。

中國城裡是另一番景象。鞭炮和雪花在空中爭相媲美，街道兩邊的人行道上，人山人海，水洩不通，地上滿地紅豔豔的鞭炮紙屑，把白雪徹底排擠到樹腳和草叢裡面。美國的長假在聖誕、元旦，海外華人喜上加喜，多了一個春節，比耶誕節還要熱鬧。所謂唐人街，就是中國人集中居住區的一條主要街道，像其他地方的唐人街一樣，以五花八門的中國餐館為主，還有小型的百貨商店，出售價格便宜的中國製造進口產品。

我把鏡頭對準華僑表演的龍舞和獅子舞。這些照片後來都上了頭版。望著飛舞的神龍和可愛的獅子傻乎乎地跳來跳去，覺得自己好像年輕了幾歲。來美以後，我一直遠離華人社區，中國是我心裡的一個結，總想迴避和忘記，因為那裡是姐姐亡命的地方。第一次在海外感受春節氣氛，看著看著，往事像溪流一樣，緩緩淌過心頭。彷彿有人牽著我的手往回走，牽著我的是爸爸的大手，我在田埂上蹦蹦跳跳。姐姐紮著小辮子，肩上掛著書包，唱著歌，走在我的前面。「小麼小二郎呀，背著那書包上學堂，不——怕太陽曬，也不怕那風雨狂……」回到一家人圍著小方桌吃粗茶淡飯，回到泥地瓦房和燒柴火的灶頭後面。親人們關注的眼神，心思單純的朋友，簡樸的遊戲方式。春天上學時，我和小夥伴打

架，打得額頭出血，留下一道淡淡的傷疤。到了夏天，在村口的老樹底下大舅的二胡響個不停，伴著寧靜的月光、蛙鳴和蟬吟。冬天，外婆坐在大門口紮鞋底，陽光填在滿臉的皺紋裡。秋天收割以後，我們準備過節，我和姐姐到鎮上去，過橋時，姐姐把湖面當鏡子，等不及把新買的花綢帶紮在辮子上。後來姐姐死了。死在爆炸聲中，就像滿地血紅血紅的鞭炮紙屑，粉身碎骨。我躲在家裡哭，半夜裡在夢中哭。姐姐就像一柱煙，蒸發了，消失了，一句話都沒有留下。我等著她回來，等到心裡形成一個空洞。這個洞多少年來淹沒在時間背後，如今重新被捅開，無限悲哀湧上心頭。我們比丹卉還要可憐，我們到哪裡去，去向誰清算這筆血債？

　　辦公桌上放著茉莉花酒吧寄來的請柬。大年夜晚上，丹卉請客，由姑娘們跳鳳陽花鼓。喜慶的文字在大紅請柬上燙了金，落款的「茉莉花酒吧」幾個字，燙了銀。丹卉親筆署了名。我沒去。吳老總的猜疑，提醒我在公開場合要和丹卉保持距離，相愛的人常常是一個眼神就被看出來了。更要警惕的是，別讓人察覺到有一對雙胞胎。丹卉和小卉經過了多年的策劃，終於實現了她們的目標。但是，凱文和吳老闆都活著，稍不小心，就可能鋃鐺入獄，被判為謀殺罪。記得小卉提及，萬一姐姐遭暗算，她要冒名頂替。想來也是做了破斧沉舟的最壞打算。

　　大年初一，我從唐人街回到報社，很累很累。心裡牽掛著昨晚的Party，約翰肯定去了。我想聽他說說見聞。可是，他沒有來上班。打他的手機，竟然關機。不會出事吧？不會，我安慰自己，心裡不由產生一種莫名的擔心。約翰正在做採訪凱文的準備工作，每天來辦公室，怎麼突然失去了聯繫？轉而一

想，也許跑遠了，地處偏僻手機沒有信號，或者忘記充電。如果事關重大，他應該找到和我聯繫的方式。對面大樓裡的聖誕燈火依舊亮著，夜幕降臨時，彩燈對我眨眼睛。今晚還有社區的春節聯歡會，我歇口氣還得趕過去。靠在沙發上，我等待。等約翰，也等丹卉，也許她打電話來？丹卉請客吃飯，意味著小卉已經回來了，我也鬆了一口氣。看了看手錶，我起身走到自己的寫字檯前，把東西收拾好，準備離開。只聽見叭嗒一聲，外面有人。是約翰嗎？我喊他。不是，是一個塑膠杯子從淨水桶上落下來了。過了一會兒，又是叭嗒的聲音，回頭一看，有人推門，進來的果真是約翰。

「怎麼樣？宴會開得好不好？」

他低著頭，坐了下來。黑色的滑雪大衣上布滿了雪花，潮濕的頭髮和鬍子黏在一起。

「你怎麼矮了一節？垂頭喪氣似的？我以為你喝醉趴下了呢？」我笑著說。

他沒回答，雙眉緊鎖，睜開一雙通紅的眼睛，看得我心裡通通亂跳。

「怎麼啦？看你這鬼樣子比奔喪回來還要糟糕。我得出去，今晚還有聯歡會呢？我們一起去吧。」

「出事了。」約翰搖頭，眉毛倒掛，眼睛無神，好像一個垂危病人，被折磨得苦不堪言。我走過去，雙手按著他的肩膀，搖了搖。「約翰，睜開你的眼睛，告訴我，到底是怎麼回事，否則我要打電話叫911，把你送到醫院去。」

「小卉不行了，高燒了好幾天，不能吃東西。」他抬起頭，絕望的眼睛灌滿了淚水。「她們走了，湯姆，她們走了。」約翰一再搖頭，雙手蒙住臉。

　　我大喊：「這怎麼可能？丹卉呢？」

　　「昨晚丹卉沒回家，我陪了小卉一夜。」

　　「這個丹卉啊，什麼時候了，她還忙宴請！」

　　「是我的主意。丹卉必須保持健康活躍的姿態，證明自己是清白的。」他雙手抱著頭，十根手指把前額的頭髮往後推，弄得東倒西歪，凌亂不堪。在豎起來的頭髮中，我發現約翰添了很多銀絲。

　　「我要見她，我給丹卉打電話。」我憤憤地說。

　　「不用打，今天我去了她家，大門鎖著。電話根本沒人接。」

　　「找陳老闆去，問他老婆在哪裡？」

　　「我去了花店，老闆說，丹卉度假去了。」

　　「啊！」我倒在沙發上，心裡像被抽空了一樣，整個身體散了架。「她把小卉帶走了，」我喃喃地說。「帶走小卉，還會回來嗎？恐怕不會再回來了。不會回來了，是不是，約翰？」

　　「不會回來了，不會回來了。」我用拳頭痛擊自己的大腿，不由自主地嘮嘮叨叨。滿腔的沮喪和後悔，不知道哪兒去發洩。

　　「約翰，你想想，她們可能去哪裡？丹卉平時有沒有留下任何口風？」

　　兩個大男人束手無策地乾坐著。心疼這對姐妹在美國舉目無親。約翰眼睛裡滾出一串淚水。

　　「天啊，」我從沙發上跳起來，喊道，「約翰，你是偵探，連兩個女人都找不到？」

　　約翰用紙巾擦眼淚，駝背低頭。過一會兒，他低聲地說：

「她們很可能離開美國。」

「胡說八道！」我說，「只有一張護照，怎麼出國？」

他說：「你知道得太少了。」

「你陪了小卉一夜，小卉說了什麼？難道她不說話嗎？」

他拉開皮包，取出一個封信。信沒有封口。他抽出白色的信紙，打開後，遞給了我，信紙在他手裡瑟瑟發抖。

「這是小卉寫的」，他說，「我看不懂中文。」

我接過來一看，信是寫給約翰的，娟秀的筆跡很細很淡，有氣無力。有的字筆劃很多寫得不連貫，好像一筆一劃都在掙扎。

親愛的約翰：

終於到了向你告別的時候。你知道我是那麼不願意。此刻，我的心中沒有悲哀，只有不捨。我不捨得離開你，不捨得離開我姐姐。三十多年的歲月，確實很短，特別是在得了絕症以後，每一天都變得非常珍貴，一分一秒都像金子一樣。我不能等死，所以到美國來。我做夢也沒有想到，在失去石崗以後，會沉浸在你和姐姐的寵愛之中。我是多麼幸運！石崗走的時候，並不知道我也感染了愛滋病。他要我答應他，找個好男人，好讓他放心。當時我是絕望的。愛滋病人有什麼前途有什麼幸福可言？但是，我在美國找到了，這個好男人就是你！你的心你的情，我都領受了。我那破碎的心被你一針一線補起來，是你給我的愛，讓我重病在身而不失尊嚴。可惜的是，我們不能成為夫妻，我沒有能力回報你，這是我一生唯一的遺憾，希望上天給我機會，在來生把我的一切都獻給你。親愛的，我要走了，我有太多的話要和你說，千言萬語，歸結為兩

個字：謝謝！

　　讓我在走以前親親你。

　　愛你的小卉。

　　下面幾行英文：此信請湯姆唸給你聽，代我謝謝他，代我向他告別。

　　四周靜極了，什麼噪音都聽不見。一陣風吹得窗戶動了動，玻璃窗外，棵棵樹木都在顫抖。我望著面前這個沉默寡言的美國男人，很難想像他的內心。他從見面的第一天起就知道這是沒有結果的愛情，是一個埋葬感情的深淵，是不可改變的悲劇，怎麼一步一步走下去？小卉攜帶致命的傳染病毒，對她的愛只能在精神層面，無法得到她的身體。這對男人來說，多麼殘酷！更何況，小卉她……，拖著病體把自己交給憎恨的男人去報仇……。約翰啊，你承受的是怎樣的折磨和煎熬？淚水在我的眼睛裡打轉，約翰變得模糊了。他的形象在我眼前化開，越來越大。我走過去擁抱他，和他相擁而泣。我勸他節哀，勸他不要太悲傷，要保重身體。他握住我的手，默默點頭。剎那間，他臉上的皺紋，頭上的白髮，都變得那麼智慧那麼深沉，那麼令人尊敬。

　　約翰從包裡取出數碼答錄機，對我說：「湯姆，請你再唸一遍好嗎？我要錄下來。」

　　「好，我再唸。」唸到「這個好男人就是你」時，約翰泣不成聲。他讓我錄下英文再讀一遍中文。當我把英文中文都錄下來了以後，他說：「我陪她時，她發著高燒，渾身滾燙，我用冰袋附在她的頭上，用冰水給她擦身。她的嘴唇總帶有一絲笑意，對我表示感謝。離開的決定看來是在丹卉回來以後，我

不知道突然發生了什麼事情。」

我說：「是不是那個姓吳的在宴請時纏上了她？」

「很有可能，小卉因為高燒在三天前回家的。」

「是你去接的嗎？」

「是我，我借用了一輛救護車。」

「丹卉宴請，這個傢伙看她恢復了健康，絕對不會放過她。」

「啊，這就對了。你看我還是吃偵探飯的，碰到自己的事情就急糊塗了。」

我說：「那個姓吳的已經對我和丹卉的關係產生懷疑。他有愛滋病，丹卉必須遠走高飛。」

「對啊，她們非走不可。」

「但是，」我說，「約翰，為什麼丹卉連一聲招呼也不打，片言隻語都沒有，就這樣走了呢？她知道我有多愛她。」

「她知道，她知道。」約翰拍拍我的肩膀說：「她曾經很擔心自己陷入感情的漩渦，而把計畫砸了。」

「她知道就好。」我垂下頭，鼻子了湧出一股酸味，眼睛也沉重起來。我深深地吸了一口氣，把眼淚吞下去。

「約翰，那麼，她還會回來嗎？」

他搖搖頭說：「我不知道，她的計畫我一點都不知道。」

「是不是要等到姓吳的死掉，她才回來？」

約翰還是搖頭。

「那麼，誰來經營茉莉花酒吧呢？」

他不回答。

我說：「我們等幾天，也許她會和我們聯繫。」

我們在焦灼中等了兩個星期，一點音訊也沒有。一個月

過去了，還是沒有消息。春暖花開的一個晚上，我把藥瓶拿在手裡，倒了一粒，再倒一粒，一粒一粒數下去，總共還有十一片。如果多一些的話，我恐怕就把整瓶藥都吞下去了。「丹卉你好狠心啊！」躺在床上，我自言自語，感到自己被利用、被出賣、被遺棄了，這個世界並不需要我，沒有愛，沒有牽掛，一死了之，比活著要痛快。這些日子，簡直是度日如年。約翰和我，都知道自己無能為力，只不過是在絕望中給自己打氣，找渺茫去挑戰，給自己活下去的理由。丹卉不會回來了。她活著就是為了給妹妹和妹夫報仇，給她的朋友報仇，給無緣無故死去的愛滋病人報仇。現在仇報了，妹妹要死了，她還回來幹什麼？我只是她生命中的過客，心裡唯一遺憾的是，我們相互沒有告別。這時，一股突如其來的愧疚向我襲來。大年夜，她請我去茉莉花酒吧，是不是為了告別？如果去了，也許她會說些什麼。我曾經答應把艾瑪接出來，至今按兵未動。她的不告而別，是對我的灰心和失望。我連道歉和彌補的機會都沒有！現在我該怎麼辦？

我一想到她帶著瀕臨死亡的妹妹在異國他鄉流浪，心如刀絞。其他艱難困苦不說，萬一被妹妹傳染上了，誰來照顧她？醫療報告說，愛滋病傳染率最高的是通過血液，高達百分之九十以上。咬破舌頭，劃破皮膚，摔跤跌倒都可能被傳染。丹卉啊丹卉，你何必這樣逞強？

幾天後，我去唐人街採訪，看到路上穿旗袍的女人，我的眼睛就會傷心，都要多看幾眼。明明知道不是丹卉，卻無法控制自己。看著看著，不由得嘆氣，我和她，連一張合影的照片都沒有！回來的路上，我盲目地開來開去，不知道自己要去哪裡。看到一條小路很安寧，便彎了進去，原來是一座中國式的

尼姑庵。心裡一動，好像冥冥之中看到了希望。我把車停靠在馬路邊。推門進去了。裡面是一個露天花園。萬物復甦，樹杈上冒出點點滴滴的新芽，草地換上嫩黃翠綠的新衣，燕子嘰嘰喳喳地回來了，在晴朗的天空下銜著殘枝枯葉，不辭辛勞地在屋簷下建屋築巢。尼姑庵裡煙霧繞樑，我買了一柱煙，把零錢都捐了出去。點燃煙以後，我「撲通」拜倒在觀音菩薩面前。這是我生平第一次拜菩薩，彷彿到了山窮水盡的境地，彷彿一旦倒地就再也爬不起來。菩薩救我，救救我！旁邊有個老太太雙手把煙高舉過頭，然後全身匍貼在地。我模仿著做，一邊在心中說：「阿彌陀佛，菩薩保佑丹卉。」舉了再拜，一次，二次，三次。唸了一遍又一遍。

老太太說：「小伙子，你好像有傷心事。」

我閉上眼睛，開始抽泣，淚水禁不住「嘩嘩」地流。

她說：「別傷心，菩薩會保佑你。」

我昂起淚臉，仰望菩薩的眼睛。菩薩高高在上，嘴角帶著微笑，目光慈祥，繃緊的心好像得到些許安慰。

出門後，我到隔壁的小店裡買了十炷香、兩盒火柴和一個小觀音。唐人街離報社很遠，我不可能經常來，我把觀音菩薩捧在手心裡，悄悄對她說：「只要丹卉得保佑，我願意給你天天燒香磕頭。」回到家，我把枕頭墊在腳下，立刻給觀音下跪。我說：「菩薩保佑，請你給遠方的丹卉帶個信，告訴她，愛她的人等她回來。」託夢給我吧，丹卉，讓我們在夢裡說說話。

第二十四章

　　報上發表了愛滋病的消息，儘管我們把標題做得很大：「愛滋病並不可怕」。但是，城裡的醫院驗血排隊。約翰把愛滋病的常識都整理出來，登在報上。結果還是人心惶惶。據說，酒吧的生意清淡了許多，避孕套的銷售量直線上升。城裡唯一那家出售成人「性玩具」的商店現在門庭若市，孤獨的人更加孤獨了。

　　約翰和我可以說說話聊聊天了。以前他只是蜻蜓點水，整天泡在外面，現在天天上班。冷清清的辦公室，突然變得溫暖起來。我們倆常常就這麼坐著，東拉西扯，政治、體育、電影、書籍，無所不聊。其實，等於什麼都沒有說。最敏感的話題，誰都不去碰。我們相扶相助，靠打發時間治療心中的創傷。

　　一天兩餐，中午，我們叫外賣送上門，晚上到餐館去吃。我們倆口味不同，卻達成一種默契，每天吃一個餐館，不論味道如何，絕不重複。先吃陌生的餐館，再吃熟悉的，好像做遊戲一樣，差不多把當地的餐館都嘗遍了。有一家新開的印度餐館，我們一直沒有去，因為我不喜歡印度菜濃重的香料味。約翰說：「他們花錢登廣告，我們應該去捧場。」我勉強同意。到那裡，服務員認識約翰，對我有些冷淡。約翰說：「我把報社的老闆請來啦！」結果晚餐免費，我點了咖哩雞，味道不錯。報紙上確實整版整版都是廣告。只有蚯蚓一樣不痛不癢的幾條小消息。只要能賺錢，老闆也不管。

　　吃到山頂上那家酒吧時，一個男招待像發現奇蹟一般，驚

呼道：「名記者光臨，不勝榮幸！不勝榮幸！」我環顧四周，一半的餐桌都空著，酒吧臺旁只有三個男顧客。昔日煙霧騰騰，聲色犬馬的場面似乎還在眼前，如今卻變成了一堆彩色的肥皂泡。這個招待認識我，依舊穿一身暗紫色的制服，白色滾邊、領口，胸腰都非常貼身，只是眼睛裡少了原有的那份自信和幽默，連寒暄都沒有了。他迫不及待地把老闆請出來，自己退居二線。老闆伸出手，我們也伸出手去相握。傳統的接觸方式，在愛滋病的陰影下，變得非常不自然。沙莉呢？蘿拉呢？她們曾經和我眉來眼去，暗送秋波。女招待一個都沒有了，以前她們發瘋一樣圍著凱文轉。男招待也換了很多新面孔。呵呵，這裡好像成了萬聖節的鬼屋，我敢肯定，哪怕在光天化日之下，只要誰尖叫一聲，能把所有的人嚇得靈魂出竅。天快黑了，山坡下燈光四起，夜景依舊美麗。舊地重遊，心裡特別沮喪。我朝約翰揚揚眉毛，嘴巴向門外一撇，暗示他是不是要換個地方。凱文和我都曾經在這裡尋歡作樂，如果把時鐘撥回一年，我絕不會再到這裡來醉生夢死。約翰不是常客，似乎沒明白我的意思。他笑了笑，朝窗口的桌子走去。訂菜以後，我們不約而同地去了洗手間。

老闆親自送菜上來，我覺得更加不安。

「生意還好嗎？」約翰問。

「還好還好。」老闆嘴上這樣說，卻側過身體給我們咬耳朵。他說：「你們報社的凱文得了愛滋病，是真是假？他可是我們酒吧的明星啊。這一走，很多客人跟著走了，損失慘重。」

我說：「凱文得愛滋病和你的酒吧有什麼關係？」

約翰說：「報導裡並沒有指名道姓。」

「就是啊，與我們酒吧沒有關係，但是，你知道，人都疑神疑鬼。」

「有沒有發現陽性的？我問。」

「發現了也不會說，你說是不是？」

「那麼，如果有愛滋病患者前來用餐，你不會知道。」

「哎呀，湯姆，不要聳人聽聞好不好？」

我和約翰都哈哈大笑。老闆走了，我問約翰：「如果你發現自己得了愛滋病，願意公開嗎？」

「你呢？」他反問。

「中國人最要面子，我如果得了這種病，吃一把安眠藥一覺睡到天堂去。」

約翰不以為然，說：「新藥早晚要出來的，堅持時間長一些，也許有希望。」

「我說，我們這輩子恐怕等不到了。活得生不如死，有什麼意義？」

我們免費吃了一頓牛排，兩瓶紅酒，可惜這裡不是海鮮餐館。我相信，如果有螃蟹龍蝦，老闆也會端上桌，讓我們大快朵頤。當然，這頓飯不是白吃的。我們留下了二十元小費，同時被要求與老闆拍了一張合影照片。這張照片過幾天就要掛在餐館醒目的牆上，等於免費給餐館作了廣告。

後來我們在一家日本茶室用餐，我覺得約翰的神色有些異常。茶壺茶杯清雅精緻，一壺在握，滿屋飄香。他把茶壺抬起來，從底部往上看，手指從壺柄摸過去，一直摸到壺口，卻是一言不發。單獨的小間，牆上掛著長條中國水墨山水畫。一張很低的桌子，桌下有個低坑，讓我們擱腳，但是，約翰脫了鞋，屈膝坐在自己的腳底板上。喝茶他很內

行，燙杯清壺聞香，茶道儀式他都嫻熟。但是，看得出來，他的思緒並不在這間房間裡，飄忽不定的眼光引起我的猜測，他一定和這家茶館有特殊的關係。於是我問：「以前常來常往嗎？」他搖搖頭。我隱隱記得他在日本住過。啊，是小卉告訴我的，說他是在日本遇到丹卉的。那麼，今天一定是觸景生情，讓約翰陷入了回憶。

約翰要了一瓶清酒。幾杯酒下肚，變得精神煥發，換了個人似的，話也多了起來。他說美國和日本有很多生意上的關係，日本商場不像美國那麼透明，他曾經接辦了好幾樁經濟大案。

「對了，」我說，「丹卉幫過你的忙。」

「對啊，那可是性命攸關的大忙啊！」

我很後悔提起丹卉的名字，很怕他給講我歷史的細節，讓我愁上加愁。但是，這個名字無時無處不在，像幽靈一樣甩也甩不了。

約翰說：「七八年前，我在東京一家茶室認識一個中國女招待，說一口流利的英文。我們很快成為好朋友。我問她有沒有多餘的時間幫我一個忙，比你當招待的收入高很多。當時，我們正在查一個大財團的帳目，障礙重重。她一口答應。我在訓練她的時候發現，她絕不是簡單的女招待或者留學生。槍法很準，自身保護技能卓越，記憶力驚人，她是一個天生的間諜。後來，我發現，她根本不是留學生，就是幹這一行的。」

「這個姑娘就是丹卉。你別說了。」

「啊，你已經知道了她的故事？」

「沒有沒有，我不想再提起她的名字。同樣，我從來不在你面前提小卉。雖然我一直很好奇而且想知道你在什麼時候愛

上小卉，為什麼要愛她？」

　　約翰說：「愛是忘記不了的。小卉死了，我永遠不會忘記她。」

　　我說：「你先遇到丹卉，怎麼會愛上小卉呢？」

　　「小卉是天使，我過眼不忘。」約翰眼睛裡閃過一線光，說得很坦誠。

　　「我怎麼看了丹卉一眼就墜入情網呢？」

　　約翰微微一笑，把酒杯放下，想了想，好像難以開口似的。「湯姆，」約翰說，「今天我要告訴你，幸虧你遇到丹卉，一眼把你看穿。你在感情上很純潔，不像很多聰明人，喜歡玩遊戲。她說過很多次。」

　　「她這樣說我嗎？她說過很多次嗎？」我的思緒就這樣爆炸了，心裡的堤壩被掘開。我給自己倒了一杯酒，一飲而盡。啊，丹卉，我的心上人，你看透了我的心。一股熱氣從嘴裡噴出，帶著茉莉花的歌詞，我大聲歌唱。約翰打著節拍，和著曲調，兩個人都流出了眼淚。

　　我對約翰說：「我離過一次婚，前妻很能幹，也是中國人，在華爾街工作。我很努力，但是她不把我放在眼裡。」

　　約翰說：「丹卉很小就去了香港，偷渡過去的。她隨父母到南方農村種田，那是對知識份子的一種懲罰。當地有幾個小伙子游水偷渡，去了香港，有成功的，也有被抓回來的。抓回來的都槍斃了。」

　　「你看過電影《教父》嗎？」他問我。

　　「黑幫電影？」

　　「是，香港也有黑幫，只要有錢什麼事都能辦成。那個黑幫頭子從香港回國探望老母親，正巧文化革命前夕。沒人知道

他真實的身分，僅僅因為他來自香港，倒了大楣。你知道那是怎回事，對不對？」

「知道，我說，被管制起來，成為階級敵人。」

「對。丹卉的父親是小學校長，被學生打死了。母親發瘋，留下一對雙胞胎。黑幫頭子的母親可憐這對姐妹，暗地裡看顧著她們。那邊要救黑幫，老太太讓兒子把丹卉帶走，藏在船艙裡，當貨物一樣運出去的。是她自己要去的，認了黑幫頭子當乾爹。」

「原來，丹卉是受過黑幫訓練的。」我說。

「湯姆，別對黑幫大驚小怪。社會有不公就有黑幫。哪個社會能徹底公平？哪裡沒有黑幫？長話短說，我安排她進那個日本公司當個小職員，她卻勾引了公司的總裁，叫你吃驚不吃驚？她要總裁給她辦美國簽證，把隱藏的資金轉移出去，案子便不查自破。事發之後，她的處境非常危險，公寓被安置了錄音器，出門有人盯哨，約會有人偷拍照片。但是，她做得天衣無縫。當然我們也在暗中保護她，答應給她在美國辦一個合法身分。我們給她辦特殊身分的移民申請，這是移民申請中等待時間最短的。不料她妹夫死了，她回中國奔喪，回來以後，說要我陪她一次，回中國報仇。當時，小卉還沒有出國，也不知道自己得了愛滋病。我很相信丹卉的能力，她要辦的事一定能辦成。我們租了一輛車，調查和訪問。我聽不懂中文，她用英文做紀錄給我看。

開始我想陪她進中國以後，自己去遊山玩水，看了她的紀錄，我怎麼也不敢留下她獨自辦事了。有人要害她，如果有我這個洋人在旁邊，他們不敢輕易下手。這不，給她開車的朋友出車禍死了，車上被人做了手腳，一個輪子飛出去。那天說好

了，我們一起去看望一個孤苦的老人，她的村裡人都死得差不多了。不巧，我拉肚子，我勸丹卉不要去，我們馬上換旅館，讓她的朋友把老人接過來。這個朋友還沒有開到老人家裡，途中出了事故。我們終於明白，不論住在哪裡，都受監視。丹卉悲憤欲絕，對我說：『不想活了，要跟他們拚！』她把槍藏在化妝包裡，像一支唇膏。你知道嗎？就是那種特殊防身用的小手槍，幹我們這行都有這種東西。化裝包隨身帶，而且和我在一起，很容易混過去。

　　『你去殺誰啊？』我拉住她。『那麼多人，你不可能全部殺完，他們也不可能束手待斃。』我勸住她，一定要找證據確鑿的下手。我們幹掉了兩個，漏了一個，這個大血霸逃到美國來了。」

　　「幹掉兩個，在中國？」我難以相信。

　　「是的，我們雇傭殺手在飯店裡放毒殺的。」

　　「女殺手？」

　　「非常正確。丹卉用我們獎勵她的錢，把女孩子從緬甸邊境偷渡出去，然後走墨西哥邊境，再偷渡到美國。她們都在茉莉花酒吧工作過。」

　　「啊，就是那些沒有身分的女孩子？」

　　「對啊，她們的父母都是賣血後得愛滋病死的。」

　　「姓吳的漏網。她請朋友找到吳老闆的前妻，送了二萬人民幣去，說是以前欠的債，交給她代管。讓前妻寫了收條，還需要吳老闆簽字。前妻拿了錢就放鬆了警惕，給了電話和位址。丹卉要以最快的速度進入美國，特殊簽證等不及，只好和陳先生辦假結婚。這些事情只要肯化錢，很容易辦到。就在這時，得到了小卉感染上愛滋病的消息。她讓小卉頂她的名，用

未婚妻簽證來美國。自己轉到緬甸，從墨西哥偷渡過來。」

「真厲害！那些女孩子也是她帶出來的吧。」

「是，愛滋病人留下的孤兒。丹卉在緬甸時，一個一個把她們弄出來。到了美國，訓練她們跳舞，接待客人，然後開了茉莉花酒吧。那些女孩子都知道吳血霸，個個都想掐死他。凱文出事以後，這些女孩子都轉移到別處去了。你知道嗎？她開的茉莉花酒吧不止一家。」

「天啊，其他幾家在哪裡？」

「我怎麼能告訴你？酒吧用不同的名字，比如，玫瑰、杜鵑。」

「恐怕玫瑰、杜鵑都是假名，你唬我。」

約翰笑了，用筷子夾起一片生魚片，一邊嚼一邊說：「你說得很正確。」

「那麼，丹卉一定在其他酒吧，你為什麼說，找不到她們？」

「你怎麼知道我沒有找過她們？找了，都沒有訊息。」

「約翰，你們一定還有其他祕密，我不知道。」

他說：「如果你都知道了，恐怕連吃安眠藥也睡不著了。」

我正在津津有味地吃著海鮮沙拉，聽到這句話，咬到了舌頭，鮮血直流。約翰趕緊從自己的冰水杯子裡撈出幾塊碎冰，讓我貼在傷口上。他用日語和招待對話，我一句也聽不懂。

約翰說：「要不要去醫院？我們改日再聊吧！」

我的右手摀住傷口，左手在餐巾紙上寫了幾句英文：「為什麼是我？讓我捲進去？」

他說：「今天我請客，抱歉你的舌頭不爭氣，要不要打包

帶回去？」

　　我寫：「不，請繼續。」

　　我們有的是時間，明天我再告訴你，好嗎？

　　我瞪大了眼睛，把他的手抓過來，在手心上寫了一個很大的「NO」。

　　約翰笑了，說道：「OK, OK，我們回報社去說。」

　　我們各自開車來，只好分別開回去。為了保證約翰不中途變卦，我開在後面監視他。日本餐館不在市中心，離報社有相當長的路程。我們一前一後上了高速，不料，我的舌頭痛得我冷汗直流，只好在一個有藥店的出口下去，買了一瓶止痛藥。錐心的疼痛讓我投降，打電話給約翰時，說一聲「別等我」都說不清楚。

第二十五章

　　小卉拿著丹卉的結婚簽證飛到美國時，是約翰去機場接的，丹卉還在墨西哥。小卉被約翰照顧得十分周到，一是因為病人，二是語言不通。丹卉每天來電話，要辦什麼事都是三人同時線上，丹卉當翻譯。約翰按照丹卉的計畫，買下一家破產的鄉村飯店，裝修了山坡後的小屋，讓小卉搬出旅館先住進去。約翰在報社找了工作，通過拉廣告的途徑熟悉當地人脈關係。當時約翰準備合作到丹卉回來，把小卉交到她手裡，就去接別的案子。他的職業是偵探，根本不想也不敢介入謀殺計畫，但是，最後一個孤女在墨西哥邊境偷渡時沒成功，被押送回去，丹卉只能留下，多住了二十多天。這正好給了她一些時間，把美國南方墨西哥人集中地區的一個酒吧先開出來，讓女孩子們進去工作，有收入能自立。結婚簽證只有九十天，約翰天天打電話催她趕快回來。就在即將過期的前三天，她飛回來和陳先生到法院做了登記，然後又飛回去住了兩個月，把南方的事情安排妥帖。這兩個多月裡，約翰怎麼愛上了小卉，他沒有說。只告訴我，他們從頭到尾都住在兩床一房的套間裡。這也沒有什麼稀奇，約翰不是見了肉就盯上去的蒼蠅，丹卉在中國時也和約翰住一間房間，純粹是為了工作方便。

　　我的舌頭影響採訪，卻不影響腦子裡的想像力。兩個一模一樣的女子，約翰看不上能幹的姐姐，反而迷上了絕症妹妹，給了我很大的想像空間。

　　每天早上起床時，小卉一定很客氣地向約翰問早安！一些簡單的Greetings恐怕都是向約翰學習的。比如：「你好嗎？」

「謝謝，別客氣。」「感覺好點嗎？」「今天天氣真好！」「很高興見到你。」「早安！」「晚安！」「希望很快再見面！」等等。她穿著寬鬆的睡衣，總是讓約翰先用洗手間，然後給約翰整理床被。她自己梳洗完畢，總是把廁所打掃乾淨。約翰告訴她，旅館有清潔工收拾房間，不用自己動手。但是，清潔工要下午才來，小卉一早就收拾乾淨了。他們也許還有簡單的電爐或者微波爐，因為小卉是隱形人，不便到處走動。每天約翰外出，小卉一定做好了香噴噴的中國菜等他回來。他們晚餐以後做什麼呢？也許看電視，一邊讓小卉學習英文。也許在天黑了以後在偏僻的小道上散步。語言障礙使雙方的感覺更加敏感和細膩，約翰好像和半個啞巴在交流，連聽帶猜，有時錯了，南轅北轍，有時猜對，會心一笑。開始，約翰可能把小卉當作自己的妹妹。晚上睡覺前，給她把被子兩面塞緊，然後再說「晚安」。後來，在她的額上輕輕一吻，一邊說：「做個好夢。」小卉的英語明顯進步時，他們互相擊掌，以示祝賀。每當丹卉來電話，問起生活起居，小卉從滔滔不絕漸漸變得不耐煩，叫她放心而不再說細節。約翰呢，總是向丹卉誇獎小卉善良好學，常常為她的不幸唉聲嘆氣。於是，「甜心」之類的親密稱呼在不經意的時候從嘴邊滑了出來。小卉也從稱呼先生到直呼其名……

　　約翰說：「有一次，小卉問我：『姐姐是怎樣勾引男人的？』我說：『我不知道，你直接問你姐姐。』她說：『挺好玩啊，讓男人敗在自己手下。』過了一會兒，她又問：『是不是用眼睛，斜眼看人啊，約翰？』她雙手叉腰，做得像鬥雞眼一樣。看得我哈哈大笑。『這樣看，對不對，把目光拋給你，羞澀地收回來。再拋一次，約翰，你看著我，這樣是不是很有

魅力？』我說：『你完美無缺，不需要學這一套。』她說：
『是不是也要用語言？』她讓我站在對面，微微點頭，說道：
『史密斯先生，您的……』她跑到壁櫥旁，拉了拉掛在裡面
的西裝，問我，這衣服怎麼說？我告訴了她。她再來一遍，
『啊，史密斯先生，您的外套真漂亮，你看上去真帥啊！』然
後，問我，對不對。她想了想又說：『還有身體語言。我們倆
並排走，我不小心碰到你，那該怎麼說？』我以為她要練習英
文，便一句一句地教她。

　　我沒想到，她學了那麼多男女之間的單詞是有目的的。
丹卉回來後，我的任務完成了，咱們後會有期。丹卉說：『吳
血霸沒找到，我們怎麼幹掉他？八字還沒有一撇呢！你怎麼能
走？』

　　丹卉先把陳先生的雜貨店改造成花店，然後裝修茉莉花
酒吧，從南方調了一批女孩子過來。女孩子們和她有合同，只
能聽從丹卉安排，除了結婚，改變身分，否則一直在她手下工
作。南方酒吧結婚的也不少啊，大約有三分之一走了。我帶你
去茉莉花酒吧時，剛剛開張不久。』

　　「你為什麼要帶我去？」

　　「丹卉知道你說華語，高興得鼓掌叫好。因為你能在華人
圈裡如魚得水。」

　　「把那個血霸找出來？」

　　「對。」

　　「你們怎麼敢保證我願意幫助你們？我到哪裡去找血
霸？」

　　「丹卉相信英雄難過美女關，從香港到日本，沒有一個目
標逃出她的掌心。只有你，呵呵，你也不是例外。」他對我眨

了下眼睛，繼續說，「她很尊重你。你寫的報導把有頭有臉的人引向茉莉花酒吧。姓吳的去喝酒，小卉一眼就認出來了。」

「約翰，你的意思是，丹卉勾引我、利用我？」

「至少開始是這樣，後來你們的關係有發展，你應該比我清楚，呵呵。」

「後來的關係？何時算後來？我一開始就像著魔了一樣，對她一見鍾情。但是，我們從來沒有睡過覺，沒有任何性關係。而我，為了她快要崩潰了，這算什麼關係？」

「湯姆，丹卉不可能像別人一樣談戀愛，她的責任太重了，你要原諒她。」

「但是，我不能原諒她一聲不吭地走了，為什麼不能像小卉那樣留下點文字？」

「你要她寫什麼？說永遠愛你？讓你等她一輩子？她是一個隨時都可能坐牢的人，你想過沒有？尤其是在小卉逝世以後，頂替她的人也沒有了。丹卉是在逃亡，逃亡！你明白嗎？」

坐牢！逃亡！他的語氣那麼重，好像早就對我不耐煩了似的。好像丹卉出走以後，他一直在等我從感情中解脫出來，我卻執迷不悟，越走越遠，讓他終於失去了耐心。坐牢！逃亡！好像兩根大棒敲在我的頭上，似乎能把我敲醒。可是，我除了眩暈，還是沒有醒悟過來。眼睛裡只看見約翰的灰白鬍子一合一開，好像兩堆乾草覆蓋在一個黑黝黝山洞口，山洞裡全是祕密。

他大概看到我的眼神恍恍惚惚、黯淡麻木，便伸手在我的肩膀上拍了一下，再拍了一下，然後說：「嗨，舌頭好點了嗎？」當時，我的舌頭還沒有完全收口，只能喝牛奶和果汁。

那幾天，約翰獨自去餐館就餐，總給我帶點什麼回來，像優酪乳啊，啤酒啊，果凍之類，都放在冰箱裡。他從冰箱裡取出一罐冰啤酒，遞給我。我搖頭。他把開口啪地打開，咕咕喝了兩口。

我說：「你知道嗎，約翰？你的小卉死了，你可以永遠懷念她。我卻成了被遺棄的男人，這個女人根本不屬於我，卻把我所有的感情帶走了。」

「可是，你仍舊愛著她，是不是？」

我不語。我能說我不愛她嗎？那不是事實，但是，我不知道為什麼要愛她？為什麼仍舊愛著她？永遠愛著她？如果明天丹卉回來了，最開心的人就是我。如果哪一天她不幸死了，最悲傷的也是我。如果丹卉永遠不回來了，我還是要等她，我不知道這是為什麼？

約翰說：「你不是很想知道我怎麼愛上小卉的嗎？因為小卉要親手殺死吳血霸。」

「不是丹卉的安排？」

「完全不是。小卉說：『你們找不到更安全的人選，找不到更安全的方式。姓吳的必須染上愛滋病，才能讓成千上萬冤死的靈魂得到安息！』她說自己早晚要死，要死得有價值，要讓九泉之下的父母和丈夫為她驕傲。她說：『最壞的結果，即使殺了他去投案，那也值得，反正我的時間不長了。姐姐，讓我殺了他，你回香港去，永遠不要回美國。』」

約翰嘴唇動了動，還想說下去，喉嚨裡好像被什麼東西卡了。他把一罐啤酒喝完，空啤酒罐捏在手裡，捏扁了，對準旁邊的垃圾桶，一個弧線扔過去，不偏不倚，落在中心。

「我們都不捨得。」他噙著淚花說。「我希望自己能夠代

替她，替她殺人，替她生病，替她去死。我一把抱住她，眼淚直流。大概就在那時，我愛上了小卉。」

「丹卉呢？她居然答應了小卉？」

「丹卉當然不同意。小卉天天纏著我們，以自殺威脅，只好答應她。」

「那些向你學來的男女調情的英語，在接待凱文時還真用上了，是不是？」

「是。」約翰說，「答應小卉以後，丹卉一直訓練她，一方面不讓姓吳的輕易得手，另一方面，在得手之後，不露破綻。」

「小卉真的學會了如何勾引姓吳的？」

約翰點點頭。

「你呢？你怎麼受得了她和魔鬼共枕？」

「我？只能更加愛她，天天抱著她睡。讓她在受糟蹋時，好像我在她身邊。湯姆，小卉是我的女神，我崇拜她，我們之間遠遠超過了男女私情。」

回家的路上，沒有一點兒月光，我看著黑色的大幕發呆。多雲轉陰，氣象預報說可能有大雨。春天哭哭啼啼，跟著雨水一起來臨，何等悲哀！果然，一道閃電，把天幕撕開，烏雲後面亮如白晝。天鼓隆隆，大雨傾盆而下。雷雨閃電，從小聽到大，從來沒有像今天這麼震耳欲聾，整個房子都在抖動。是不是有地震？我趕快起床，打開大門，又是一道閃電，把花園和走道照得雪亮。外面空無一人。難道是我神經過敏，感覺出了問題？

約翰說得很對，謀殺細節如果都讓我知道，恐怕吃安眠藥都睡不著。我關門拉上窗簾，吃了一片安眠藥。倒在床上，果

然睡不著。魔鬼，到處都是青面獠牙，向小卉撲過去，小卉還得面露微笑，半推半就。約翰的聲音又在耳畔響起：「我們想盡一切可能，讓她在魔鬼的床上，享有自己的性快樂。」我又開始想像，丹卉在訓練中一定讓小卉使用了自慰器，而約翰一定是代替了魔鬼的角色。他們像演戲一樣，撫摸、親吻，甚至讓小卉對他進行性挑逗，丹卉是不是還做了錄影？一個個細節都做得滴水不漏？他們修正，重來，做了一次又一次，否則哪來性快樂？

第二十六章

　　春光悄悄爬上了枝頭，生命在陽光下轉換色彩，由黃轉綠，由綠變黃，然後離開母體，隨風而去。可是，時間凍結在我的心頭，從來沒有化開。工作並不忙，我常常一個人坐著發呆。眼前只有一個鏡頭永遠不變：丹卉穿著白色的連衣裙，孤獨地顛沛於曠野之中，狂風把她的裙子撕破了，撕成一條條帶子。暴雨打在她的臉上，雨水順著又長又亂的頭髮往下淌。我看不見她的臉，只有一個側影，很遠很遠。每當我看見她的時候，整個世界都黯然失色。

　　約翰憑著做偵探的本事，早就找到了凱文的電話和所在地，然而，接待他的是一個滿頭銀髮的老太太，凱文已經搬走了。老太太是教會派到醫院做義工的時候發現凱文躺在急診室的床上發高燒，醫生束手無策，便收留他到自己家休養。現在凱文已經受洗，住在一家修道院裡。回來後，約翰很激動，說要去採訪凱文，叫我設法聯繫艾瑪。我說，如果他仍舊以艾瑪作為交換條件的話，告訴他，我們做不到。這件事被擱了下來。我不催他，他也不急著去，我們都在等待，等著凱文放棄條件？等著老闆把艾瑪送過來？還是等著什麼別的轉機？我們當時並不知道後來水到渠成。

　　夏天過去了，秋風又來了。在一個涼爽的日子裡，那個姓吳的傢伙終於相信自己得了愛滋病。也許，他早知道了，只是沒有對外公開。消息不脛而走，像長了腿似的，跑得很快。那些和他合作開發項目的投資方，找了各種理由，把資金撤走，銀行不再給貸款，吳老總破產了。我給老闆打電話，告訴他，

我正在調查的案子終於有了結果，問他要不要報導。但是，我沒說染上愛滋病的事情。老闆說，很可惜啊，好端端的一個生意就這樣完了，否則，我們每年不知要增加多少廣告費。

果然不出所料，吳血霸鎖住了丹卉，對醫院說她是愛滋病毒攜帶者，此人已經不知去向。醫院通知陳先生，得到的回應是，丹卉獨自出國旅遊了。醫院給陳先生驗血，是陰性。陳先生答應一旦有丹卉消息，就轉告她趕緊回美治療。我對醫院傳染病部門的負責人說：「去年報紙發表消息時，很多人都來驗血，請查一下有沒有陳余丹卉的紀錄？」一查，果然有，不止一份，都是陰性，日期都在姓吳的檢查之後。醫院為此給陳先生發信，解除誤會，把丹卉的名字從傳染病的檔案裡撤掉了。

就在我得到丹卉報告的第二天，吳血霸到報社來敲門。他仍舊開著豪華車，穿同樣的衣服和褲子，臉色鐵青，眼睛裡帶著陰森森的殺氣。找不到丹卉，除了找陳先生，就是來找我。他四周環顧，發現只有我一個人在辦公室裡，開門見山地說：「林先生，你的情人呢？你一定知道余丹卉藏在哪裡。」

「出了什麼事，吳老總？」

「你查血了嗎？」他接著又問，「你有沒有愛滋病？」

「當然查了，陰性。你呢？」

他瞪了我一眼，說道：「你別他媽地裝蒜了，你也算是我的朋友吧，也不打電話來問一下？」

「很抱歉，我想，您身強力壯的，好像不大可能。」

他背對著我，陰陽怪氣地說：「別哄我啦！我的事情在你的眼裡就是芝麻也會變成西瓜。你怎麼可能錯過每一個細節？」他突然轉身，目光尖銳地盯著我說：「我老實告訴你，這個小城只有兩個人對我有真正的興趣，其他人看中的都是我

的錢。」

「我說，肯定不是我。」

「不對！」他大吼了一聲，跨一大步走近我，「一個是余丹卉，還有一個就是你！林先生，你可能忘記了，你不僅對今天的吳老總感興趣，更對過去的我感興趣，你要我說在大陸的發家史，我可沒有忘記。」

「那又怎麼樣？你有什麼見不得人的事嗎？」

他用一根手指頭對著我，教訓道：「你就是想挖出我有見不得人的事情，讓余丹卉來害我。」

「吳老總，我和你素不相識，為什麼要害你呢？你恐怕是被愛滋病折磨得精神錯亂了，得了狂想症。我勸你去醫院檢查一下，早點治療。」

他軟了下來，好像洩了氣的皮球，一屁股坐在沙發上，自言自語道：「我怎麼會有愛滋病呢？我怎麼也想不明白。我在愛滋病村跑來跑去，也沒有染上這種病，怎麼在美國被傳染上了？來美國以後，沒有接觸過任何愛滋病人，也沒有劃破皮膚，輸過血。我只有睡過一個女人，就是余丹卉，怎麼就染上愛滋病了呢？」

他抬頭看我，問道：「你能解釋嗎？今天醫院打電話來，說余丹卉的血液檢查是陰性，你說，這怎麼可能呢？你也是她的情人，你怎麼會是陰性呢？」

我說：「我和余丹卉從來沒有睡過覺，我也不是她的情人。」

他冷笑了一聲，說道：「那就更說明問題了，你們都來自大陸，受了什麼人的委託，來謀害我？」

我哈哈大笑。「吳老總，你們倆那麼親熱，丹卉為什麼要

謀害你？」

　　他說：「這個事情果然蹊蹺。別跟我說相親相愛，她愛我，為什麼要藏起來，扔下我不管？要不是因為你們倆私通，她怎麼想到來害我？」

　　「如果我們因為私通而害人，那麼首先要害的是陳先生，還輪不到你姓吳的呢！」

　　他怔了怔，從口袋裡摸出香菸，打亮了點火機。

　　「對不起，這裡不能抽菸。」

　　他狠狠地瞪了我一眼，把打火機放回口袋，一支菸仍舊夾在手指中。

　　「哎，我把鑽戒都買好了，準備送給她新年禮物的，她竟然失蹤了。」

　　他一把拉住我說：「小林，你說我該怎麼辦？一不能找她老公，二不能去找警察，我到哪裡去找她？你能否給我登個尋人啟事？」

　　「如果真是失蹤，她老公應該去報警啊！你登啟事有啥用？」

　　「我很懷疑她老公是一夥的。春節前，她說身體不好，發高燒，嘴巴裡面都是泡，讓我給她舔了又舔。年三十晚上，倒像換了人似的，開派對跳舞，一點病也沒有了。但是，怎麼說也不肯跟我回家，說生意忙死了。從那以後，我再也沒有見著她。春節前夕，她催我去驗血。我說，外國人亂來，我只有你，放心好了。我的報告還沒出來，她就失蹤了。」

　　「啊，我知道了。丹卉一定是知道你被傳上了，正躲著呢！也許，是你早就染上了愛滋病，你們家鄉有愛滋村呢！是你害丹卉，而不是倒過來。」

「你怎麼知道我們家鄉有愛滋村？他把臉湊近我，咬牙切齒地說，我就猜到你在摸我的底細，你不安好心。」

「不是你自己說的麼，在愛滋病村跑來跑去？」

「窮人的愛滋病是賣血染上的，我跟他們根本沒有接觸。」

「也許通過其他管道，你自己心裡有數，你們家鄉的愛滋病可比美國厲害多了。可惜丹卉不知道你來自愛滋病地區，否則怎麼敢跟你睡覺？」

姓吳的一再解釋來美國前驗過血，沒有愛滋病。一再抱怨得了絕症，沒人同情和幫助。

我說：「您就別胡思亂想了，回中國去吧！老婆、孩子、情人都在那裡，要比美國溫暖得多。」

「他說，中國回不去，他們不會放過我的。」

「為什麼不放過你？」

「哎，別提了。我一心一意想給祖國爭光，帶錢來美國開公司，促進兩國貿易，我容易嗎我？政府卻給我立了案，說我攜款逃跑。」

「哈哈，看你說漏了嘴，你在大陸確實有不良紀錄。」

「我是冤枉的。我的兩個哥們被人下了毒藥，搶救無效，都死了。中國政府懷疑是我幹的。美國也查我，說我違法帶巨額現款進美國。中美兩邊都查我，案子都沒有查完呢。哎，你知道我盼望什麼？我盼望有人開車撞我，讓我得到一些賠償。把我撞死了也行，讓我在中國的孩子得到一些補貼。」說到這裡，他痛哭流涕。

我的心就這樣軟下來。我不是小卉，不是家有愛滋病人的中國農民，我沒有復仇的動機。面對一個瀕臨死亡的弱者，我

只能告訴他，美國有照顧窮人的醫療補助，醫院裡有翻譯幫助他填寫表格，看病吃藥都不要錢。他感激涕零，拉著我的手請求我的原諒。我說：「如果讓你重新活一次，你有什麼打算？他想了想說，不能貪心，孩子老婆，吃飽穿暖，開開心心就夠了。」

　　我沒想到，他真的去看了醫生，拿了免費的安眠藥，在一個沒有月光的晚上，把安眠藥都吃了，沒有再醒過來。

　　從那以後，我在懷念丹卉的同時，時常會想到姓吳的。我不瞭解像他這樣欠了無數人命的人臨死之前是否會有懺悔？是否會覺得罪有應得，是一種報應？

第二十七章

　　約翰回來了，神采飛揚，眼睛、眉毛都在笑。一進門，外套都沒顧得脫下，趕緊把手提電腦連上印刷機，一邊說：「我寫到早上三點鐘，沒睡覺，讓你看看好消息。」

　　「採訪成功了？」

　　他說：「凱文願意接受採訪，沒有任何條件。」

　　「約翰，恭喜你！」

　　一張張白紙從印刷機的背面吃進去，從前面吐出來。我們倆像在等待新生的嬰兒一樣，恭恭敬敬站在兩邊。

　　「太好了！你這麼迫不及待趕回來，是不是怕他改變主意？」我開玩笑說。

　　約翰說：「我告訴他，我們正在聯繫艾瑪，一定讓他們倆見個面。」

　　「對，」我把第一張抽出來，一行一行往下看。「凱文說，自己是在受洗以後，才活出做人的尊嚴，以前的人生比惡夢還要可怕，可自己卻不知不覺。他說自己是個罪人，現在天天懺悔，渴求神的寬恕，換以新生。他有勇氣將濫情濫性的故事公布於眾，把心理路程告訴還在迷途中的人們，汲取他的教訓。」報導最後說，一個走到生命盡頭的人，能夠在屈指可數的日子裡從死神的陰影裡走出來，獲得新生，真是一個奇蹟！

　　「寫得真棒！這樣的文章讓我去採訪，還真寫不出來呢！我們就把標題做在「奇蹟」這個要點上，你立刻寄到老闆的電子信箱去。」

　　約翰猶豫了一下，兩道濃眉打了結，向我投來憂慮和疑惑

的目光。我解釋說：「不用擔心，不管老闆怎麼說，我們照登不誤。這個小城被愛滋病的陰霾籠罩了那麼久，這篇報導猶如一縷陽光，給人突圍的希望和機會。」

老闆沒有回音。等了兩天，沒有消息。再等一天，還是沒有消息。約翰比我還要著急，天天催我直接給老闆打電話。我沒有打，這樣的報導，本來我有權處理，但是因為凱文，因為是老闆的家醜，出於尊重，才請他過目。他可以說No，也可以和我們商討，為什麼不理不睬，把我們晾在一邊。我不相信他沒有看到報導，只是在處理上可能還沒有拿定主意。我一直在迴避和他直接聯繫，免得他再向我提艾瑪。我對約翰說，我們不等他了，否則週末要開天窗。我開始排版，心裡七上八下。那天下午，我正在印刷廠等待開印。突然手機鈴響，我有點不耐煩，拿起電話，非常不禮貌地說：「我正忙著呢，一小時以後再打來。」

「湯姆，我只需要幾分鐘。這是誰？聲音非常奇怪，輕得像一個臨危的病人，好像只剩下了最後一口氣。難道有人惡作劇？話音斷斷續續，一邊嗚咽一邊說，艾瑪她……，正在搶救，你趕快過來！」

「老闆！我怎麼聽不出你的聲音呢？對不起，請原諒我的魯莽，馬上就要開機了，我等會兒打給你好嗎？」

「湯姆，艾瑪，艾瑪她，她割腕自殺。」

「艾瑪自殺？凱文活著，她為什麼要自殺？」

「湯姆，你要幫助我，湯姆……」

我說：「凱文的報導寄到你的信箱，有好幾天了，你為什麼不告訴艾瑪？」

「請趕快飛過來，我多麼需要你，請不要拒絕。」

「你對艾瑪說，凱文活著，她不會死的，請相信我。」我大聲說，怕機器隆隆作響，老闆聽不見。

「我沒有時間和你討論報導，我需要你，湯姆，我求求你！」

「好吧，我明天一早飛過去。現在停不下來，還有一個小時就幹完了。」

「扔掉手裡的工作，讓別人替你幹。」

「好吧，好吧，聽你的，我馬上給機場打電話。」

「不用打了，我給你買了機票，航班和起飛時間都在你的電子信箱裡，四點三十五分起飛。」

我看手錶，還有一個半小時。我哪裡都沒有去，沒有時間回辦公室查電子郵件，沒有時間準備行裝，我只想帶一樣東西，就是約翰採訪凱文的訪問記。等到機器裡第一份樣報出來，我拿上就走。報紙的墨蹟還沒有完全乾透，弄得我雙手像煤炭工人一樣烏黑烏黑。我抬頭看太陽，正在西面往下移，陽光落在車的右面，我把報紙攤開，放在旁邊的座位上。凱文的名字印在頭版頭條，又粗又黑，此刻被金輝籠罩，清晰醒目。我朝報紙笑了笑，輕輕說：「凱文，我帶你去見艾瑪。」

上了飛機，我想閉目休息一會兒，心裡亂糟糟的。艾瑪自殺，老闆為什麼非要我去不可？難道他真的一廂情願把我當作準女婿？艾瑪究竟傷勢如何？能否搶救回來？我能做些什麼？一團亂麻，綁在頭上，越想頭越痛。空中小姐正在頒發飲料，我要什麼？我點了礦泉水。晚餐是義大利麵食和土豆牛肉，我想吃米飯。小姐說沒有。那就吃麵條吧。我把報紙拿出來，重新看一遍，一字不漏，從頭到尾。空氣裡散發著的牛肉香氣，食品車停在我的座位旁。我捨不得放下報紙，對服務員說：

「現在不餓，等你全部送完了以後，最後一盤給我，好嗎？」
我不明白，今天的凱文為什麼有那麼大的魅力，讓我一遍又一
遍看不夠，看得心靈顫抖，眼淚直流。艾瑪，你為什麼要尋短
見呢？看看你的凱文，他說得多好──普天下都是兄弟姐妹，
我們都是一家人！我、約翰、凱文、艾瑪，四個同仁雖然在同
一個報社工作，以前是各人守著自己的天地，可謂咫尺天涯。
是凱文，化解了所有的隔閡和誤解，寬厚、善良、尊敬和親
情，多麼動人心弦！

　　飛機下來時，天已經黑了。叫了計程車直往醫院跑，覺
得自己就像一陣風，「呼呼」地吹著，風裡裹著艾瑪和凱文兩
條性命。老闆等在護士工作檯前面，走來走去，焦躁不安。他
老了許多，臉色憔悴，目光呆滯。見到我，三步併作兩步，一
把拉住我的手，什麼問候都沒有，指著通道說：「重病房，最
後一間，快去！」急診室裡到處是人，酒精味很重。我二話沒
說，跑步，從人群中穿過去，一口氣跑到病房門口，被一個高
大的看守擋住。

　　「證件，先生，請出示證件。」

　　「艾瑪住在這裡嗎？」我摸出駕駛執照，回頭望去，老闆
已經走了。他為什麼走得那麼快？為什麼把包袱丟給我？

　　「我們正等著你呢！」黑人看守笑著說，露出一口雪白的
牙齒，一邊把證件還給我。那一身黑制服，寬寬的黑皮帶，腰
後插著一把手槍，令人生畏。

　　「等我？為什麼？」

　　「她的父親說，你住得很遠，坐飛機過來的。」

　　「對啊，對啊，剛下飛機，直奔醫院。現在可以進去
嗎？」

　　看守伸出一條手臂，恭敬地做了個「請」的姿勢。

　　「艾瑪！」我走進病房，一邊呼叫她的名字。床頭燈亮著，四周一團黑。我不知道她是昏迷還是睡著了？床的四周都是儀器和管子。艾瑪閉著眼睛，瘦得皮包骨頭，身上蓋一條白被單。管子的黑影彎彎曲曲投在白被單上，好像一條條毒蛇，把她纏住。

　　「艾瑪，艾瑪，我是湯姆。」

　　她動了動，把臉轉向一邊。我走到床的另一邊，繼續呼叫她。

　　「出去！我不見任何人。」她的眼睛仍舊閉著，把臉轉回去，「不要見我。」她的左手腕上繞了厚厚的一圈白紗布，裡面顯然是傷口。她的四肢都被綁在寬寬的皮帶上，除了頭部，身體不能動彈。

　　我對看守說：「這是怎麼回事？請把皮帶鬆開。」看守聳聳肩膀，兩手一攤，叫我找護士。我走到床頭，去按紅燈，一邊對艾瑪說：「凱文叫我來看你。」她的肩膀動了動，微微睜開眼睛，「呸」的一聲，朝我吐口水。「滾出去！」她用盡力氣，大吼一聲。

　　護士進來了，擰亮了屋頂燈。三十歲左右，和艾瑪差不多的年紀，金黃的頭髮罩在白色的帽子裡面，戴無邊眼鏡。

　　「你一定是林先生？」她笑著說，「我們等了你好久。」

　　「幹嘛要等我？」

　　「因為她父親說，你從很遠的地方飛過來。」

　　「是啊，是啊，還可以，不算太遠。」我應付著，覺得她和看守一樣，話裡有話，只說半句，好像明知我的身分與艾瑪的關係，故意藏起來。

「有什麼事嗎？」護士問道。

「請你過來看看，她的手腕有傷口，你們怎麼忍心給她痛上加痛，綁上這麼粗硬的皮帶？」

護士：「知道，知道，我們也心疼她，但是為了保護她的生命安全，不得已這樣做。」

「請你給她鬆綁。」

護士驚訝地看著我，不置可否。

「請你給她鬆綁。」我提高嗓音說第二遍，指著看守說：「還有你，過來幫忙！」

看守看看護士，站了起來。護士要給艾瑪服藥片，艾瑪緊咬牙齒不肯鬆口。護士秀眉高聳，一臉無奈的表情，好像在說，如此不合作的病人，你覺得還要給她鬆綁嗎？

「請你給她鬆綁。」我說第三遍，聲音低下來，口氣更重。

護士說：「請稍等，我馬上回來。」只見她回來時，手上戴了橡皮手套，手指間夾了一支針筒，給艾瑪吊滴的瓶子裡加了藥水。然後，解開左手的皮帶，再走到另一邊，鬆開右手。等她走到艾瑪腳邊，準備解皮帶時，已經聽到如雷的鼾聲，艾瑪睡著了。護士鬆開皮帶後，給艾瑪蓋上毯子，關了房頂上的大燈，朝我擺擺手，笑了笑走了。

我走過去，看著那瓶掛在金屬架子上的藥水，透明無色，好像最乾淨、最純潔的雪水，正在一滴一滴地進入艾瑪的血管，麻醉了她的神經，讓她失去知覺。護士真厲害啊，倔強的艾瑪就這樣被制服了，變成了一個只會呼吸的軀體。不能和她對話，不能給她看報紙，我來幹什麼？

「吃晚飯了沒有？」看守坐在門口問。

「沒有。你呢？」

「吃了。醫院有食堂，就在急診間旁邊。」

「艾瑪有危險嗎？」

「現在看來沒問題，送進來時，全身都是血，真嚇人。」

「她父親呢？為什麼不在她身邊？」

「別提了，父親來了，她情緒更壞，好像見到仇人一樣。」看守晃蕩著腦袋，表示非常不理解這樣的父女關係。

走廊裡，時不時傳來嘈雜聲，此起彼伏。一個女孩尖叫著，大聲哭起來。然後，好像被摀住了嘴巴，鴉雀無聲。

「你去吃飯吧？」看守說，「我值夜班，你放心吧。」

「我不餓，謝謝。」

我走到窗口，窗外也不安寧，救護車上紅燈閃亮，進進出出。馬路對面的花店、咖啡店都關門了，鐵柵欄門前黑影綽綽。月亮離得很遠，缺了一半，好像一塊補丁貼在天上，稀疏的星星如同黑幕上一個個被咬破的小洞，忽明忽暗。轉身看著艾瑪，依舊睡著。不知道她什麼時候醒過來？我們如何從醫院逃出去？回頭看門口，看守正襟危坐，不看書也不打瞌睡。我可以藉口陪她去吃夜餐？或者把看守支開，請他幫我買晚餐？我得去租車，要預訂飛機票。應該給約翰打電話，讓他過來裡應外合？……不知什麼時候，我聽見腳步聲，老闆和看守穿一樣的衣服，繫一樣的皮帶，兩人一前一後站在我的面前。老闆厲聲問道，艾瑪呢？你把她藏在什麼地方？我看病床，空空的，艾瑪逃走了。「艾瑪──」我大喊，把自己叫醒了。原來自己坐在病房的椅子上睡著了。護士進來，朝我看看，什麼也沒說，給艾瑪換藥水瓶。

我問護士：「你不會再給她加鎮靜劑吧！」

「沒有加，」她說，「還有一個多小時，她就醒了。你要

準備著，一旦她失去理智，我們還得給她上綁帶。」

「一個多小時？」我看看手錶，算了一下，藥物給她四個小時的睡眠，白白浪費了我的時間。

天邊出現魚肚白時，艾瑪翻了一個身。過一會兒，第二次翻身時，她醒了。我已經把報紙拿在手裡，拿了一個多小時。

「早安，艾瑪，休息得好嗎？」

她打了一個呵欠，說道：「你怎麼還不走啊？」

「我給你送好消息，帶你回報社去。」

她搖搖頭，有氣無力地說：「凱文已經死了，你們瞞著我。不讓我見他最後一面。」

我說：「凱文活著，你跟我回去，就能見到他。」

艾瑪不相信，閉上眼睛說：「是我父親派你來的吧，又是他的陰謀詭計。」

我說：「艾瑪，是我自己來的。看我給你帶來了什麼？你看，你看這裡！」我把報紙送到她的面前。「約翰寫的報導，凱文活著。白紙黑字，我沒有騙你。看標題，凱文的名字用大字型。看到了嗎？」

她的眼睛開始有了點光彩，乾燥的嘴唇動了動。沒看幾行，大顆大顆的淚珠從眼眶裡滾出來，胸脯上下起伏，枕頭上濕了一大片。

「艾瑪，你躺著，我唸給你聽。」我把房門關上，輕輕地唸起來。「我是個病人，凱文在接受採訪時說。是個得了絕症的病人。開始，我根本不相信。不就是得了感冒嗎？不就是發燒嗎？我一直很健康，很強壯，很快就會好的。醫生說我的血液呈HIV陽性，我說他們弄錯了。

凱文坦誠地承認，我喜歡女人，喜歡她們的細膩靈巧，

喜歡她們的曲線，喜歡她們的溫柔，喜歡她們撒嬌。女人就像一朵芬芳的鮮花，就像一隻美麗的小鳥，就像一支歌、一首詩，女人給我快樂，讓我欲罷不能。我更愛自己，我曾經為自己的過度荒淫而驕傲自豪。青春太短暫，生命太短暫，我怕旺盛的精力稍縱即逝，被浪費了。見到喜歡的女人，一個也不放過。」

我用眼角掃了一下艾瑪，淚水不停地從眼邊湧出來，流得滿臉都是。我從床邊桌上的紙巾盒裡，抽了幾張，遞給她。她說：「不要停，請繼續。」

「我的妻子曾經用生命來愛我，我不滿足。她給我生了孩子，我還是不滿足。結果是什麼？我害了自己也害了我的全家，還傷害了很多無辜的女人……。我決定將私生活公開，一是為了公開道歉，二是想告訴大家，尤其是漂亮的姑娘，你們要學會保護自己。」

艾瑪嚎啕大哭，讀到凱文向自己道歉時，嘴裡不停地喊：「凱文，親愛的凱文，我的寶貝、心肝、甜心，我愛你，我不怪你……」

「凱文說，人有自由意志，有選擇的權利，但是，如果不加約束，代價是巨大的。發病以後，我曾經抱怨、喪氣，甚至心懷仇恨。我到今天都不清楚HIV來自何方。這些毒素讓我的健康越來越壞，迅速走下坡路。就在走投無路時，神向我伸出了援助的手，他對我說：『孩子啊，我愛你。』我以為是一場夢，醒來一看，我回到了一個陌生的大家庭，有了兄弟姐妹……」

艾瑪坐起來，一把從我手裡奪過報紙，就像捧著一塊毛巾一樣，把報紙摀在臉上，哭得肩膀一高一低。然後放在嘴上親

吻，一邊自言自語，好像凱文就在報紙裡面。這張報紙，如同一道決堤的裂縫，讓她把積累在心頭多年的酸甜苦辣，潮水一樣釋放出來，欲罷不能。

報紙皺成一團，上面斑斑駁駁布滿了淚痕。艾瑪說：「你怎麼不多帶幾份給我呢？去向護士借個吹風機好嗎？」我剛走到房門口，只見她搖搖晃晃地從床上下來，不顧吊滴的管子還插在靜脈裡。我趕緊上前扶助，一邊四面張望。擔心看守和護士要來阻止她下床。艾瑪走到窗前，顫抖的雙手把報紙鋪開攤平，貼在玻璃上。這時，太陽剛剛升起，金輝滿天，透過玻璃，穿過報紙，照得病房亮堂堂。

我悄聲說：「你要想開點，準備跟我走。」

她搖頭說：「恐怕走不了。這裡的醫生都聽我父親的命令。」

我說：「只有我能說服你的父親，你要配合我。」

她猛一轉身，用懷疑的目光看著我。她的眼睛深深地凹進眼眶，眼皮包住眼球，沉重得只能睜開一條縫。轉身時，她差點兒跌倒，沒有我的扶持根本站不穩。乾裂發紫的嘴唇顫抖著，發不出聲音。好一會兒，她才說：「你要我做什麼？」

我把她扶回床上，一邊輕聲說：「只要你對父親說，你想通了，願意回報社與湯姆合作。只要你回到報社，就能見到凱文。但是，不要提凱文，不能透露你知道凱文還活著。你做得到嗎？」

她點點頭。

我把報紙從窗口取下來，折好了塞在她的枕頭底下。我說：「報紙只能在廁所裡面看，不要讓護士和看守知道是這張報紙改變了你的情緒和健康。雖然他們不知道凱文是誰，但

是，在分析病情時，一旦涉及到這份報紙，就會寫進病史，對你非常不利。你要藏起來。」

她說：「只要能見到凱文，我什麼都願意做。」

護士進來了，看守站在護士後面。我朝他們揮揮手，請他們後退。

我和她咬耳朵，讓他們目睹我們很親熱的樣子。我說：「你好好兒休息，像正常人一樣，一日三餐，要吃得高高興興，好嗎？」

「好。」

我轉回身對護士說：「艾瑪的早飯在哪裡？她一定餓了，是不是？」

艾瑪點點頭。

護士說：「早飯要預訂，林先生，你可以去食堂買。」

「我和艾瑪一起去吃，好嗎？」

看守把輪椅推了進來，護士說：「稍微等等，需要醫生簽字。」

我把錢給看守，請他跑一次，看守搖搖頭，說他不能走開。

「那麼，護士小姐，只有勞駕你了。」

「沒問題。」護士說，「我已經過了下班時間，這就去買。」

「買兩份，」我說，「我陪艾瑪吃。」

第二十八章

　　約翰的報導發表以後，反應強烈，報社收到很多讀者來信，有的向凱文表示慰問，有的沉重懺悔，有的感謝上帝，也有對HIV追根尋源的。我們都仔細看了，該回覆的，都一一回覆。老闆也來信了，問我為什麼沒有去採訪凱文，而讓約翰出面。你的名氣比他大多了，不應該失去這個機會。這時，我才知道，他很久沒有開電子信箱，這篇文章是從報紙上看到的。我回信說，我不是基督徒，對臨終關懷的主題不熟悉，對他的轉變始終沒有弄明白，恐怕寫不出約翰的水準。他回信寫道：「約翰確實寫得很好，特別是向艾瑪道歉那一段，總算顯示了男子漢的風度」，云云。但是，老闆信一字不提艾瑪回來的消息。我想問問他，落了筆又刪掉，千萬不能讓他起疑心。

　　度日如年，我們天天盼他的電話。鈴聲一響，馬上就接。希望每個電話都是老闆打來的，卻沒有一個電話來自老闆。我們商量其他對策，又怕暴露蛛絲馬跡。這種等待，就像進了監獄一樣令人窒息。報社的電話依舊不斷，大多是愛滋病的話題。每個電話都要認真對待，雖然心裡非常不耐煩。有一天早上，剛進門，電話鈴響，我有點奇怪，一般讀者的電話沒有那麼早，以為是推銷商品的。我有氣無力地拿起話筒，懶洋洋地問對方找誰。對方聲音中氣十足，一聲哈囉，差點把我嚇得從椅子上跳起來。「你是……？」「是我，湯姆，你好嗎？」老闆喜氣洋洋地說道，「艾瑪康復得很不錯，今天出院了。」

　　「恭喜恭喜！」我暗示約翰把另一個電話提起來。他心領神會，馬上拿起話筒，放在耳邊。他也急壞了，我們都沒有料

到醫院拖了艾瑪那麼久。

「艾瑪要回報社，她好像等不及了。」老闆說。

「是嗎？我們當然歡迎她，你讓她來嗎？」

「湯姆，有件事兒你要告訴我。」

「什麼事？只要我知道，對你沒有任何祕密。」

「凱文在哪裡？」

我說：「那就抱歉了，對於這個人，我毫不知情，也不想知道。」

「這麼說來，只有約翰知道他的住處。」

「是的，我只知道他開車要開幾個小時。」

「好，就這樣，感謝你救了我女兒的命。」

「沒這事兒。」我說，「艾瑪是個聰明人，你對她太嚴厲了，也要汲取教訓，女兒不是小孩子。你不能強迫壓制她，結果適得其反。」

老闆說：「謝謝你。醫院裡都知道你待艾瑪好，陪了她一夜，自己不睡覺，還給她買早餐，兩人一起吃。」

我打斷他說：「她要什麼時候過來呢？這次你就依了她吧！」

「好，我們星期天一起過來。」

「你別忘了給她添置一些衣服啊什麼的，這兒早晚挺涼的。」

「知道，知道，你放心吧。」

約翰一面聽，一面捂著嘴巴笑。掛了電話，我們倆互相擁抱，又跳又叫，好像踢足球得了冠軍一樣。這個時候，我才覺得累了，累得只想躺下來好好睡一覺。

約翰說：「我們要準備點什麼？要不要買一束鮮花？」

「你去辦吧，買一盆茉莉花，順便問一下陳先生，丹卉有沒有消息？」

約翰走了，我把汽車開到洗車站，裡裡外外收拾乾淨，準備給老闆當私人司機。

星期天下午，本來氣象報告說要下雨，結果萬里晴空。艾瑪由父親親自陪伴送回來了。

上了車，我對艾瑪說：「老天爺因為你的笑容而改變了天氣。」老闆聽了哈哈大笑。我們開到市中心最好的一家旅館，老闆開了一個套間，訂期一個月。這房間是給艾瑪住的。

套間很大，裡面是臥室，外面一個廳，有陽臺，對著花園。廳裡有寫字檯和餐桌，還有一個可以翻作床用的長沙發。老闆拍拍沙發說：「今後如果需要照顧艾瑪，你可以住在這裡。」我心頭一怔，驚訝他真的打起我的算盤。我朝艾瑪笑笑。艾瑪撇了一下嘴，也可算是笑容吧，至少沒有拉長臉，表示反對。

那幾天，我陪老頭吃飯，訪問客戶，晚上在花園裡散步。回到辦公室時，我和艾瑪討論設計廣告版面。老闆只讓她畫版樣，其他都由我負責。艾瑪和我心照不宣，和顏悅色，常常在他面前打打鬧鬧，開一些不大不小的玩笑。這樣折騰了一個星期，終於讓老頭放心地走了。

艾瑪到達的那天，我打開工作檯的抽屜，找出那張丹卉穿和服的照片，想讓她聽到艾瑪的聲音。「親愛的，」我低語，「我們了卻了你的心願，你看到了嗎？艾瑪回來了。」照片漸漸變厚，升上來，和我離得很近。丹卉的目光是下垂的，等到照片貼近再貼近時，她的眼睛動了一下，好像活了一樣，目光抬起來，朝我瞟一眼。我笑了，給她一個飛吻。那幾天，我每

天都把抽屜拉出來，和她說說話。有天晚上，丹卉真的來到我
的夢中！她像以前一樣，穿著白綢旗袍，明眸皓齒，風情萬
千。我們在茉莉花酒吧的石獅子旁見面。我說：「親愛的，凱
文找到了，我們要帶艾瑪去見他，你回來吧。」她向我點點頭
笑了笑。我想走近她，卻是怎麼走也是隔著幾步遠，看得見，
摸不著。這個夢只有幾秒鐘，突然吹來了一陣風，吹散了她的
頭髮，黑髮飛舞，被狂風捲起來像黑色的大雨一樣遮住了她的
臉，整個畫面都黑了，她消失在濃雲密布的夜空中。……「丹
卉，你不要走啊！丹卉──我等你回來！」

　　老闆滿意地把艾瑪交給我，提前走了。老闆一走，艾瑪的
臉色馬上多雲轉陰，整天噘著嘴，追問我們把凱文藏在哪裡。
她把門關得乒乓作響，故意弄點顏色給我們瞧瞧。事到如今，
我沒想到她還是半信半疑，好像中了圈套一樣，滿肚子怨氣。
約翰說：「只有我知道凱文在哪裡。你要發脾氣，就在這裡發
個夠，我們不去了！」於是，她就嘮嘮叨叨糾纏我，說她受了
我的騙。我怕她等不及，發瘋撒潑，像在醫院裡一樣，催約翰
抓緊送她走。其實，約翰早就去聯繫了，凱文那裡需要時間做
出安排。等到回音過來，可以走了，我們也受夠了，真想把她
一腳踢出去呢！

　　臨走那天，我問艾瑪：「你什麼時候知道凱文得了愛滋
病？」

　　她說：「凱文失蹤以前就告訴我了。但是，我不相信
他。」

　　「他怎麼說？」

　　「可能是與一個患有愛滋病的女人做了幾次愛，事先不知
道她的狀況。」

「這個女人是誰？」

「他猜是那個插花的中國女人。」

「凱文做愛的女人很多，為什麼是中國女人？」

「因為那個女人告訴他身體有病。」

「我們查了那個女人的血液報告，沒有愛滋病。」

「噢，他知道嗎？」

「約翰採訪時告訴他了。」

「那還有誰呢？」

「我們也在追查。」

我又問她：「什麼時候你相信凱文被傳染上了？」

「教會有人傳口信來，說他HIV陽性，病得很重。我從來不相信父親的話，即使他給我看凱文的血液報告，我也懷疑報告是假的。甚至懷疑這事兒是我父親幹的，他一直想置凱文於死地。」

「不要把你的父親想得那麼壞。他是愛你的，你要理解他。」

「你說什麼？」艾瑪雙腳蹬地，破口大罵：「虧你說得出口，女婿夢讓你做昏了頭！」

我無奈地嘆氣，心裡想，如果艾瑪知道我愛的是丹卉，可能要和我拚命呢！

艾瑪繼續說：「既然凱文得了絕症，我求父親讓我們見上一面。我跪在地上，一邊哭一邊說，請你原諒他，也原諒我，這是最後一面，我保證，最後一面。父親說，你死了這條心吧！永遠把這個男人從你的記憶中抹掉，否則，一直關你關到他死掉。你說父親愛我，叫我怎麼相信？」

「唉，」我說，「要是我有這樣的父親，我也會絕望的。

這些天來，你做得真好，一點破綻也沒有讓你父親發現。」

她即刻拉長了臉，雙手叉腰，唾沫四濺地說：「你別說得那麼好聽，走啊，帶我去見他呀！我們怎麼還不走啊？」

那是一個週末的晚上，我們三個早早到義大利飯店去吃晚餐。我和約翰吃碎牛肉麵條，艾瑪要了一塊披薩，三口兩口就吃完了，像是搶來的一樣。她不停地催我們上路，約翰和我都不理她。其實，我也很激動，唯一擔心的是，如果艾瑪無法接受凱文當了神職人員，再尋短見，怎麼辦？

約翰開車，故意開得很慢。艾瑪坐立不安，一會兒哭，一會兒笑。她說凱文軟心腸，容易受狐狸精的勾引。又說凱文床上功夫好，女人有過一次就不會放過他。這些話，恐怕憋在她心中多年了，沒有機會說給別人聽，現在終於有了聽眾，所以不管我們是否有興趣，一瀉千里，赤裸裸不加遮掩。

天漸漸黑了，艾瑪責怪約翰走錯了路，開到天亮也找不到凱文。就在這時，我看到了遠處有一個十字架上高聳入雲，白色的螢光燈在漆黑的天幕上漸漸化開，好像另外開闢了一片天空，星星閃爍，一勾彎月，細得像女人化妝後微笑的秀眉。耳邊傳來海濤拍岸的聲音，強一陣弱一陣。十字架的光輝，好像海上引路的燈塔那麼遠，那麼亮，我以為馬上就要到了。結果還是開了很久才到達修道院。停車場很大，當我們的車開進去的時候，車燈把地面和牆壁照得雪亮。車一停，艾瑪就開了門往外奔跑。一邊跑，一邊說：「你們走錯了地方，你們想把我關在這裡。」約翰大喝一聲：「站住！凱文在裡面等你。」她才停下來。約翰大步上前，挽上她的胳膊一起進去，一邊走一邊和她說「規矩」。推開大門，好像進入另一個世界，教堂很深很暗，天花板很高，高得幾乎看不見，人在這裡顯得非常矮

小。周圍寂靜無聲，點點燭火，好像流星，一邊燃燒，一邊擦亮夜空。中間一條走道，兩邊長長的靠背木椅，好像一排排豎立的墓碑，數也數不清。我伸手摸了一下椅背，冰冷冰冷，冷得手指發麻，馬上縮了回來。

　　約翰和艾瑪走得那麼快，好像遲到晚點了似的，直往前趕；好像前方有什麼東西等著他們去取，遲一步就要被別人拿走似的。我被遠遠地甩在後面。我抬起手腕，看看夜光錶，離約定的時間還有二十分鐘。兩個人影一左一右，和我的距離越來越遠，只聽見窸窸窣窣衣服在流動中摩擦冰涼的空氣，鞋底嗒嗒作響，擊鼓一樣，正在把這個蕭穆的殿堂喚醒。教堂的盡頭是一個檯子，遠遠望去，彷彿懸在空中。一柱柔弱的燈光從天花板上灑下來，斜射在十字架上。十字架上的耶穌，痛苦的臉，低垂在胸前，腰部裹著破碎的衣裳，讓人看得心疼。

　　約翰和艾瑪趕到神臺前，幾乎在同一個剎那，雙雙跪下。艾瑪穿一件寬大針織黑色套衫，只剩下了嶙峋的骨架，蜷縮的身體柔軟得就像一條摺疊起來的毯子。約翰偉岸的身材彎成一個團，坐在腳跟上，好像山谷裡一塊大石頭。我並沒有看清楚細節，只見到他們倆突然之間倒下去了，拜倒在耶穌的十字架下面。他們對耶穌說什麼？祈禱還是懺悔？我不得而知。只見他們跪下去，好久沒有起來。

　　我慢慢地挪動腳步，走到離開他們只有兩排位子的地方才坐下。

　　「天父啊，感謝你，讓我活著見凱文一面。」

　　「主啊，我的天父，願你保佑小卉，給她平安與快樂。」

　　「感謝主……。」

　　「讚美你……。」

他們各自說著自己的話，若無旁人，似乎沉浸在和神的交流中。他們說得那麼輕，不停地讚美上帝，感恩不盡，耶穌根本聽不見。他們為何這麼虔誠和卑微，為什麼那麼依靠和信賴？為什麼如此敬畏和崇拜？我一點都弄不明白。也許，是因為人的脆弱和無助，是因為內心的失落和痛苦？但是，神能幫什麼忙？能把丹卉找回來嗎？能讓小卉死而復生？神不能治癒凱文的愛滋病，不能讓艾瑪和凱文破鏡重圓。那麼，他們為什麼自己騙自己？

神臺右面走出一個穿黑袍的神父，手裡拿著一本書，我猜想，這本書一定是聖經。手錶準時指向七點半。然後，同一扇門裡又出來一個男人，也穿著黑衣服，胸口捧著聖經。

「凱文！」我第一個看到他，不由自主地叫了一聲。凱文清瘦皙白，微微躬著背，看上去蒼老了許多。他向我擺擺手，笑了笑。這是他第一次對我展示笑臉，笑得謙和誠懇。以前那個驕傲浮躁、貪心懶散的風流才子還歷歷在目，而今卻成為虔誠淡泊的修道士。我的目光一直沒有離開他，從頭看到腳，只怕自己看錯了。看著看著，我突然記起讀過的一篇文章，文章說，被神愛著的人內心明亮。大概就是凱文的眼睛讓我想起了那篇文章的吧！在這黑森森的教堂裡，他的眼睛就像兩顆星星，一閃一閃。他的兩鬢花白了，但是，彷彿有一枝蒼勁的筆刷去了他臉上愁苦迷惑頹廢的色彩，寫上平靜、從容和信心。

凱文走到艾瑪旁邊，低聲叫了她的名字。艾瑪一下子從地上跳了起來，好像被驚嚇了，又好像遇到失散多年的親人，如箭出弦，幾乎是撲上去的，非常瘋狂。凱文卻不為所動，舉起一隻手，把貼在艾瑪臉上散亂的頭髮掠到她的耳跟後邊去，一面把神父介紹給她。神父點點頭，引導艾瑪去了旁邊的房間。

凱文給約翰一個擁抱，和我握手，嘴裡不停地感謝再感謝。然後不慌不忙地跟在神父後面。艾瑪從見到凱文的那一刻起，便放聲大哭，哭得撕人心肺。她反覆地喊叫凱文的名字，好像生離死別一樣淒慘。我的眼淚就這樣流出來了，為他們高興？為他們悲傷？還是可憐自己？我不知道。艾瑪的哭聲在教堂的上空迴蕩，久久散不出去。約翰輕嘆，說道：「凱文對於她，是復得，又是復失。她是否知道，活著的凱文不再屬於她了。」

踩著月光，我和約翰在停車場散步。「約翰，如果我也跪在耶穌面前，他能聽到我的呼喚嗎？他能告訴我什麼？」

他的腳步很重，也許是因為厚底鞋子的關係，好像沉悶的雷聲，卻不給我答覆。我們走了一圈，誰都不說話。約翰一定是想念小卉了，觸景生情，我們為別人作嫁衣裳，自己卻是孤身一人。又走了一圈，我說：「今晚你得到了答覆嗎？」

他點點頭。

「那麼，艾瑪呢？你看她那麼傷心，她得到什麼答覆？」

「我怎麼知道呢？」

「最大的變化是凱文，他怎麼變得那麼平安好像換了個人似的。」

約翰說：「是啊，他受到神的保護，不怕死亡，才如此安寧幸福。」

「艾瑪會變得像他那樣嗎？如果信了神，我呢？丹卉呢？她會回來嗎？」

約翰抬起頭，望著天上的星星，輕輕地說：「湯姆，咱們回去吧。」

「我們不是在等艾瑪嗎？不接她回去了嗎？」

他們想讓艾瑪多住幾天，對她有好處。」

順著他的目光，我看到幽蘭的星空無邊無際，簇簇銀星像雪花一樣，與月亮交相輝映。這麼漂亮的天空，約翰為什麼心情沉重？我突然明白，他跪在那裡或許是為了祈求上帝把小卉送上天堂。

「約翰，」我打斷他的思路，「為什麼鄉下的夜晚這麼亮，與城市不一樣？我已經很久很久沒有看到這麼美麗的天空了。」

約翰不回答，大步走向停車場。

艾瑪一去而沒有返回。我和約翰有點幸災樂禍，這樣的女人，誰搭上了誰倒楣。難怪凱文在外面水性楊花。後來老闆告訴我，女兒留下當了修女。我卻感到不可思議，他不是要尋找女婿繼承事業嗎？失去了女兒，他老了以後，誰接他的班？他倒並不覺得可惜，反而說：「還是這樣好，至少能保住她的命。」我在心裡想，難道她在教堂裡就不折騰？難道她能挽回凱文的死期？在我看來，艾瑪就是一個瘋子，胡作非為，肆無忌憚，早晚要被送進精神病院。

幸虧老闆沒有追問，是誰讓艾瑪和凱文接上了聯繫？否則，我要編織一套謊言去對付他。不過，問了又怎樣呢？知道了又怎樣呢？這個結果也許真是最好的結果，對他是一種解脫，對艾瑪何嘗不是？至少能和凱文相處一段時期。

第二十九章

回來以後，凱文的形象總是在眼前揮之不去，他的過去和現在，兩個面孔交叉出現。怎麼會這樣？怎麼會這樣？我絞盡腦汁也找不出其中的聯繫。後來，好像有把剪刀，喀嚓一下，把他的過去剪掉了，只剩下他在教堂裡那麼短暫的幾分鐘。幾分鐘被切割成一個一個畫面，好像照片一樣，放大呈特寫。明亮的眼睛，收斂的微笑，謙恭的姿態，絲毫沒有對死亡的畏懼。他扶艾瑪起來，擁抱約翰，和我握手，他的手溫熱有力。他不叫我的名字，而代之以「我的兄弟」，每每想起，彷彿心中有一股溫泉汩汩往外噴。無論在車裡、在辦公室還是在家裡，聽他叫一聲「我的兄弟」，好像來到親人身邊，有了依靠，有了歸宿。這時，我才知道，原來自己在精神上是個徹底的孤兒。「我的兄弟」，就像冬天裡的暖風，化解冰雪，催枝吐芽。

「我的兄弟」，我能這樣稱呼凱文嗎？真希望凱文能夠回來，讓我有機會當面叫他一聲，以示感謝。

冬天裡，報社不忙，約翰經常外出。他把鬍子刮了，一張白淨的方臉，顯得年輕許多。他的車開在茫茫白雪中，留下兩條深深的軌跡，我以為他去滑雪，目送著他離開，直到車印被大雪覆蓋。過了一段時間，他回來了，一臉落腮鬍子。然後，刮乾淨，又走了。

這個冬天，我節約了很多安眠藥，簡直像野熊一樣，每晚冬眠，鑽進被窩就呼呼大睡，居然連夢都沒有。春天來到時，我的健康狀況明顯好轉。不知什麼原因，也許因為凱文

稱我為兄弟，我得到了安慰，我對丹卉漸漸鬆手。但是，好景並不常。

　　一個天高氣爽的早上，約翰風塵僕僕地回來了。我拍拍他的肩膀說：「你又把鬍子留起來了？還是刮了顯得精神一些。」

　　他說：「你知道我去了哪裡？」

　　我說：「你不是去滑雪嗎？」

　　「不是，我去了南方。」

　　「南方？哪個南方？」

　　「邊境線旁的茉莉花酒吧。」

　　「你開玩笑吧。茉莉花酒吧怎麼搬到邊境線去了？」

　　我嘴上這麼說，腦袋急速運轉，出現一個熟悉而模糊的信號。南方的酒吧，記得誰說過。南方的酒吧？誰在南方開酒吧？對了，是丹卉先在南方開了酒吧，約翰告訴我的，好像不叫茉莉花酒吧。我說：「你去了墨西哥人集中的地區？」

　　「對。」他說，「你的記憶不錯。我在那裡租房，住了一個月。」

　　「原來你是為了去南方而刮掉鬍子的。你搞什麼鬼啊？」

　　他歪著頭，朝我看了好久，然後出手給我一拳，說道：「你好像結實了一些，臉色好看多了。」

　　我站直了挺起胸膛，呵呵笑著說：「上帝獎勵我，因為我把艾瑪交給他。」

　　約翰也大笑，一邊把電腦接上電源，給我看照片。他說：「我沒有拍酒吧的外景，我和丹卉有默契，不能洩密。你看裡面，舞池，穿金黃旗袍的小姐、酒吧的裝飾、餐桌和椅子，和茉莉花酒吧一模一樣。」

「她讓你拍照片？」

「我有隱藏的相機。」

我說：「你唬我，明明是這裡的照片，你移花接木，讓我上當。」

約翰把數碼相機的資料點擊給我看，時間在耶誕節那天。

「耶誕節。」我說，「那麼，你看見誰了？見到丹卉了嗎？」

「沒有。只見到了幾個熟人，她們在這裡工作過。記得移民局來查非法移民時，她們被轉移出去，記得嗎？」

「你是說，你見到了沒有綠卡的女孩子。」

「是，我跟蹤她們。」

「跟蹤她們？」

「對，我發現了她們與墨西哥有聯繫。」

「好了，好了。」我說，「約翰，你就別賣關子了，告訴我，丹卉找到了沒有？」

他專心致志，繼續翻閱電腦裡的照片。這時，電腦螢幕上出現一張沙漠的照片，枯樹荒草，地乾土裂，沒有人煙。約翰停住了。

「這在哪裡？」我問。

約翰把照片放大，再放大，回頭對我說：「看見了嗎？」

「看見了，照片中央，有幾個人的背影，很模糊。」

再看河對面，也有人過來。他用手指點著電腦螢幕。「這是邊境線，有人接應。」

「對啊，怎麼沒有邊防看管？」

「有，邊境那麼長，看不過來。」

「哎呀，是不是丹卉在那裡走私人口？」

約翰說：「很可能為那些父母死於愛滋病的孤女，弄她們出國。」

「是不是很危險的？被抓住了怎麼辦？」我急得手心出汗。

約翰說：「那邊很亂的，美國人經常失蹤，被人冒名頂替。但是，你別擔心，她就是幹這行長大的，膽大包天，心細如髮，還有人保護她。」

憑著幾張照片就找到了丹卉的蹤跡，那純粹是自欺欺人。但是，丹卉的人在美墨邊境活動是約翰親眼看見的。

約翰說：「過幾天，我去茉莉花酒吧看看，有沒有從南方過來的新招待，你一起去吧。」

「我？我不去。」約翰以前也要我回茉莉花酒吧看看，到那裡去吃最後一頓晚餐。那是在我們一家一家飯店輪流吃的時候。我沒有去。他去了，剛到那裡又給我打電話，叫我過去。

我說：「別大驚小怪的，就是換個兒把人又怎麼樣呢？我不去。」

他說：「湯姆，陳老闆要出售茉莉花酒吧，門口掛著房地產公司的牌子，你，你，這是怎麼啦？還不過來？」

出售茉莉花酒吧的消息，把我們倆都打悶了。自從丹卉走了以後，我再也沒有踏進茉莉花酒吧的門，不知道姑娘們是否仍舊穿著旗袍在舞池裡旋轉，不知道琳琅滿目的玻璃瓶是否依舊晶瑩剔透，不知道空氣裡還有沒有茉莉花清香，不知道〈茉莉花〉的歌曲，是否仍舊如喃喃私語安撫心靈？不知道那條小徑是否滿地銀光？不知道雪白的茉莉花沒有了雙胞胎，是否繼續盛開？我什麼都不知道，沒有丹卉的茉莉花酒吧，徒有空名，有什麼好看的？但是，如今茉莉花酒吧要出售了，我只覺得兩眼發黑，雙腿突然軟下來。

　　約翰也失控了，在電話裡嘮嘮叨叨說個不停。陳先生被警察找去談話了。丹卉一直沒有消息，移民局對陳先生的婚姻產生懷疑。那個姓吳的自殺前到處散布丹卉失蹤的消息。警方早就注意上丹卉，正在調查。陳先生已經提出離婚了……

　　我一直以為所有的記憶和感情都被丹卉帶走了，一直以為茉莉花酒吧讓我心痛，痛得不堪回首。沒想到，當它面臨出售時，好像自己家裡被搶了一樣，好像自己的一家一當被扔向市場，好像被剝了衣裳，遭人強姦一樣。出售茉莉花酒吧，就是出售我和丹卉，是羞辱是糟蹋，猶如一場滅頂之災。酒吧裡有一種說不清道不明的東西，統統回來了，讓我捨不得放棄。牆上的影子、空中的體味、地上的腳步、白旗袍、黑頭髮，四面八方都活了，那是生長著的生命，從來沒有消失，反而像陳年佳釀一樣，越存越濃。回憶像潮水一樣，奔騰不息，堵在胸口，眼淚一滴一滴往下流。我恨不能馬上趕到那裡，擋在門口，把出售的木牌拔掉，對著所有的人大喊：「茉莉花酒吧是我的，誰敢奪走，我和你們拚了！」

　　我的車「呼」的一聲上了路。不知從哪來的一股弩張劍拔的勇氣，我把馬達踩到底，別的車都被甩在後面。嘴裡自言自語，像唸魔法一樣：「茉莉花酒吧是我的，是我的！」唸了一遍又一遍。有人按喇叭，四面八方都是喇叭聲，震耳欲聾，我聽而不聞。開車的不是我，方向盤在別人手裡，只是借用我的手而已。我的腦袋不管用，眼睛也不管用。車禍發生在任何一秒鐘，血肉模糊，死路一條。也許，我真是準備死了。我不要活了！就在這時，方向盤突然右轉，下了高速。神奇的轉彎也不是我的意願。開進停車場，我才回過神來，出了一身冷汗。我朝四周觀望，沒有警察，也沒有車跟在後面。我氣喘吁吁，

問自己：「你來銀行幹什麼？」我閉上眼睛，讓自己的思路往後退。我不是要去茉莉花酒吧嗎？不是要去拔掉出售酒吧的牌子嗎？茉莉花酒吧是我的，是我的！

　　我整了整頭髮，拉直了衣服，推門進去，對銀行經理說：「我要貸款，買一家酒吧。」經理說：「給我幾分鐘，我需要你的帳號和社會安全號碼。」我打電話給約翰說：「我不過來了，等著我給你一個驚喜。」

第三十章

　　春天是復甦的，機靈的，誇大的，奔放的。春天也是冒險奇特而不可思議的。

　　冬眠的，枯死的，卵生的，都活過來了。小時候喜歡唱的童歌〈春天在哪裡〉，此刻幼嫩清脆的歌聲一遍遍在耳邊響起。春天裡什麼事情不能發生？尤其與生命相關？

　　我就這樣當上了茉莉花酒吧的主人。我不知道怎麼經營，不知道如何管理，什麼都不知道，就是不願意讓陌生人擁有這個酒吧。約翰埋怨說：「這麼大的事情，你都不和我商量，我覺得你感情用事，膽子也太大了點。」

　　「是，我是感情用事。能用感情來辦事，說明我的心沒有死。」

　　「我說商量，難道商量都不需要了？」約翰板著臉，用筆敲打桌子。

　　「跟你商量有什麼用？你要是支持我買，早就說了。」

　　「是啊，」約翰說，「我怕客人比以前少，經營不善怎麼辦？丟了錢也保不住酒吧。」

　　「我不知道。我只想守住它，傾家蕩產也要守住它。守住它就是守住我自己。」

　　「你啊！」約翰嘆氣道，「沒想到也是一條好漢！」

　　我笑了，朗朗聲音來自身體的各個部位，所有的傷痕頃刻在暢快的笑聲中得到醫治，腰也直了，腳也輕了，仰首挺胸，嘴裡吹出陣陣哨聲。笑聲吹走了約翰臉上的愁容。他說：「那也好，既然你管不了，我們一起幹，辦好它。」

　　就這樣，我付錢，什麼事都扔給約翰去做。那段時間，我努力辦報，為了支付茉莉花酒吧的貸款和帳單，一絲不苟，兢兢業業，去討老闆的歡心。約翰除了有償新聞還要經營酒吧，忙得四腳朝天，但是，收支還沒有打平，一直賠錢。

　　眼睛一眨，又到了秋天。落葉在旋風中變紅變枯，像小鳥一樣，飛的飛，跳的跳，最後都落入泥土化作來年的肥料。秋風把女人長長的頭髮吹起來，好像浪漫的潑墨畫，變化著花樣。秋雨滴答滴答下個不停，候鳥們成群結隊地到南方去了。茉莉花酒吧的客人越來越少，沒有什麼生意。工資發不出，姑娘們寧可欠著沒有離開。約翰說要試驗茶道，姑娘們都被丹卉訓練過，不僅懂茶道，還懂插花。

　　週末的一天，我和約翰在後面的小屋裡喝茶，牆邊燒起了火爐，一個姑娘進來，端著茶池、茶壺和小茶杯。她穿蠟染土布斜襟短襖，頭髮盤得老高，像阿慶嫂一樣。八仙桌和高椅子都搬走了，變成了日本式的榻榻米。姑娘用開水把茶具裡裡外外都燙了一遍。

　　桌上有個銀鈴，茶壺裡的水喝完了，約翰拿起來搖了搖，姑娘便來添水。就在她注茶的時候，我發現她手指上有個鑽戒，光華四射，和小卉那個很相像。

　　「你叫什麼名字？」

　　「惠芬。」她笑著回答，眼睛彎得像月牙兒一樣甜美。

　　「你找到主兒了，為什麼還在這裡工作？」

　　約翰說：「丹卉走了以後，一直是惠芬在打理酒吧。」

　　「茶道辦得還好嗎？」

　　她說：「還行，我們想辦個插花展覽，你給我們在報紙上宣傳一下，好嗎？」

「沒問題，讓約翰寫篇報導，就不用付廣告費了。」

「我們還有茶技表演，最好在報紙上登幾張照片。」惠芬說。

「沒問題，可以發新聞，讓大家在週末來觀看。」

我把宿舍退了，省下錢來付帳單。我幫老闆把房間租給了一個陌生人。約翰請人打掃了原來小卉住的那個房間，讓我搬進去。這個房間藏著很多祕密。從後門進來，門邊有兩張單人黑沙發，一個衣櫃，一張大床把半個房間占去了。再推進去是廁所。只要關上了玻璃牆的窗簾，睡房裡陰森森，沒有一絲光線。拉開了窗簾，臥室一目了然，全部暴露，沒有隱私。廁所裡放毛巾的立櫃可以轉動，是一扇暗門。拉開暗門，裡面還有一間，兩步寬三步長，放一張寫字檯。寫字檯上有一個螢幕。約翰說：「這個東西連著鏡頭，錄影用的，你不要去碰它。」我即刻想到那個噁心的錄影，當凱文和小卉在床上時，丹卉就是坐在這個寫字檯前看錄影的。我還想到約翰晚上抱著小卉睡覺，兩人的親暱行為也可能被丹卉錄了下來，然後糾正不完美之處，把小卉訓練得性感十足，去勾引吳老總。

住進這間小屋，我一天也沒有睡過安穩覺。這張床好像不是空的，上面堆疊了不同的幽靈，我翻來覆去，好像壓在幽靈身上，有時半睡半醒，有時徹夜不眠。

插花展覽辦在舞廳裡，最大的花籃比人還要高。舞廳和走道被擠得水洩不通。開始每月辦一次，後來每星期辦一次，都銷售一空。插花展覽與茶技同時進行，喝茶的客人也多起來。我常常想起丹卉，她忙著報復吳老總，不達目的不甘休，沒有把經營酒吧的本事都拿出來。其實，她是做了兩手準備的，所以把姑娘們都培訓好。這些本事倒讓我受益，茉莉花酒吧開始

盈利了。

自從買下茉莉花酒吧，我又開始靠藥物睡眠，身體時好時壞。每天晚上，我把燈關了，從玻璃牆看外面，外屋空蕩蕩，什麼動靜也沒有。但是，經常出現幻覺，看見我和丹卉在跳舞。茉莉花酒吧收藏著我們之間的感情，悲傷和歡樂，一幕又一幕，好像電影一樣來來回回。酒吧盈利以後，我如釋重負，藥也不吃了，覺也睡不夠。酒吧好像是我和丹卉的孩子，只要孩子健康，我相信丹卉早晚要回來。

可是，一年過去了，第二年也過去了，始終沒有丹卉的消息，卻有很多傳說。尋找丹卉的人很多，有警察、移民局、醫生等等。到處能夠聞到丹卉的氣息，她的魂好像回來了，到處遊走。有時在舞廳，有時在小徑，有時她跟著我，走到哪裡跟到那裡，連吃飯睡覺都有她的影子。我對她說：「知道你走得匆忙，沒有對酒吧有所交代，心裡放不下，我都清楚。你看，酒吧不是經營得很好嗎？你想回來，任何時候都歡迎。我們倆就住在這房間裡，讓我天天陪著你，好嗎？」我為她笑，為她哭，為她沉默，為她發怒，就是看不見真實的人影。

有一天下午，我剛吃了午餐，突然覺得有蟲子在背後爬，一邊爬一邊咀嚼我的神經，一直刺痛到指尖，腳趾發麻。我把衣服脫了，翻來覆去沒找到蟲子。神志卻變得恍惚，眼前出現幻覺，好像有人走進了我的睡房，坐在沙發上東張西望。非常不安寧的感覺促使我提前下班回去。開車時，只見黑黑的長髮一直在風中飄揚，整個世界都褪去了色彩。我打開房門，喊了一聲：「丹卉，別躲著我，早就發現你來了。」

屋裡黑得很，看不見。我躺下，等著她走向我，等著她躺在我身邊。我進入了夢鄉。不知多久，耳邊朦朦朧朧聽見有

人在窗外說話。我拉了拉自己的耳朵，確定不是在做夢。難道真的是丹卉回來了？我一骨碌起床，躡手躡腳地走到玻璃牆邊，從窗簾縫裡往外看。外間確實有客人，三個洋人圍坐榻榻米旁邊，矮桌子上有青島啤酒和油煎鍋貼，還有幾盆水果。惠芬托著茶盤，正在侍候。其中一人拿著筆好像在寫什麼東西。另一個人手裡按著答錄機。過一會兒，另一個姑娘進來，她叫秋蘭，是惠芬的助手。她坐下談了一會兒，又進來一個，叫春梅。一個個進來出去，有的我認識，有的名字叫不出。只看見她們戰戰兢兢，坐立不安，有時候緩緩地點頭，有時候拚命搖頭，嘴唇在動，沒有聲音。

　　我就這麼站著，光著膀子，無依無靠，一直看到手腳冰涼，脖子僵硬得無法轉動。我得躺下來。正要轉身時，突然看見三個陌生人同時站起來，迎接新進來的一個男人。他們一一握手。男人的臉給擋住了，我只看到一個側面，卻覺得這個男人非常熟悉，瘦高個，寬肩膀，後背很直，頭髮有點花白，留著鬍子。當我看見他臉上的鬍子時，驚愕得腦血管差點兒爆炸。就是這鬍子，剃了長，長了剃，鬍子後面的國字臉怎麼也瞞不過我的眼睛。我敢確定這個男人就是約翰！

　　我的心裂成碎片，胸膛太小，似乎有血從嘴裡噴出來，氣味腥臭。不祥之兆如亂箭飛舞，刺得我頭痛欲裂，呼吸管道好像被堵住，每一口氣都要張大嘴巴，用很大的力氣，伴隨撕裂的雜音，才能吸進去。我以為自己要死了，喘著大氣，走進廁所，靠在牆壁上，卻不敢開燈。我對自己說，你要堅持，不能死得不明不白。那扇暗門重得像座山，怎麼也拉不開。我坐在馬桶上歇了一會兒，然後把櫃子裡的東西全部扔在地上，用盡吃奶的勁兒，才把門打開。小心翼翼地進去，觸摸約翰叫我

不要碰的那個螢幕。我用大毛巾把螢幕遮住，生怕有光被外間的人看見。顫抖的雙手到處亂摸，尋找錄影的鏡頭開關，一個一個按下去，都不是。我把插線板拔出來，插進去，還是什麼結果也沒有。我只好退到自己的房間。這時，外間的女人都走了，只剩下了四個男人，都坐著，約翰面對玻璃牆，氣色沉重，目光憂慮，鬍子晃動，說說停停，一邊打著手勢。這些人和他的關係非同尋常，個個身體前傾，洗耳恭聽。他們是密探還是便衣警察？是邊防人員還是走私黑幫？約翰，這個親如手足的同仁，瞞著我在幹什麼勾當？我推開後門，衝出去，逃到外面的樹叢裡。彎腰低頭，看著自己的雙腳，踩在荒草和亂石之間。一邊跑，時不時回頭看，生怕有人追上來。樹枝劃破我的手臂，冒出殷紅的血，頭重如鉛，全身好像斷路了一樣，不知道要到哪裡去，不知道應該怎麼辦？

　　西邊的太陽大如火盆，正在下垂。我想抓住最後一抹燃燒的霞光，飛起來，和太陽同歸於盡。紫色的天上，小鳥展翅回巢，如同一朵朵黑色的茉莉花。我的家呢？我的歸宿在哪裡？我節衣縮食，傾囊而出，竭力挽救茉莉花酒吧，到頭來卻是這樣一個下場。丹卉背叛我，約翰背叛我，我為什麼要活著？活著有什麼意思？這個時候，我想到了自殺，想到了艾瑪手腕上的那道傷疤。如果我有一把刀，如果我站在懸崖峭壁前，如果我有足夠的安眠藥，今天晚上就是我的最後一夜。

　　遠方的山坡好似一個個墳堆，隱沒在漸漸降臨的黑幕中。一陣風吹過，我看見一個人穿著黑袍從天上走下來。這不是凱文嗎？啊，凱文，我來了！我拚命地往山頂上爬，想和凱文說說話。他是一個走向墳墓的人，生命對他還有什麼意義？死亡是解脫，活著比死亡艱難得多。他的安寧到底

來自何處？我的兄弟啊，我對著蒼天大聲呼喊，凱文，告訴我，為什麼要活下去？回聲從天邊折回來，一遍又一遍，我的兄弟啊，我的兄弟啊！

房子裡的人都出來了，像螞蟻似的，一點一點，慢慢挪動。我在山頂上手舞足蹈，痛哭流涕。凱文，你聽見了嗎？我的兄弟！告訴我，告訴我！

約翰跑在最前面，滿頭大汗，一把抱住我。我掙脫，破口大罵：「你這個混蛋，你是騙子！丹卉出事了，她死了！你們為什麼要瞞著我？」

約翰說：「丹卉活著，沒有死。」

「她在哪裡？」

「在南方，被捕了。」

「你們商量害死她！」

「我們在救她。你看，我給她請了律師，我們告訴警察，走私人口的不是丹卉，而是她的雙胞胎妹妹。」

「我不相信，你要讓我見到她。」

約翰說：「湯姆，你病了，病得很重。我送你去醫院。」

「我沒有病！我要見丹卉！」

約翰絆了我的腳，我倒在地上。我的雙手被扳在身後，身體被約翰提起。我哈哈大笑，一邊笑，一邊說：「你以為我瘋了嗎？你們才是瘋子，一邊懺悔，一邊編織謊言！」

幾個西裝革履的陌生男人幫著約翰把我抬起來，往山下走。頭重腳輕，我一陣狂笑，不省人事。

第三十一章

　　生命中有一段空白，與記憶無法銜接。我在哪裡？我從哪裡來？眼皮很重，光線太亮，睜也睜不開。深深地呼吸，覺得自己活著。耳旁有聲音，很輕很柔和，好像蚊子叫。發生了什麼事情？說話的是誰？講的是英文，卻聽不清楚。我想坐起來，動彈不得，我的手腳哪裡去了？我是四肢健全的人啊，怎麼對手腳都失去了感覺？我的眼睛能睜開，我的耳朵能聽見，我的頭能動嗎？我把臉轉向一邊，脖子能轉動。難道我只剩下一個骷髏頭？

　　話音從左邊傳來，我把臉轉過去，正是床的陰影。黑黑的，看不見，女人的聲音好像藏在床底下。她在說什麼？她說感謝，她說上帝，她說懇求。很多話聽不清楚，聽清楚的話都是重複的，好像在唸歌詞。難道我在天堂裡？我死了嗎？死了還有意識嗎？難道是地獄裡？為什麼我失去了手腳？我想哭，沒有眼淚。我再吸一口氣，感到胸部還存在。慢慢地吐氣，感到氣流從嘴中緩緩出來，掠過我的鼻尖和眼睛。我想叫，我還能說話？清清喉嚨，聽見了自己的聲音：「救命啊，救命！」

　　「湯姆，湯姆！」有人在叫一個熟悉的名字。誰是湯姆？湯姆是我啊！女人急促地叫我。我繼續呼叫：「救命，救命！」眼睛睜開一條縫，看見一個黑影。你是誰？為什麼叫我湯姆？一隻軟軟的手攔在我的前額上面。「不要碰我！你走開！走開！」我一邊喊叫，一邊搖頭。手移走了，背後有亮光，照在女人臉上。刺眼的光線逼得我把眼睛閉上。這個女人有點面熟，好像在夢裡遇見過。

「湯姆，你終於醒了。」女人輕輕地說。

「讓我坐起來！」我吼叫。

「好，我去叫醫生。」

「醫生？是他們砍斷了我的四肢嗎？」

「你的四肢都在，你在醫院裡，已經昏迷了三天。」

一個黑影站在我面前，嚇得我閉上眼睛，好像遇見了魔鬼。她的腳步很輕，漸漸遠去。我瞄一眼背影，一身黑衣。我的腦子開始工作，把前前後後聯繫起來。我昏迷了，被送進醫院，我為什麼昏迷嗎？被打昏了嗎？

進來兩個人，一黑一白，說著話，都很輕。白的是護士，站在我的腳跟那邊。黑的站在床頭，露出一張洋人的白臉，頭上裹著白布，就像在開追悼會。

這張臉突然變得那麼熟悉，濃眉大眼，性感的嘴唇，又瘦又高。我看了又看，想了又想，也許出現在哪個電影裡？

我問護士：「她是誰？」護士說：「教堂派來的，幫助你。」

「教堂？」我說，「我和教堂有什麼關係？」

「湯姆，記得凱文嗎？」黑衣女人說，你在昏迷中一直喊著凱文的名字。

「凱文？凱文？」我皺起眉冥思苦想。

「凱文是你的同事，你不記得了嗎？」

「誰是我的同事？我是誰？」

「你是記者，小城時報的記者。」

「是，我是記者。」我好像從夢中醒來。

「你記得約翰嗎？」

「約翰？凱文？」我的眼睛感到一陣酸痛。是啊，這些名

字多麼熟悉，他們如今在哪裡？他們也被綁架了嗎？

「你一定記得凱文的妻子，一個叫艾瑪的女人吧！」

「艾瑪？」我盯著她的眼睛，天啊，她是艾瑪！那個兇神惡煞的艾瑪！那個在教堂裡聲嘶力竭大喊大哭的艾瑪！是啊，她是艾瑪，她的臉孔、鼻子和嘴唇，和我印象中的艾瑪一模一樣。但是，她的兇狠到哪裡去了？她的暴力到哪裡去了？怎麼可能是艾瑪，眼神和氣色完全不同，難道艾瑪有雙胞胎？

「你不是。」我說。

「我是凱文的妻子艾瑪，他叫我來探望你。」

啊，凱文？我想起來了，風度翩翩的凱文，我的競爭對手。喔，教堂裡的另一個凱文，虛弱的身體，明亮的眼睛。哪一個凱文？我的記憶就這樣漸漸恢復了。我在山頂上看見凱文，他是我的兄弟。「凱文在哪裡？為什麼他自己不來，要派你來代替他？」我有預感，很可怕的預感。我的鼻子開始堵塞，只能用嘴巴呼吸，淚水奪眶而出，流到枕頭上。

「凱文死了？是不是凱文死了？」我忍不住哭起來。

艾瑪用紙吸了我的眼淚，她的眼睛裡也淚光閃閃。

護士給我解開綁住手腳的皮帶。這些皮帶好像石頭一樣沉重地壓在我的身上。現在一個一個被解開，手臂和雙腳都歸還給我。手動了動，十指交叉，關節生疼。腳踢了踢，費了很大的勁，雙腿相疊，還有麻木的感覺。啊，這個鏡頭多麼熟悉！我坐起來，發現身上插滿了管子，便對艾瑪說：「你也這樣被綁過，是不是？」

她點點頭，說道：「是你把我救出來。」

「是的，怎麼今天輪到我了呢？」

艾瑪說：「我們都是被綁架的，有的綁架是有形的，有的

無形。」

　　我聽不懂，便問：「凱文怎麼知道我在這裡？」

　　「他知道，他天天為你禱告。」

　　艾瑪把我的床頭搖高，拉了拉毯子，然後給我倒了一杯水。

　　「為什麼要為我禱告？」

　　「他知道你心中的痛苦，求上帝幫助你。」

　　我把杯子湊到嘴邊，喝一口水，冰水順著喉嚨流向心中，舒服極了。艾瑪的話，我只懂文字，不懂意思。這個艾瑪不是我見過的女人。

　　「艾瑪，你是雙胞胎嗎？」

　　「不是。」艾瑪笑了，眨眨眼，做了個怪臉，說道，你恨不恨以前的艾瑪？她死了，又從死裡復活的。

　　我拚命地搖頭，她的話我還是聽不懂，但是，我喜歡這個艾瑪。

　　「艾瑪，凱文怎麼啦？」

　　「他很好。」她垂下眼簾，輕輕地說，「在上帝那裡，沒有病痛，好著呢！」

　　「真的死了！」我把臉蒙在枕頭裡，嚎啕大哭。

　　「他被上帝接走了，湯姆，不要悲傷，他去了天堂。」

　　我一邊哭一邊說：「你說得那麼輕鬆！人沒有了，你為什麼說得那麼輕鬆？我在山頂上看見他，聽見了他的聲音：My brother, my brother（我的兄弟，我的兄弟）。我的心好像被挖掉了一塊，很疼很疼。你怎麼能說得那麼輕鬆呢？啊，凱文沒有了，我的兄弟啊，凱文……」

　　艾瑪和我一起哭。

　　艾瑪告訴我，電臺播放余丹卉在墨西哥邊境走私人口而被

捕的消息，凱文就叫艾瑪打聽我的下落。他知道我會受不了。艾瑪找到約翰，才知道我被送進了醫院。凱文想來，可是，已經走不動了。他躺在床上，拚命地為我禱告，求上帝拯救我。艾瑪說：「你一直昏迷不醒，即使凱文來了，你也不知道。但是，上帝知道，他應允了凱文的禱告。就在那天晚上，凱文走了。」

就是我在山頂是看見他的那一天嗎？他是從天上下來的，他確實升天了，我親眼看見的。

我又開始哭。這種哭是無法控制，也是難以停止的。眼睛裡有那麼多的淚水，不知從何而來，好像無窮無盡。啊，凱文，我的兄弟，你是來接我的嗎？為什麼不帶我走呢？我為什麼要活著？我哭得更加厲害，一直哭到全身無力口乾舌燥。拿起一杯冷水，喝乾了，繼續哭。艾瑪湊近我的耳朵說，你要不要聽聽凱文是怎麼為你禱告的嗎？我默默點頭，哭聲停了，輕輕地抽泣。

凱文說：「親愛的天父啊，我的兄弟湯姆，他是迷失的羔羊，正在尋求回家的道路。他的心裡失去了光明，求你點亮他。……」

艾瑪說到這裡，突然跪下去，跪得那麼果斷和執著。她開始自說自話，就像在教堂裡一樣，好像上帝能夠聽見。一旦跪下來，就沒有了時間。那身黑衣裳即刻融進病床的陰影中，只有她的禱告聲從地面升起，好像幽靈無處不在。她不停地讚美上帝，感謝上帝用兒子耶穌的寶血來為人類贖罪。很多次，她說得哽哽咽咽，如泣如訴，說自己不配，罪惡深重。等到禱告完畢，眼睛裡閃爍著喜悅的光芒，含淚而笑。這是怎麼回事？我看著她，好像看著一個天外來客，借用了艾瑪的名字和身體。

　　艾瑪走了。護士進進出出，測量我的血壓、心跳，問我要不要吃東西。我不覺得餓，好像被艾瑪的話餵飽了，消化不了。我為什麼住在醫院裡？艾瑪並沒有告訴我。我為什麼昏迷了三天三夜？醫生為什麼把我綁起來？進醫院之前我在哪裡？我都不記得。我想起了約翰，神祕兮兮的，好像在空中飄浮。我想起了老闆，肥胖的身軀，嘴上叼著一根雪茄。還有一個女人，風塵僕僕地繞著我轉圈。這是丹卉啊，我的心又開始抽搐。艾瑪說，她被捕了，關在監獄裡。親愛的，你為什麼要棄我而走，你是知道我愛你的，為什麼？為什麼？突然我覺得頭昏目眩，眼前所有的一切都在晃動。窗戶外面已經黑了。

　　艾瑪走了，晚間值班的護士年紀大一些，額上有皺紋，耳際露出一撮銀髮。她來換輸液瓶時，聽我說頭暈，給我加了藥。我問她：「這是什麼醫院？」她說：「精神病院，你的病叫狂躁症。」我說：「你看我像嗎？一定搞錯了。」她說：「你受了刺激，發病時失去自我感覺。」護士的話，好像在說，我被魔鬼纏身。我想起艾瑪說的話，有形的捆綁和無形的捆綁，也是指魔鬼纏身吧！凱文曾經被魔鬼附身，艾瑪曾經被魔鬼附身。魔鬼為什麼找上我呢？

第三十二章

　　晚上睡不著，很多畫面在腦海裡顯現。凱文，是我所有記憶的開始，沒有凱文，就沒有了回憶的線索。他離我很遠很遠，好像電影一樣，映在天幕上。我為什麼上山頂？好像是身後有人追。誰在追我？不記得了。看見凱文，我好像遇到救星，只想抓住他。然後是凱文在教堂裡的身影，微微弓著背，一本《聖經》抱在胸前。……

　　第二天，艾瑪一早就來了。她問我睡得好不好？我搖搖頭，問她：「抓不住天上的凱文，一定是我的幻覺。」艾瑪說：「那不是幻覺。」「那麼，是什麼呢？」她說：「我們還有另一雙眼睛，是屬於心靈的。人與人有心靈感應，凱文知道我在找他，因為他的靈與我接上了聯繫。」

　　我聽不懂，問艾瑪：「你說當時凱文已經奄奄一息，用什麼方式和我聯繫？她說，身體的虛弱不等於靈裡虛弱，有時候反而更加強烈。」

　　「我的靈怎麼沒有感覺呢？」

　　「你看見了他在山上，就是靈裡的感覺。」她還說：「沒有感覺不等於不存在。」

　　我又糊塗了，「怎麼找到我的靈？」

　　艾瑪說：「靠禱告去找。」

　　艾瑪最愛做的事情就是禱告。所謂禱告，就像拜菩薩一樣，雙膝跪下，低垂著頭，自說自話。親愛的天父啊，宇宙的創造者，感謝讚美你！

　　我不相信，苦苦一笑。

　　她繼續說：「天父就是上帝，接受信奉他的人為子女，所以，被稱為天上的父親。」

　　我默默地搖頭，好像在聽天方夜譚。

　　艾瑪說：「你信不信，天父為我們在天上設立了家，凱文就住在裡面？」

　　我說：「天上有個家，凱文住在裡面，對我有吸引力。凱文住在天上，將來總有一天，我還能見到他。」

　　「對啦，」艾瑪說：「你看看《聖經》，相信上帝的人能得到永恆的生命。」

　　「夠了夠了。」我阻止她。「什麼永恆的生命？基督徒不是照樣要死？哪裡談得上永恆的生命？」

　　艾瑪張口解釋，我把耳朵蒙起來。我說：「你每天禱告，說著重複的話，我都能背出來了。我的病沒有因為你的禱告而好轉。我仍舊在吃藥，仍舊住在醫院裡。我仍舊是孤家寡人，我愛的人，……我愛的人，」我突然說不下去。「我愛的人，……失蹤了。」我說得氣喘吁吁，突然想到一個女人，是我愛的。這個女人從我埋葬的記憶中活過來了。這個女人牽出一條長線，她的雙胞胎妹妹、我的同事約翰、血霸吳老闆，一個接一個地出來了。

　　艾瑪和顏悅色地走了，一點脾氣都沒有。我有點吃驚。

　　常常在夜深人靜的時候，我想起了老闆曾經撮合我和艾瑪的關係，那時我對她又討厭又害怕。現在的艾瑪溫柔可愛，她丈夫死了。如果老闆撮合，我也許會考慮的。轉而一想，自己是個病人，怎麼能成為艾瑪的累贅？

　　沒人的時候，我從床邊櫃的抽屜裡拿出《聖經》，隨便翻翻。《聖經》是一部奇書，有很好看的文字和故事，但是，與

現實生活遠遠脫節。中國有過一個捨己為人的榜樣，叫雷鋒，被政府宣傳成聖人一樣，他愛恨分明，做不到耶穌那樣對所有人都能容忍和原諒，包括殺害他的人。有一次，我翻開《羅馬書》第一章，有段話說：「自從造天地以來，神的永能和神性是明明可知的，雖是眼不能見，但藉著所造之物就可以曉得，叫人無可推諉。」這話如果出自艾瑪之口，我可能與她辯論。但是，白紙黑字印在書裡，我不得不捫心自問，明明是可知的，真的明明可知嗎？我不知道的事情太多了，為什麼我的人生起伏不定？為什麼我得這種病？為什麼灰心喪氣，看不到前途？如果人真是神造的，為什麼不能造得好一點？

第三十三章

　　醫生說，你要和過去做個了結，放下心中的負擔。醫院給你吃的藥，就是為了緩解你的緊張。他說這話時，艾瑪也在場。醫生、護士都忙於藥物的治療，艾瑪從來不對醫院的治療發表意見。她只是禱告。求神醫治我。神能醫治我嗎？要在過去，我會嗤之以鼻。但是，神改變了凱文和艾瑪，是不爭的事實。我不知道他們是如何改變的，如果神真能醫治我，改變我，我也想嘗試一下。

　　每每醫生走後，我總是問自己，我的負擔在哪裡？不在茉莉花酒吧，酒吧已經轉虧為盈。我的負擔也不在工作上，我的工作沒有壓力。左思右想，想到有件事我以為已經放下，其實沒有。這是醫生不知道的，我從來不說。我以為已經忘記了她。但是，當往事紛紛回來時，想得最多的就是她。有一天晚上，我突然感到很傷心，好像從懸崖上掉下去一樣。大風在耳邊呼呼作響，我全身發抖，飛速下沉。我要摔死了，我要死了！我對她說：「我是為你死的，你為什麼不來見我最後一面？」

　　醒來以後，我不敢再睡。坐在床上，周圍一片漆黑，唯有外面的星斗和月亮，那束銀光，朦朦朧朧，遙不可及。閉上眼睛，卻看見一個明亮的窗口，通往天堂。我想如果我死了，能夠進入這個窗口嗎？我起了艾瑪的話，我們都是罪人，被魔鬼捆綁。這個女人是不是艾瑪所說的魔鬼？我深深愛著的女人是一個魔鬼嗎？魔鬼總是在晚上來，艾瑪不在的時候，她像影子一樣，隱藏在空氣裡。有時候，我聽見心裡有話語出來，叫著

她的名字。我對自己說，我的靈啊，如果你真的存在，能不能帶我到監獄裡去探望她。我要把她救出來。

有一天，我問艾瑪：「凱文發高燒時，被一個信神的老太太收留，你知道嗎？」艾瑪點點頭。我朝她看看，問道：「那麼，艾瑪是不是在扮演老太太的角色？來救我的？」

「是的。」

她說得那麼肯定，反而讓我大吃一驚。

「神怎麼認識我呢？為什麼要救我呢？」

艾瑪說：「神無處不在，對你心中的痛苦，一清二楚。」

「我不認識神。神要救我，是不是因為凱文的關係？」

艾瑪說：「凱文為你禱告，是蒙神悅納的。但是，神的愛，超過人的想像。你不愛他，他也愛你。」

這話我也聽不懂。不過，如果能像艾瑪和凱文那樣，無所牽掛，滿心喜悅，倒也不錯。……

我說：「我心裡真的很痛很痛，就像到了終點一樣，覺得死了比活著好，我的苦比山還要重。」

艾瑪閉上眼睛，哭了。她用雙手捧著臉，肩膀輕輕地抽搐。我一定是說到她心裡去了，她以前也像我一樣，心痛不已，想自殺。噢，她是明白我的。她睜開水靈靈的大眼睛溫存地看著我。這時的艾瑪楚楚動人，真的像天使一樣。要是不在醫院裡，要是我沒有疾病纏身，要是我們上面沒有神，這個時候，我真想把艾瑪一把抱在懷裡。

她撲通跪在地上，我也跪下，醫院的地板又冷又硬，我站起來，抽了個枕頭，墊在她的膝下，也給自己墊了一個，跪在她的旁邊。

「湯姆，你跟著我，我說一句，你也說一句。」

「好。」

「親愛的天父，……。」

我搖搖頭，一句也說不出來，我與神沒有聯繫，怎麼說得出天父？她在等我。我想了想，說，艾瑪：「我能說給你聽嗎？」

「你講吧，神在聽呢！」

我仍舊跪著。我說：「我要有個家，有愛的家。多少年了啊，我到處流浪，沒有父母，沒有兄弟姐妹，我相信事業有成，就能創造一個家。我相信追求愛情，就能得到一個家，我奮鬥過，努力過，可是，我什麼也沒有得到，都是一場空。」我說得淚如泉湧。

艾瑪雙臂舉起來，對著天空說：「主啊，求你答應他，你是有求必應的神，你是大智大慧的神，求你照亮湯姆的心。禱告奉耶穌基督的名求，阿門。」

我問艾瑪：「阿門是什麼意思？」

她說：「表示贊同的意思。」她又給我說耶穌，我也聽不懂。不過，以後每次艾瑪禱告完畢，我表示贊同，也說阿門。

美好的語言澆灌枯乾的心田。只要一禱告，空氣變得溫馨親切，彷彿吸進去的都是愛。人真的很軟弱，很卑微。我們與命運搏鬥，甚至用生命去抵押，還是無路可走。凱文曾經想活出自己，活得多累啊。艾瑪，多麼暴躁倔強的性格，現在變得像綿羊一樣，一舉一動感動人心。這種變化是我羨慕的。我每天等著艾瑪，似乎在等待情人一樣。心中的那個陰影和負擔，漸漸被禱告和喜悅吹走了。我在睡夢中遇見丹卉，她在爬山，爬上去，滑下來，狂風吹散了她的頭髮，衣服褲子破成碎片。真的好可憐！

　　而凱文卻氣定神閒地站在雲朵上，背後光芒四射。他曾經像我一樣，具有世界上最令人羨慕的才情和容貌，最後被情欲擊打得頭破血流。他因罪而丟了性命，也因悔改而從死裡復生，進了天堂。我也夢見我的姐姐，她死在事故中，不知道靈魂能不能升天？我夢見艾瑪變成了一張黑色風箏，飄啊飄啊，落在我的病房裡。黑色的風箏變成下跪的艾瑪。我聽她禱告，等著看她臉上的平安和喜悅，等著她眼睛中的光明和希望。她常常給我會心的微笑，好像她能感到我的內心，正在被愛包圍和融化。

　　有一天，我突然感到自己有了靈魂的力量。當我閉上眼睛，開口禱告時，有一種溫暖從心裡升起，好像流浪的孩子找到了家，看到了父親慈愛和悲憐的眼神一樣；好像在長久的黑暗中，無路可走，看到了前方的一束亮光。我只想奔過去，拚命地撲過去。這個力量是無法阻擋的，我的身體、內臟和骨骼，病房裡的所有設施、牆壁和屋頂，都消失得無影無蹤。每一聲禱告衝向天空，與天上的力量相連，我的軀體也騰空而上，無邊無際的空間，裡面都是甜甜的暖暖的，溫柔無比的愛。我獲得了自由，好像白鴿在天空展翅飛翔。

第三十四章

老闆來看我，頭髮脫得沒剩下幾根，滿臉皺紋，卻是神采奕奕。

「你戒菸了，氣色很好。」我說。

他呵呵笑著，點點頭。

「有什麼喜事？」我問。

他說：「我的家，破碎的家，記得嗎？」

「記得。」

「艾瑪和我，孩子，以及她母親，都聯繫上了。每月見一次面，每個星期打一次電話。」

「哇，多麼好！」

老闆說：「你進醫院那天，艾瑪通知我。我也來看你了。」

我不好意思地搖搖頭，問他：「是否很可怕？」

「我，以為，你，要死了。」老闆瞪大了眼睛，一字一字地吐出來。他注視著我，好像看見了奇蹟一般。

「真的嗎？」

他說：「我很難受。我很少這麼難過，因為一點都不知道到底發生了什麼事情，也不知道你的親人在哪裡。萬一救不回來，我怎麼向上帝交代？」他的眼睛紅了，拿出口袋裡的白手絹擦眼淚。

我說：「很抱歉，給你添麻煩了。對不起，對不起。」

他坐在那裡，向我張開雙臂，我走過去，給他一個緊緊的擁抱，一邊說：「感謝上帝，派艾瑪來救我，你看，我現在不

是很好嗎？」

　　他說：「是的，艾瑪有信心，說一定能夠救活你。」他頓了頓，說：「你知道，艾瑪救你，不僅僅是身體的疾病。」

　　「是的，我知道。她一直為我禱告，求神給我新生命。」

　　老闆說：「艾瑪也救了我，救了我們全家。」

　　我說：「開始我以為艾瑪是一對雙胞胎呢，她完全不是我認識的艾瑪。」

　　「是啊，以前，我想讓你做女婿，你不願意。現在，她成了神的女兒，換了人樣了。」

　　我真希望老闆繼續說下去，問我如今願不願當他的女婿？他卻轉了話題，說艾瑪成了神的女兒。神的女兒可以嫁人嗎？我知道艾瑪也是愛我的。聽我訴苦那天，她那水汪汪的眼睛告訴我，她的心是和我一起痛一起喜樂的。

　　老闆說：「你們倆都回報社去好嗎？繼續幹你的本行。」

　　「艾瑪願意嗎？」

　　「只要你回去她也願意回去。」

　　「我行嗎？」

　　老闆說：「我們報社的臺柱，大名鼎鼎的才子，怎麼不行呢？不過，」他用手托住下巴，眼光朝著窗外。我隨著他的目光看出去，有一隻灰鴿停在窗臺上。老闆回過頭來說：「艾瑪是要救讀者生命的啊，你們要互相配合。」說完爽朗地大笑。

　　老闆站起來，拍拍我的肩膀，一邊告辭一邊說：「你換了人樣，湯姆，恭喜你。」

　　我送老闆出來病房，一邊問：「我換了人樣了嗎？」

　　老闆說：「湯姆，你的眼睛裡有了快樂的光芒。以前從來沒有看見。你一直都是憂鬱的。」

　　老闆走了。我本來想告訴老闆，我愛上了艾瑪，不一樣的愛，自由舒暢的愛，不在乎朝夕相處，而在於心心相印。她不在時，我也知道她的心和我在一起。這種愛終於把丹卉從我心裡鏟除出去了。我確定艾瑪也是愛我的，我在暗自禱告時求問神能不能與艾瑪相伴終身？我的感覺很平安，沒有感到任何阻攔。但是，我難以啟齒，我還是病人哪，精神病人。

　　第二天，醫生查房時，我問醫生：「人家都說我變樣了？我是不是可以出院了？」

　　醫生說：「你恢復得很好，給你換了藥，副作用小一點。」又等了兩天，醫生決定讓我出院了。

　　我等艾瑪進來，告訴她好消息。等啊等啊，平時她一早就來了，今天為什麼遲遲不見？我便開始禱告。站在窗前，看著外面的綠色的樹叢和似錦繁花，我不知道自己說了些什麼，好像不是我在說，是另一個人在代替我說話。我的眼淚不知不覺地流，心裡充滿感激，好像有一眼泉水，清澈甜蜜，源源不盡。當我說了「阿門」，轉身去拿紙巾時，發現艾瑪站在後面，也在流眼淚。我一把抱住她，一邊說：「你進來了，為什麼不告訴我？你把我的祕密都偷走了。」艾瑪沉默不語。我把她抱得很緊很緊，快要把她掐得不能呼吸。她閉上眼睛，流出一串串晶瑩的淚水。我把她抱起來走到床旁，放下說：「親愛的，你願不願意嫁給我？說你願意。」我好像在命令她，不留餘地。我吻她的臉頰、她的耳朵、她的頭髮，她就像溫柔的羔羊一樣，任憑我擺布。「哦，我親愛的艾瑪，你要說願意啊。艾瑪，我的寶貝。這是我一生最幸福的時刻。」她說：「親愛的湯姆，我願意。」

　　「真的？」

　　「真的，這是凱文的遺願，我答應照顧你，照顧一輩
子。」

　　「你不嫌棄我是精神病人嗎？」她白了我一眼，喃喃道：
「我以前不也是精神病人嗎？」說得我哈哈大笑。

第三十五章

　　一個陽光普照的清晨，我出院了。腳一跨出醫院，就感到周身舒暢，回過頭去看醫院，簡直像監獄一樣，一切由不得自己，都由醫生安排。

　　「艾瑪，我自由啦！」

　　艾瑪穿白色的上衣和藍色的牛仔褲。她仍舊是那麼清瘦皙白，但是，眼睛裡充滿喜悅的活力。我拉她的手，她給我擁抱。我對艾瑪說：「我要做一個公開的禱告，你在乎嗎？」艾瑪指著前面花圃中的一張長椅，拉我過去，坐在那裡。我想了許久，才開口。我求天父去挽救另一個生命。我叫著丹卉的名字，希望她看見今天的我，一個嶄新的湯姆，一個喜悅的男人，一個臉上有光的新聞記者。我要告訴她，不必活得那麼累，因為我們的命運不掌握在自己手裡，一切都有神的手在安排。他是愛我們的，只要我們悔改。還有深不可測的約翰、可憐的小卉，我呼喚著他們的名字，告訴他們報仇不能除去罪惡。我也沒有忘記自殺的吳老總，如果他願意悔改，也能像凱文那樣，得到解脫，平安無慮地進入天堂。

　　不久南方開庭，審判余丹卉的人蛇走私案。小卉死了，做了丹卉的替身。追悼會和下葬儀式都在墨西哥舉辦，有錄影和照片。陪審團相信了辯方的供詞。幾個月以後，丹卉獲得釋放，去向不明。約翰去了墨西哥，寫信給茉莉花酒吧，說不準備回來了。

　　我出院後，賣了茉莉花酒吧，回到報社的宿舍。老闆雇用一位年輕人做我的助手，住在我的隔壁，也就是凱文的房間。我開

始寫長篇小說《茉莉花酒吧》，寫一對中國雙胞胎在美國的愛情故事，準備在報上連載。真相在筆下流淌，就像一行行悲涼的眼淚。湯姆，一個出色的新聞記者死在我的筆下，他的靈魂經常出沒，那麼軟弱，那麼有限，那麼折騰，無依無靠。他渴望大愛，渴望靈魂有所歸宿。而這種愛卻在人類的能力之外。

我想通過這個故事，告訴警察和法官先生，法律的消極和無奈，並不能洗刷和杜絕罪惡。凱文染上愛滋病是一個謀殺騙局，主謀者正是湯姆日思夜想的情人余丹卉。我想用自己的經歷告訴那些還在苦苦掙扎，受盡內心煎熬的芸芸大眾，安寧和幸福要靠信仰才能得到。

我要向世界宣布，湯姆死了，凱文、艾瑪都死了。然而有一條路能夠從死裡復活，換取鮮活的生命，這個生命是永遠不死的。我和艾瑪在那年的耶誕節舉辦了婚禮。

語言文學類　PG2208　SHOW小說47

茉莉花酒吧

作　　　者/融　融
責任編輯/石書豪
圖文排版/林宛榆
封面設計/楊廣榕

發 行 人/宋政坤
法律顧問/毛國樑　律師
出版發行/秀威資訊科技股份有限公司
　　　　　114台北市內湖區瑞光路76巷65號1樓
　　　　　電話：+886-2-2796-3638　傳真：+886-2-2796-1377
　　　　　http://www.showwe.com.tw
劃撥帳號/19563868　戶名：秀威資訊科技股份有限公司
　　　　　讀者服務信箱：service@showwe.com.tw
展售門市/國家書店（松江門市）
　　　　　104台北市中山區松江路209號1樓
　　　　　電話：+886-2-2518-0207　傳真：+886-2-2518-0778
網路訂購/秀威網路書店：https://store.showwe.tw
　　　　　國家網路書店：https://www.govbooks.com.tw

2019年8月　BOD一版
定價：300元

國家圖書館出版品預行編目

茉莉花酒吧 / 融融著. -- 一版. -- 臺北市：秀
　威資訊科技, 2019.08
　　　面； 　公分. -- (文學小說類 ; PG2208)
(SHOW小說 ; 47)
　　BOD版
　　ISBN 978-986-326-709-6(平裝)

857.7　　　　　　　　　　　　108010539

讀 者 回 函 卡

感謝您購買本書，為提升服務品質，請填妥以下資料，將讀者回函卡直接寄回或傳真本公司，收到您的寶貴意見後，我們會收藏記錄及檢討，謝謝！如您需要了解本公司最新出版書目、購書優惠或企劃活動，歡迎您上網查詢或下載相關資料：http:// www.showwe.com.tw

您購買的書名：_____

出生日期：_____年_____月_____日

學歷：□高中 (含) 以下　　□大專　　□研究所 (含) 以上

職業：□製造業　□金融業　□資訊業　□軍警　□傳播業　□自由業
　　　□服務業　□公務員　□教職　　□學生　□家管　　□其它_____

購書地點：□網路書店　□實體書店　□書展　□郵購　□贈閱　□其他

您從何得知本書的消息？

　　□網路書店　□實體書店　□網路搜尋　□電子報　□書訊　□雜誌
　　□傳播媒體　□親友推薦　□網站推薦　□部落格　□其他_____

您對本書的評價：（請填代號　1.非常滿意　2.滿意　3.尚可　4.再改進）

　　封面設計____　版面編排____　內容____　文／譯筆____　價格____

讀完書後您覺得：

　　□很有收穫　□有收穫　□收穫不多　□沒收穫

對我們的建議：_____

_____

_____

_____

11466
台北市內湖區瑞光路 76 巷 65 號 1 樓

秀威資訊科技股份有限公司　　　收
BOD 數位出版事業部

⋯⋯⋯⋯⋯⋯⋯⋯⋯⋯⋯⋯⋯⋯⋯⋯⋯⋯⋯⋯⋯⋯⋯⋯⋯⋯

（請沿線對折寄回，謝謝！）

姓　　名：＿＿＿＿＿＿＿＿　年齡：＿＿＿＿　性別：□女　□男

郵遞區號：□□□□□

地　　址：＿＿＿＿＿＿＿＿＿＿＿＿＿＿＿＿＿＿＿＿＿＿

聯絡電話：(日) ＿＿＿＿＿＿＿＿＿　(夜) ＿＿＿＿＿＿＿＿＿

E-mail：＿＿＿＿＿＿＿＿＿＿＿＿＿＿＿＿＿＿＿＿＿＿